クリスティー文庫
63

クリスマス・プディングの冒険

アガサ・クリスティー
橋本福夫・他訳

早 川 書 房

5522

THE ADVENTURE OF THE CHRISTMAS PUDDING
by
Agatha Christie

Translated by
Fukuo Hashimoto and Others
Published 2021 in Japan by
HAYAKAWA PUBLISHING, INC.
This book is published in Japan by
arrangement with
AGATHA CHRISTIE LIMITED
through TIMO ASSOCIATES, INC.

はじめに

アガサ・クリスティー

このクリスマスのご馳走の本は、『料理長のおとくい料理集』と名づけてもよろしいでしょう。わたしがその料理長なのですよ！　おもな料理は二つあります。「クリスマス・プディングの冒険」と、「スペイン櫃《ひつ》の秘密」。選りぬきの添えもの料理としましては、「グリーンショウ氏の阿房宮」「夢」「負け犬」、シャーベットとして、「二十四羽の黒つぐみ」。

「スペイン櫃《ひつ》の秘密」はエルキュール・ポアロの特別料理と名づけてもよろしいでしょう。これは彼が最高の腕前を発揮している事件なのですから！　ミス・マープルのほうも、「グリーンショウ氏の阿房宮」のなかで、相変わらず自分の明快さにいい気持ちになっています。

「クリスマス・プディングの冒険」はわたし自身の好みを発揮させてもらったものなのです。これは、子供時代のクリスマスのことを、すこぶる愉しい気持ちで想い出させてくれますから。父の死後は、クリスマスというと、いつも母とわたしとは北イングランドの義兄の家ですごしたものでした。子供心に残っているその頃のクリスマスのどんなにすばらしかったことか！　アブニイ・ホールには何から何まで揃っていたのですからね！　庭には、滝もあれば、小川もあり、車回しの下をくぐり抜けるようになっているトンネルまでありました！　クリスマスのご馳走もガルガンチュア式の量の豊富さでした。わたしはやせっぽちの、ひよわそうな子供でしたが、ほんとうは頑健そのもので、いつもおなかをすかせていました。クリスマスには、その家の男の子たちと、だれが一番たくさん食べられるか食べくらべをしたものでした。カキのスープとヒラメも相当夢中で平らげましたが、そのあとから、ロースト七面鳥《ターキイ》に、ボイルド・ターキイに、ビーフの腰肉《サーロイン》が出ました。そこの男の子たちとわたしとは、それを三皿とも、おかわりしたのです！　まだそのあとで、プラム・プディングだの、ミンス・パイだの、トライフルだの、あらゆる種類のデザートをつめこみました。午後のあいだもずっとチョコレートをほおばりつづけていました。それでいて、気分がわるくもならなければ、病気にもならなかったものです！　年は十一歳で、くいしんぼうときたら、愉快じゃありませんか！

朝のベッドの上の〝靴下〟、教会での礼拝やいろんなクリスマスの聖歌、クリスマス正餐《ディナー》、贈り物、そして最後に、クリスマス・ツリーへの点灯、なんという愉しい一日だったことでしょう！

こうして老年になった今でもなお、すばらしかったクリスマスの想い出が残っているほどなのですから、そのためにさぞ忙しいめにあったにちがいない女主人の親切さ、歓待ぶりに、深い感謝の思いを感じないではおれません。

それだけに、わたしはこの本を、アブニイ・ホールの想い出に――あの一家の親切さと歓待に――捧げたいのです。

それから、この本を読んでくださるみなさまへも、クリスマスおめでとう、と申し上げます。

（橋本福夫訳）

目次

クリスマス・プディングの冒険

クリスマス・プディングの冒険
The Adventure of the Christmas Pudding

1

「まことに残念ですが――」とエルキュール・ポアロは言いかかった。

ところが、彼は横合いからさえぎられた。失礼なさえぎり方ではなかった。反駁《はんばく》するよりも説きつけるような、いんぎんな、巧みなさえぎり方だった。

「ポアロさん、まあ、そう頭からことわったりなさらないで。国家の重大事に関することなのですから。あなたにご協力ねがえれば、上層部もさぞ感謝なさることと思います」

「そのお気持ちはありがたいのですが」エルキュール・ポアロは手を振った。「じっさいにわたしはご依頼に応じかねるのです。今の季節には――」

またしても、ジェスモンド氏は、しまいまで言わせなかった。「もうクリスマスの季節ですね。イギリスの田舎の古風なクリスマス」と彼は思わせぶりな言い方をした。

エルキュール・ポアロはぶるっと身ぶるいした。いまの季節のイギリスの田舎を想い浮かべてみても、いっこうに魅力は感じられなかった。

「愉しい、古風なクリスマス！」とジェスモンド氏はいやに強調した。

「わたし――イギリス人じゃありません」とエルキュール・ポアロは言った。「わたしの国では、クリスマスは子供たちのためのものです。新年は、おとなたちも祝いますが」

「なるほど」とジェスモンド氏は言った。「ですが、イギリスでは、クリスマスは大きな行事なのですし、キングス・レイシイでなら、その精髄が味わえますよ。あそこは由緒のある、すばらしい邸宅ですしね。げんに、その一翼などは、十四世紀に建てたものなのですから」

またしてもポアロは身ぶるいした。イギリスの十四世紀の地主邸宅とくると、想像しただけでも懸念に満たされた。イギリスの由緒のある田舎の邸宅なるものに、彼はあまりにもにがい経験をなめさせられすぎていた。彼は、自分の住みごこちのいい近代的なアパートの、いくつものラジエーターや、どんな隙間風もよせつけない最新式の工夫を、ありがたそうに見まわした。

「冬には、わたしはロンドンを離れないことにしておりますから」と彼はきっぱりと言いきった。

「ポアロさん、あなたにはまだよくご理解願えていないように思うのですが、これは非常に重大な問題なのです」ジェスモンド氏はちらっと連れの男に目をやり、またポアロの顔に視線をもどした。

もう一人の客は、「はじめまして」と型どおりの丁重な挨拶をしただけで、今まではひとことも口をきかなかった。今も、そのコーヒー色の顔にしょげきった表情を浮かべ、うつむいて、自分の磨きあげた靴を見つめていた。年も二十三は出ていないと思われる若い男で、どうみてもすっかり困りきっている様子だった。

「そりゃもちろん、問題は重大でしょう」とエルキュール・ポアロは言った。「わたしにもそれはわかっているのです。殿下には、心からご同情申し上げております」

「きわめてデリケートな事情でもありますしね」とジェスモンド氏は言った。

ポアロは、青年から連れの年上の男へ、視線を移した。ジェスモンドという男の人柄を一語で要約するならば、細心という言葉があてはまりそうだった。まったくジェスモンド氏の身についているもののすべてが、細心さをあらわしていた。立派な仕立てではあるが目立たない服装、めったに気持ちのいい単調な語調以上に高まることのない、育ちのよさを示す感じのいい声音《こわね》、ちょっとこめかみの上あたりが薄くなりかかっているうすい鳶色の髪、青白いきまじめな顔。こういう人物には、このジェスモンド氏だけでなく、今までにもいく人も逢ってきたような気がしたし、しかも、そのひとたちのすべてが判で押したように、おそかれはやかれ、〝きわめてデリケートな事情〟という同じ文句を使ったように思えた。

「警察も、その気になれば、きわめて慎重にことをはこびますよ」とエルキュール・ポアロは言った。

ジェスモンド氏はきっぱりと首を振った。

「警察ではだめなのです。あれを――つまり――わたしたちの取り返したいと望んでいる物を、取り返すためには、裁判ざたは避けられないでしょうが、わたしたちも確かな事実をつかんでいるわけではないのです。疑惑は持っていても、証拠はつかんでいないのですから」

「まったく、ご同情申し上げます」ポアロはまたそんなふうに言った。

ところが、彼の同情が多少なりと二人の客の慰めになると思っているのだったら、それは思いちがいだった。彼らは同情を求めているのではなくて、実際上の援助を求めていたのだから。ジェスモンド氏はもう一度イギリスのクリスマスの愉しさを持ち出した。

「しだいに滅びつつあるのです、ほんとうの昔ながらのクリスマスはね」と彼は言った。「近頃のひとはホテルでクリスマスをすごしたりします。ですが、イギリスのクリスマスといえば、一家の者がぜんぶ集まり、子供たちや、子供たちの靴下、クリスマス・ツリー、七面鳥やプラムのプディング、クラッカー。窓の外には雪だるま――」

エルキュール・ポアロは、正確さを求めたい気持ちから言葉をはさんだ。

「雪だるまを作るには、雪が必要ですよ」と、彼はきびしい口調で言った。「ところが、雪は注文して降らせられるものではありません、たとえイギリスのクリスマスのためにでもね」

「わたしは、ついさっきまで、気象庁にいる友人と話をしていたのですが、今年のクリスマスには、雪が降るものとみて間違いはなさそうだ、ということでした」とジェスモンド氏は答えた。

これは言わないほうがよかった言葉だった。エルキュール・ポアロは今までにもまして大きく身ぶるいをした。

「田舎で雪にあうなんて！　それじゃなお、たまりませんよ。だだっぴろい、冷えびえとした、石造りの地主邸宅ときては」

「とんでもない」とジェスモンド氏は言った。「ここ十年ばかりのあいだに、すっかり事情が変わっていますよ。石油だきのセントラル・ヒーティングだのなんだのとね」

「キングス・レイシイにも、石油のセントラル・ヒーティングがあるのですか?」とポアロは訊いた。初めて彼も心を動かしかけているみたいだった。

ジェスモンド氏はその機会をのがさなかった。「ありますとも。お湯の出るすばらしい設備もありますし、各寝室にはラジエーターも備えてありますしね。わたしが保証しますが、冬期のキングス・レイシイは快適そのものですよ。ことによったら、暖かすぎるとお思いになるかもしれないくらいです」

「暖かすぎるなんてことはありませんよ」とエルキュール・ポアロは言った。

ジェスモンド氏は、熟練をつんだ巧みさで、いくらか論拠をずらした。

「わたしたちがどんなに窮地におちいっているかは、お察し願えると思いますが」と、彼はうちあけるような調子で言った。

エルキュール・ポアロはうなずいた。じっさい、問題は愉快なものではなかった。ある富んでもいれば勢力もある未開国の統治者の一人息子である、将来王位を継ぐはずの青年が、数週間前からロンドンに来ていた。彼の国は目下、不満と不安定の時期にさしかかっていた。がんこに東洋の生活習慣をまもっている父王に対しては、世論も文句はなかったが、王子については多少懸念を抱いていた。王子の愚行には西洋かぶれなところがあって、そういう点が国民の非難を買っているのだった。

ところが、最近その王子の婚約が発表された。皇太子妃になるはずの女性というのは、同じ血統につながる従妹で、ケンブリッジの卒業生ではあったが、自分の国では洋風な態度をひけらかさないように気をつけていた。結婚式の日取りも発表され、若い王子は英国へ旅行に出たわけだったのだが、その際、カルティエでにつかわしい現代風な台にはめ直させるつもりで、王家に伝わる有名な宝石をいくつか持ってきていた。そのなかには、すこぶる有名なルビーもまじっていて、これは高名な宝石店の手で、昔風の不格好な首飾りから外して、新しい装いになった。そこまではよかったのだが、そのあとで思いがけない障害が起きた。うなるほど金もあれば、道楽も心得ている青年が、多少愉快な愚行をおかすくらいなことは、予想できることだ。その程度のことなら、べつに責めたてるほどのことでもなかったろう。若い王子とあれば、そんな遊び方をするものと思われてもいる。問題の王子も、そのときどきのガール・フレンドと一緒にボンド街を散歩し、彼女から受けた愉しみのお礼にエメラルドのブレスレットなり、ダイヤモンドのブローチなりを与えたとしても、きわめて自然な、ふさわしいことと見なされたにちがいない。げんに彼の父王も、お相手をした気に入ったダンサーには必ずキャデラックを買ってやったという事実があるのだから。

ところが、この王子は、その程度をはるかに越した無分別さを発揮してしまった。ある女性から関心を示されて嬉しがり、新しい装いをほどこした問題の有名なルビーを見せてやっただけでなく、結局は、それを身につけさせてくれという彼女の求めを——ほんの一晩だけということで！——聞きとどけてやるような、間の抜けたことをしたのだった。

その話の後篇は短くもあれば、悲劇的でもあった。問題の女性は、鼻の頭におしろいをはたくために、夕食の席から退いた。時間が経っていった。彼女は帰ってこなかった。彼女は別の戸口からそのレストランを出て、それ以来、大気に溶けこんでしまったというわけだった。何よりも困ったことには、新しい装いをほどこしたルビーも彼女とともに姿を消してしまった。

こうした事情は、表に出せば、すこぶる悲劇的な結果を招くおそれがあった。問題のルビーはただのルビーではなく、大きな意味を持った由緒のある家宝だったし、紛失の事情が事情であるだけに、それが不当に喧伝《けんでん》されたとなると、きわめて重大な政治上の結果をひき起こす可能性があった。

ジェスモンド氏は、そうした事情を、単純な言葉で表現するような人間ではなかった。彼は、いわばおびただしい言葉の飾りで、きれいにそれを包み上げて語った。ジェスモンドという人物が何者なのか、正確なことは、エルキュール・ポアロも知らなかった。今までにこういう人物には何度も逢ったことはあった。だが、このジェスモンド氏が、内務省なり、外務省なりに、あるいはまたもっと秘密めいた公共機関なりに、関係のある人間なのかどうかは、はっきりしなかった。彼はただ、自分はイギリス連邦の利益のために動いている者で、問題のルビーはぜひとも取り返す必要のあるものだと、語っただけだった。

それを取り返してくれる人物は、ポアロさん、あなたですよ、と、ジェスモンド氏は微妙な言いまわしで主張した。

「おそらく——そうでしょうね」とエルキュール・ポアロもそれは認めた。「ですが、聞かせてくださった事実があまりにも少なすぎますよ。暗示——疑惑——そんなものは大して手がかりにはなりませんからね」

「まあ、そう言わないで、ポアロさん。あなたのお腕前なら、できないことはありませんよ」

「わたしだって、必ず成功するとはかぎりませんからね」

だが、これはみせかけだけの謙遜だった。ポアロの語調には、自分が使命を引き受けることと、それをやりとげることとは、ほとんど同義語だと言わんばかりの語気があった。

「殿下はまだお若い身ですからね。若げのあやまちで一生を棒にふられるようなことになっては悲しむべきことですよ」とジェスモンド氏は言った。

ポアロも、うなだれたままの青年に優しい視線を向けた。「ばかげたことをしてみる時期ですよ、若い時というものはね」と彼は力づけるように言った。「それに普通の青年なら、たいした問題にもならずにすむことです。いいパパがいて、支払ってくれる。頼みつけの弁護士がいて、厄介なことは解決する手助けをしてくれる。青年のほうは、その経験から学び、すべてがめでたしで終わる。あなたのような身分の方にとっては、じっさいそれは困難です。近づいているご結婚――」

「そうなのです。まったくそのとおりなのです」初めて青年の口からも言葉が飛び出した。「彼女は非常に、非常に、きまじめなのです。人生を非常にまじめに考えます。ケンブリッジで、いろんな、非常にまじめな考えを学びました。わたしの国でも教育が必要だ。学校を作らなきゃいけない。いろんなことをしなきゃいけない、それも、すべては進歩のため、民主主義のため、なのです。わたしの父の時代のようではいけない、と彼女は言います。そりゃ、彼女も、わたしがロンドンで気晴らしをするだろうことは、承知しています。でも、スキャンダルまで起こそうとは。そんなことは！　問題はスキャンダルなのです。あのルビーは、非常に、非常に、有名なものなのです。背後に長い足跡を、歴史を、残しています。いくたびもの流血事件――幾人もの死！」

「死、ねえ」とエルキュール・ポアロは考え顔で言った。彼はジェスモンド氏のほうを向いた。「そこまでは、事件が発展しないことを望みたいものですね」

ジェスモンド氏は、卵を生む気になっていた雌鶏が、考え直して思いとどまったときみたいな、奇妙な声をたてた。

「まったくですね」と、彼は少々とりすました言い方をした。「そういう種類のことが起きる懸念は、ぜんぜんないと思います」

「なんとも言えませんよ」と、エルキュール・ポアロは言った。「あのルビーは目下、何者の手に渡っているにせよ、ほかにもあれを狙っている連中がいるかもしれないし、そういう連中はなんの仮借もしないでしょうからね」

「そういう種類のことまで考慮に入れる必要は、ないと思います」とジェスモンド氏はいっそうとりすました言い方をした。

エルキュール・ポアロのほうは、逆に、急に外国人らしいかたこと
になった。「わたし、あらゆる道をくまなく探ってみる、政治家のように」

ジェスモンド氏は不安そうに相手の顔を見た。だが、すぐに身体をひきしめ、こう言

った。「それでは、話がきまったものと解釈してよろしいでしょうね、ポアロさん？キングス・レイシイへは、行っていただけるのでしょうね？」

「その際、自分のことをどう説明するのですか？」とポアロは尋ねた。

　ジェスモンド氏は自信ありげな微笑をもらした。

「その点は簡単にとりはからえると思います。必ず、一切のことがしごく自然に見えるようにしておきます。あなたも、レイシイ一家の者たちがすこぶる感じのいいひとたちだとお悟りになるでしょう。気持ちのいい連中なのですから」

「それから、石油のセントラル・ヒーティングのことは、うそではありますまいね？」

「うそを言ったりなど」とジェスモンド氏はひどく感情を傷つけられたような声を出した。「あらゆる快適さを見出されることは、保証します」

「一切の現代的な快適さ《トウ・コンフォール・モデルヌ》」と、ポアロは追憶にふけるようにつぶやいた。「よろしい《エ・ビアン》。お引き受けします」と彼は言いきった。

2

エルキュール・ポアロが、キングス・レイシイの細長い応接間の、縦仕切のある大きな窓の一つのそばに座りこんで、レイシイ夫人と話をしていたときには、室内の温度は二十度の快適さだった。レイシイ夫人は針仕事をしていた。刺繍《プチ・ポアン》をしているわけでは、つまり、絹に花を刺繍しているわけでは、なかった。皿ぶきんのふち縫いをするという、いかにも散文的な仕事をしている様子だった。彼女は、針を動かしながら、やわらかみのある内省的な声で話しかけてきたが、ポアロは感じのいい声だと思った。

「ポアロさんにも、わたしのうちのクリスマス・パーティを愉しんでいただけるといいですがね。身内だけの集まりなんですよ。わたしの孫娘に、孫息子、孫息子のお友だち、姪の娘のブリジェット、いとこのダイアナ、古くからの友人のデイヴィッド・ウェルウィン。ほんの一族の者たちだけの集まり。でも、エドウィナ・モアクームの話ですと、あなたもほんとうはそういうクリスマスをごらんになりたいということでしたから。古風なクリスマスを。古風といえば、わたしたちほど古風な人間もちょっとありませんでしょう！　主人ときたら、過去のなかだけに暮らしているひとなのですから。何もかもが、自分が十二歳だった頃と、休暇に家へ帰ってきていた頃と、そっくり同じでないと承知しないんですよ」彼女は想い出し笑いを浮かべた。「昔と変わらないもの、クリスマス・ツリーに吊り下げた靴下だの、カキのスープや七面鳥——煮たのと焼いたのとの、二種類の七面鳥料理――それから、指輪だの、独身者用のボタンだのの、いろんな物を入れたプラム・プディング。近頃では、六ペンス銀貨は入れなくなっているんですよ。もう純銀ではありませんからね。でも、デザートは昔のままで、エルヴァス・プラムや、カールズバッド・プラム、アーモンド、レーズン、砂糖づけの果実、ショウガ。おや、まあ、これではまるでフォートナム・アンド・メイスンのカタログみたいですわね」

「おかげで、こちらはよだれが出そうですよ」

「明日の晩頃までには、きっと、みんなひどい消化不良にかかることでしょうよ」と、レイシイ夫人は言った。「近頃は、あんなにどっさりとは食べなくなっていますものね」

窓の外でかん高い喚声や笑い声が起き、彼女はちょっと言葉をとぎらされた。彼女はちらと外へ目を走らせた。

「何をしているのですかね。きっと何かゲームでもしているのでしょう。じつはね、若いひとたちは、ここのようなクリスマスには退屈するのではないかと、わたしは前から心配していたのですよ。ところが、ぜんぜんそんな様子はなくて、逆ですわ。わたしの息子や、娘や、その友だちなどのほうが、むしろクリスマスについてはひねくれた考えを持っていました。あんなことはばかげているだの、から騒ぎをしすぎるだの、どこかのホテルへでも行ってダンスをするほうがはるかにましだなどと、言いましてね。ところが、もっと若い世代の者たちのほうは、たいへんクリスマスに魅力を感じているらしいのですよ。それに」とレイシイ夫人は現実的な言葉をつけ加えた。「学校に通っている子たちは、いつでもおなかをすかしているんじゃありません？　わたしは近頃の学校は生徒たちを飢えさせているにちがいないと思いますわ。なんといっても、あの年頃の子供は、屈強なおとなと同じくらい食べるものなのですからね」

ポアロは笑って、こう言った。「わたしまでも、こんなふうにお宅の家族的な集まりに加えていただいて、マダムやご主人のご親切には、たいへん感謝しています」

「まあ、こちらこそ嬉しく思っていますわ」とレイシイ夫人は言った。「ホレイスは少々無愛想に見えるかもしれませんけれど、お気になさらないでくださいね。あれはあのひとの生まれつきなのですから」

じっさいには、彼女の夫のレイシイ大佐はこう言ったのだった。「なぜきみは、外国人なんかを招いて、クリスマスをぶちこわすような真似をしたがるのかなあ？　ほかの時でもよさそうなものじゃないか？　外国人なんか！　ええ？　ああ、そうか、エドウィナ・モアクームに押しつけられたというわけか。いったいなんだってあの女はこんなことに首を突っこむのかなあ？　なぜ自分のところのクリスマスに招かないんだ？」

「あなたもその理由はよくご存じのはずよ。エドウィナは、いつでも、〈クラリッジ〉ホテルでクリスマスをすごしているじゃないの」とレイシイ夫人は答えたのだった。

するど、彼女の夫は鋭い眼つきで彼女の顔を覗きこんだ。「エム、きみは何か企んでいるんじゃないのか？」

「何か企んで？　そんなことがあるはずがないわ」とエムは青い眼をいっぱいに見開いて言った。「なぜそんなことを？」

レイシイ老大佐は鳴り響くようなふとい笑い声をたてた。「エム、わしの眼はごまかせないぞ。きみがいかにも無邪気そうな顔つきをしているときには、何か企んでいるんだからなあ」

そうした対話を頭のなかでくりひろげながら、レイシイ夫人は言葉をついだ。「エドウィナの話ですと、わたしたちもあなたにお力添え願えるかもしれないということでしたが……それがどういう方法でなのか、わたしにはさっぱりわからないのですけど、なんでも、あのひとの話では――その――わたしたちの事情に似たような事件で、あなたがたいへんお友だちの力になったことがあるとか。こんなことを言い出して――なんのことかおわかりにならないでしょうねえ？」

ポアロははげますようにレイシイ夫人の顔を見た。レイシイ夫人はもうすぐ七十に手がとどきそうだったが、しゃんとした体、雪のような白い髪、ピンク色の頬、青い眼、おかしなかっこうの鼻、意志のしっかりしていそうな顎の持ち主だった。

「何かわたしにできることがありましたら、喜んでさせていただきますよ」とポアロは言った。「わたしの聞いているところでは、お若い女性にまつわる不幸な恋愛事件のことだとか」

レイシイ夫人はうなずいた。「そうなのです。でも、へんですわね、わたしが――こんなことをあなたにお話ししたい気持ちになるなんて、なんといっても、あなたとはぜんぜん面識がないのですし……」

「それに、外国人でもありますしね」とポアロは理解のある言葉を添えた。

「そうですの」とレイシイ夫人は言った。「ですけれど、そのためにかえって話しやすいとも言えますわね。とにかく、エドウィナの考えはこうらしいのです。あなたなら、何か――どう言ったらいいでしょうか――何か、そのデズモンド・リーウォートリイ青年のことで、役立つような事実でも、さぐりだしていただけるかもしれないと」

ポアロは、ジェスモンドという男の巧妙さや、自分の目的をとげるためにわけなくモアクーム夫人を利用した腕のさえに、感嘆させられて、すぐには言葉が出なかった。

「わたしの聞いたところでは、その青年はあまり評判のいいひとではないらしいですねえ」と彼は遠まわしに問題にふれていった。

「よくないどころか！　たいへんな悪評を受けている青年ですわ！　でも、そんなことは、セーラに関するかぎりは、なんの役にも立ちません。若い女に、あれは評判のわるい男性だと言って聞かせても、効果のあったためしがないんじゃありませんかしら？　ただ彼女たちをけしかける結果になるだけで！」

「たしかにおっしゃるとおりですよ」とポアロは言った。

「わたしの若かった頃には」と、レイシイ夫人は言葉をついだ。「（まったく、なんという遠い昔のことなのでしょう！）わたしたちも、これこれの青年には気をつけろなどと、言って聞かされたものでしたけれど、結局、そういう青年にさらに関心を持たせるだけでしたし、どうにかそういう青年とダンスをする機会をつかめたり、暗い温室で二人だけになれたりすると――」彼女は笑い出した。「ですからわたしは、ホレイスにも、あのひとのとりたがるような処置は、とらせたくなかったのです」

「おっしゃってみてください」とポアロは言った。「あなたの心を苦しめておられる問題というのは、どういうことなのでしょうか？」

「わたしたちの息子は戦死したのです」とレイシイ夫人は語り出した。「息子の嫁も、セーラを生むと同時に亡くなったものですから、あの子はずっとわたしたちの手もとにおいて、育ててまいりました。そりゃ、わたしたちの育て方が間違っていたのかもしれません——その点は、わたしにもよくわかりませんけれど。でも、できるだけあの子を自由にさせておいてやらなきゃいけないと、わたしたちは考えたのです」

「それは望ましいことだと思います」と、ポアロは言った。「時代の精神には勝てませんからね」

「そうなのです。わたしもそっくり同じ気持ちだったのです。そりゃ、たしかに近頃の女の子たちはあんなふうですからね」

ポアロは尋ねるように彼女の顔を見た。

「こんなふうに言ったら、よくおわかりになると思いますが、セーラは、近頃の若い人たちの言葉で言うと、コーヒー・ショップに、しきりに出入りするようになりました。ダンスに行くとか、きちんと社交界に出るとか、といったようなことはしません。それどころか、チェルシーの河沿いにあまり感じのよくない部屋を二部屋借り、例の今のひとたちの着たがる奇妙な服装をしているのです。黒や派手な緑のストッキングをはいたりしましてね。いやに厚ぼったいのを（ちくちくしやしないかと、わたしはいつも思うんですけど）。それに、髪を、洗いもとかしもしないで、出歩くんですよ」

「それは、そんなことはまったく自然ですよ《サ・セ・トゥタフェ・ナチュレル》」とポアロは言った。「時代の流行ですからね。いまにあのひとたちも卒業しますよ」

「ええ、それはわたしもわかっています」とレイシイ夫人は答えた。「そういうことだけなら、わたしも心配はしないのですけれどね。でも、あの子は、さっきも言ったように、デズモンド・リーウォートリイと親しくしていますし、相手はすこぶるかんばしくない評判の人物ときています。裕福な女にたかって暮らしていると言っていいような男なのですから。若い女たちはあの男に夢中になるらしいんですよ、ホープ家の娘とも、もうすこしで結婚するところだったのですが、親たちは、裁判所か何かに手続きをとり、娘を要保護者にしてしまいました。もちろん、ホレイスのとりたがっているのもそういう処置なのです。あの子を守ってやるためには、そうするしかないと言うのです。ですけどね、ポアロさん、わたしには、それはあまりいい考えだとは思えないんですよ。二人はスコットランドなり、アイルランドなり、アルゼンチンへなりに、逃げて結婚するか、でなきゃ、正式には結婚しないで同棲するでしょうからね。そりゃ、そんな方法は法廷を侮辱することになるかもしれませんし、結局は——真の意味の解決にはならないんじゃありませんかしら？　ことに、赤ん坊が生まれたりしますとねえ。結局は、こっちが折れて、結婚させてやることになりますわ。ところが、それから一、二年もすると、もう離婚することになるのが、たいていの場合、きまりきったコースみたいですわね。

やがて、娘は家へ帰ってきて、およそ一、二年後には、退屈に思えるほどの好人物と結婚し、落ち着く。ですけど、これは、ことに子供でもある場合は、不幸だと思いますわ。子供にとってはどんなに好人物でも、養父に育てられるのでは、同じじゃありませんかられ。やはりわたしは、わたしの若い頃のやり方のほうが、ずっとましだと思いますわ。初恋の相手の青年は、きまって望ましくない人物だったとわかるものなのですから。わたしだって、ある青年に情熱をもやした想い出があるんですよ――ええと、なんという青年でしたかしら――まあ、奇妙ですわね、名前がぜんぜん想い出せないなんて！　苗字はティビッツでしたわ。ティビッツ青年。もちろん、わたしの父はその青年を出入り禁止のようなかたちにしましたけど、その青年も同じダンス・パーティに招かれることが多かったのですから、わたしはよく一緒に踊ったものでしたわ。時にはこっそり抜け出して、おそくまで一緒に座りこんでいたこともありますし、どちらも加われるように、友だちがピクニックを計画してくれたこともありましたよ。そりゃ、禁じられていることをするのですから、心もときめくし、愉しくもありましたわ。ですけど、その頃の者は――そうですね、近頃の娘たちほどには――徹底したところまで行きませんでしたわ。ですから、そのうちにティビッツ一家も影がうすれてゆきました。それから四年後に逢ったときには、驚くじゃありませんか、どうして自分がこんなひとに魅力を感じていたのか、不思議な気がしましたものね！　ぜんぜん面白みのない青年のように思えました。つまり、安ぴかなんですよ。くだらないお喋りをするだけのね」

「人間は、だれしも自分の若かった頃が、一番いい時代だったように思うものです」とポアロは多少格言めいた言い方をした。

「それはわたしも自覚しているんです」とレイシイ夫人は言った。「みっともないですわね。わたしもそんなふうにならないようにしなきゃ。それにしても、わたしはやはりデズモンド・リーウォートリイとは、セーラを結婚させたくないいのです。あの娘はいい子なのですから。あの子と、やはり今この家に来ているデイヴィッド・ウェルウィンとは前から大の仲よしで、おたがいに好きあってもいましたから、ホレイスもわたしも、いずれは大きくなったら、あの二人は結婚するものと、思っていたのです。ところが、今ではあの子は、デイヴィッドを面白みのない青年のように思っていて、ただもうデズモンドに夢中なんです」

「マダム、わたしにはどうもよく理解できないんですがね」とポアロは言った。「そのデズモンド・リーウォートリイという青年も、今はお宅に滞在しているようではありませんか？」

「あれはわたしのしたことなのですよ」とレイシイ夫人は答えた。「ホレイスは、孫娘があの青年に逢ったりすることは、禁止したいと思っていました。当然、ホレイスの若かった頃の時代でしたら、父親なり保護者なりが、乗馬用の鞭を持って、あの青年の下宿先へ押しかけて行ったでしょうからねえ！　ホレイスはあの男の出入りをさしとめ、孫娘があの男に逢うのを禁止したい考えだったのです。ですが、わたしは、そんなやり方は間違っていると言ったのです。『そんなことをしないで、あの青年をこのうちへ招待してやりましょうよ。クリスマスの一家の集まりに呼んでやりましょうよ』とね。もちろん、主人は、お前は気でも狂ったのかと言いましたわ！　ですが、わたしはこう言ったのです。『とにかくためしてみましょうよ。わたしたちの雰囲気や、わたしたちの家のなかで、あの男に逢わせ、こちらも親切丁寧に扱ってやれば、たぶんあの青年の人柄が、あの子の目にも魅力のないものに映るかもしれないから』とね」

「たしかに、そういう手段にも一理はありますね」とポアロは言った。「マダムの考え方は非常に賢明だと思います。ご主人の意見よりもずっと」

「そうであってくれるといいんですけど」とレイシイ夫人は自信がなさそうに言った。

「まだあまり効果があがっていないようなんですよ。でも、あの青年が来てからまだ二日しか経っていないんですからね」ふいに彼女のたるんだ頬にえくぼが浮かんだ。「ポアロさん、ほんとうのことを申しますと、わたし自身も、あの青年が好きにならずにはいられないんですよ。心から好きだという意味ではありませんが、たしかに魅力は感じますわ。そうなんですよ、セーラの感じているものが、わたしにもわかる気がするんです。でも、わたしは年もとっているし、経験も積んでいますから、あの青年がまったくのろくでなしだということは見てとれます。多少はいいところもある、とは思いますけどね」とレイシイ夫人は、いくらか考え顔で、つけ加えた。「妹も連れてきてもいいかと、訊いてきたのですよ。その妹というひとは、手術を受けて、病院にいたのです。病院なんかでクリスマスをすごさせるのはかわいそうだから、もしあまりご迷惑でなかったら、一緒に連れてきてやりたい。食事などは自分で部屋へ運んでやるから、ということでした。なかなか親切なところもあると、お思いになりません、ポアロさん？」

「おもいやりを示していますね」とポアロも考え顔で答えた。「あの性格にそぐわない感じではありますが」

「さあ、どうでしょうか。金持ちの若い女を餌食にしようと望むと同時に、家族の者への愛情も抱けますからね。セーラはたいへんな金持ちになるはずなのです。わたしたちの遺産がはいるだけではありません――そのほうはたいした額ではないんですよ、わたしたちの資産の大部分はこの家屋敷も添えて、孫息子のコリンに譲ることになりますから。でも、あの子の母親はたいへんな資産家でしたし、あの子も二十一歳になると、その財産をそっくり受け継ぐことになるのです。今はまだやっと二十歳なのですけどね。それにしても、妹のことを考えてやったりするところは、やはりデズモンドのいいところだと思いますわ。妹が非常にすばらしい女性だなどと、うわっつらを飾ったりもしませんでした。なんでも速記タイピストらしいんです——ロンドンで秘書の仕事をしている。それに、自分の言った言葉どおりに、食事を運んでやってもいいますわ。もちろん、しじゅうではありませんが、何度も。ですから、あの青年にもいいところはあると思います。それにしても、セーラをあの青年と結婚させたいとは思いませんわ」と彼女はきっぱりと言いきった。

「世間のうわさやわたしの聞いたことから判断しても、たしかにそれは不幸な結果になりそうですね」と、ポアロも言った。

「なんらかの方法で、わたしたちを援助していただける見込みがありますかしら？」とレイシイ夫人は訊いた。

「それは、できると思います」とエルキュール・ポアロは答えた。「もっとも、あまり多くを期待していただいても困りますけれどね。というのは、デズモンド・リーウォートリイ流の人間は抜け目がありませんからね。しかし、あきらめることはありません。たぶん、ちょっとした方法がとれるでしょうから。いずれにしても、わたしは最善の努力をつくしてみるつもりでいます。今度のクリスマスのお祝いにお宅へ招いていただいたご親切さに、感謝するためだけにでもね」彼はまわりを見まわした。「近頃では、クリスマスを祝うのもそう容易なことではありますまい」

「まったくですわ」レイシイ夫人は溜め息をついた。彼女は体を乗り出した。「じつはね、夢に描いていることがあるんですけど——どういうことだとお思いになりまして?」

「話してください、マダム」

「わたしはね、小さな現代的なバンガローが欲しくてたまらないんですよ。そりゃ、文字どおりのバンガローはどうかと思いますけど、小さな現代風な住みやすい家を、この庭園のどこかに建てて、最新式の台所を備えた、長い廊下などのない暮らしがしてみたいんです。すべてが容易で簡単な」

「それは非常に実際的なお考えですね」

「わたしにとっては、実際的だとは言えませんわ」とレイシイ夫人は言った。「主人はこの屋敷を熱愛しているんですもの。ここで暮らすのが大好きなんですよ。多少の不便なんか苦にしません。苦にしないどころか、庭園内の小さな現代風な家に住むのなんか、大きらいなんですから」

「それでは、マダムは、ご主人の希望にそうために、自分を犠牲にしていらっしゃるというわけですか？」

レイシイ夫人はきっとなった。「わたしは犠牲だなどとは思っていません。主人と結婚したのも、あのひとを幸福にしてあげたいと思ってのことなのですからね。主人は、この長い年月、わたしには良き夫であってくれましたし、わたしを幸福にしてくれましたから、わたしもあのひとを幸福にしてあげたいと思っています」

「それでは、ひきつづいてここにおすまいになるわけですね」とポアロは言った。

「ほんとうはそう不便すぎるわけでもありませんから」とレイシイ夫人は言った。

「不便だなんて」とポアロはあわてて弁解した。「それどころか、こんな住みごこちのいい家はないくらいですよ。お宅のセントラル・ヒーティングやお湯の出る設備は申し分なしです」

「この家を住みごこちよくするためには、ずいぶんお金もかけました。いくらか土地が売れたものですからね。この地方にも発展の機会がきたというわけですわ。幸いに、そこはこの家からは見えない、庭園の反対側なのです。ほんとうはぜんぜん見晴らしもきかない、よくない土地なのですけど、たいへんいい値段で売れました。おかげで、可能なかぎりの改善はできたわけですの」

「しかし、使用人たちのほうは、マダム？」

「そちらのほうも、想像なさるほど困難ではないんですよ。そりゃ、昔のように、充分に手がそろうというわけにはまいりませんけれどね。村からいろんなひとが来てくれています。朝には女手が二人、昼食の用意と後片づけには、別の女のひとたちが二人、夕方にはまたちがった人たち、というふうに、一日のうち二、三時間なら、働きにきたがる者がたくさんいますから。もちろん、クリスマスには、わたしたちは恵まれているんですよ。毎年クリスマスにはロスおばさんが手伝いにきてくれますから。すばらしい、ほんとうに一流のコックなんですよ。十年前から勤めをやめているんですけど、何かの時には手伝いにきてくれます。それから、ペヴレルもいますしね」

「お宅の執事のことですか？」

「そうなのです。あの男も勤めはやめて、門番小屋のそばの小さな家に年金で暮らしているんですけど、主人想いの人間ですから、クリスマスには給仕をすると言ってきかないんです。ほんとうはね、ポアロさん、わたしはびくびくものなんですよ。あんなに年をとってよたよたしていますから、重い物などを運ぶと、落としそうでねえ。見ているこっちがはらはらさせられるんです。それに、心臓もよくないので、働きすぎはしないか心配でしてね。ですけれど、ころさせなかったりしたら、ひどくあの男の気持ちを傷つけそうですしね。ペヴレルは、わたしどもの銀器の状態を目にしたりすると、なさけなさそうに、さかんにブツブツ言いながら、ここへ来て三日と経たないうちに、何もかも元どおりにきれいにしてくれますわ。ちょっとあんな忠実な友だちはありませんわね」彼女はポアロにほほえみかけた。「そんなわけで、わたしたちは愉しいクリスマスが迎えられるというわけですの。それに、ホワイト・クリスマスになってくれそうですしね」と彼女は窓の外へ目をやりながら、つけ加えた。「ほらね、雪が降り出していますわ。ああ、子供たちも家にはいってきますわ。ポアロさんもみんなに逢ってやってくださいね」

ポアロは正式に紹介された。最初に、中学生の孫息子のコリンと、その友だちのマイケル、十五歳の礼儀正しい少年たちで、一人はブルネット、一人は金髪。次に、彼らのいとこで、同じ年頃の黒い髪をした、活気にあふれた少女、ブリジェット。

「それから、これが孫娘のセーラです」とレイシイ夫人は言った。

ポアロもいくらか興味をこめた眼で彼女を見まもった。赤い髪をろくにとかしていない、魅力的な娘だった。態度にどこかびくついたようなところがあり、いくらか挑戦的なように思えたが、祖母に対してはまがいのない愛情を示していた。

「それから、こちらがリーウォートリイさん」

リーウォートリイはフィッシャーマンズ・ジャージイに、細身の黒のジーンズを身につけ、髪をいくらか長めにのばしていて、その朝髭をそったのかどうかもあやしそうだった。対照的だったのは、次に紹介されたデイヴィッド・ウェルウィンという青年で、こちらは感じのいい微笑をたたえた、堅実そうな、もの静かな男だったし、石けんと水の常用者であることがはっきりしすぎているくらいだった。もう一人、ととのった顔だちの、少々気性の激しそうな若い女がこの一団にまじっていたが、ダイアナ・ミドルトンという女性だとわかった。

おやつが運びこまれてきた。スコーンに、クランペットに、サンドイッチに、なお三種類のケーキという、豊富なおやつだった。若いひとたちは、おいしそうにほおばった。レイシイ大佐は、一番最後にはいってきて、無表情な声でこう言った。

「やあ、お茶か、ああ、わしももらうぞ」

彼は細君のさし出した紅茶を受け取り、スコーンを二つ取って、デズモンド・リーウォートリイのほうへちらと不愉快そうな視線を投げたと思うと、できるだけ離れたところに座りこんだ。太い眉毛、風雨にさらされた赤ら顔の、大きな男だった。地主邸宅のあるじというよりは農夫と間違われそうな風采だった。

「雪になったぞ」と彼は言った。「まちがいなくホワイト・クリスマスになってくれそうだ」

おやつを食べ終わると、みんな分散した。

「あの子たちはこれからテープレコーダーで遊ぶつもりでしょうよ」とレイシイ夫人はポアロに言った。彼女はかわいくてたまらなさそうに、部屋を出ていく孫息子を目で追った。「子供たちはおもちゃの兵隊で遊ぶつもりですのよ」とでも言っているような調子だった。

「そりゃびっくりするほど専門家ぶりを発揮しますし、大じかけなやり方をするんですよ」と彼女はつけ加えた。

ところが、少年たちとブリジェットとは、もうスケートができるようになっていそうだというわけで、湖水へ様子を見に行くことにきめた。

「今朝でも、スケートができると、ぼくは思ったんだけどなあ」とコリンは言った。

「ホジキンズ爺さんはだめだと言うんだよ。あの爺さんはいやに用心ぶかいったらないんだから」

「デイヴィッド、散歩に行かない？」とダイアナ・ミドルトンがやさしく誘いかけた。

デイヴィッドは、セーラの赤い髪に眼を向けていて、ちょっとのあいだためらった。

セーラのほうは、デズモンド・リーウォートリイのそばに立っていて、彼の腕に片手をかけ、顔を見上げていた。

「そうだね。行こう」とデイヴィッド・ウェルウィンは答えた。

ダイアナはすばやく彼の腕に片手をすべりこませ、二人は庭へ通じる戸口へ向かった。

セーラは言った。

「デズモンド、わたしたちも行かない？ 家のなかにいると息がつまりそうだわ」

「散歩なんか」とデズモンドは答えた。「ぼくは自動車を出してくるつもりだ。〈まだ《スペク》らの猪《ルド・ボア》〉へ行って、一杯やろう」

セーラは、ちょっとためらっていたようだったが、こう言った。

「マーケット・レドベリイの〈ホワイト・ハート〉へ行きましょうよ。そのほうがずっと面白いわ」

絶対にそんなことはおくびにも出さなかったろうけれども、セーラは、デズモンドと一緒にこの土地のパブへ行くことには、本能的な嫌悪を感じていた。なぜということもなく、そんなことはキングス・レイシイの伝統に反するような気がした。キングス・レイシイの女たちは〈まだらの猪《スペクルド・ボア》〉へなど足を踏みいれたことがなかった。そんな所へ行ったのでは、レイシイ老大佐夫妻の顔をつぶしそうな、漠然とした予感がした。しかし、そんなことかまわないじゃないか、と、デズモンドなら言いそうだった。そう思うと、一瞬腹が立ってきて、あなただって、その理由を知っていてくれてもよさそうなものじゃないの、とセーラは思った。やむをえない場合はともかく、祖父やエムおばあさんのようないいひとたちの感情を傷つけるのはよくない。じっさいあんなに優しくしてくれているんだから。自分がなぜチェルシーなどに住みたがるかという理由はぜんぜん理解しないながらも、そんな生活を認めてくれ、好きなようにさせてくれている。もちろん、あれはエムおばあさんのおかげなのだ。祖父だけだったら、どんなに文句を言われたかわかりはしない。

セーラは、祖父の態度について、なんの幻想も抱いていなかった。デズモンドをキングス・レイシイへ招待してくれたのは、祖父の指図ではない。エムおばあさんのはからいだし、あのおばあさんは、これまでもそうだったけれど、今も変わりなく自分にはよくしてくれる。

デズモンドが自動車を出しに行っているあいだに、セーラはまた客間へ頭を突っこんだ。

「マーケット・レドベリイへ行ってくるわ」と彼女は言った。「あそこの〈ホワイト・ハート〉で一杯飲もうというわけなの」

彼女の声音にはどことなく挑戦的な響きがあったが、レイシイ夫人はそれに気がついた様子はなかった。

「おや、そうなのかい。きっとそれも愉しいだろうね」と彼女は答えた。「デイヴィッドとダイアナは散歩に行ったようだね。わたしは安心したよ。ダイアナを招待したのは、たしかにわたしの霊感のたまものだったと思うよ。あんなに若くて——まだやっと二十二なんだものね——後家さんになったりして、かわいそうで、早く再婚するといいと思っているんだよ」

セーラはさっと祖母の顔をみつめた。「おばあさん、何か企んでいるんじゃない?」

「わたしのちょっとした計画なんだよ」とレイシイ夫人は愉しそうに言った。「あの子はデイヴィッドにちょうど向いていると思ってね。そりゃ、デイヴィッドがおまえを夢中で愛していることは知っているけど、おまえのほうは望みがなさそうだし、それに、おまえ向きの青年でもないことは、わたしにもわかるんだよ。だけど、デイヴィッドをいつまでも不幸にしておいてはいけないから、ダイアナとなら、ちょうど似つかわしい夫婦じゃないかと思ったんだよ」

「おばあさんたら、仲人役が好きねえ」とセーラは言った。

「それは自分でも知っているよ。年寄りはみんなそうなんだから。ダイアナはもうデイヴィッドが好きになっているみたいだね。おまえは、あの二人が似合いの夫婦になるとは思わないかい？」

「わたしはそうは思わないわ」とセーラは答えた。「ダイアナは――そうねえ――気性がはげしすぎるし、きまじめすぎるわよ。あのひとと結婚したのでは、デイヴィッドは閉口しそうな気がするわ」

「まあ、いまにわかるよ」とレイシイ夫人は言った。「いずれにしても、おまえはあの青年には未練はないのだろうねえ？」

「もちろんだわよ」とセーラは、はやすぎるほど即座に答えた。ついで、いきなり突っかかるように、こう訊いた。「おばあさんはデズモンドに好意を持ってくれているんじゃないの？」

「それは非常にいい青年だと思っているよ」とレイシイ夫人は答えた。

「おじいさんは嫌っているわ」とセーラは言った。

「それは、おまえ、好意を持ってもらえると期待するほうがむりだよ」とレイシイ夫人は道理を説いて聞かせようとした。「でもねえ、おじいさんだって、慣れてしまえば、考え直してもらえると思うよ。せきたてちゃだめなんだよ、セーラ。年寄りは考え方を変えるのに時間がかかるものなのだし、おじいさんは少々がんこだからねえ」

「おじいさんがどう思おうと、なんと言おうと、かまやしないわ。わたしは、自分の好きなときに、デズモンドと結婚するつもりなんだから……」とセーラは言った。

「おまえのその気持ちはわかるんだよ。でもね、現実的な考え方を持つようにしなきゃ。おじいさんの出方によっては、ずいぶんめんどうなことにもなりかねないんだからね。おまえはまだ成年にも達していないし。あと一年経てば、好きなようにできるんだからね。その頃までには、おじいさんも考え直してくださるだろうしね」

「おばあさんはわたしの味方をしてくださるわね？」とセーラは言って、祖母の首に腕をまきつけ、愛情をこめてキスした。

「わたしはおまえたちが幸福であってくれればいいんだよ」とレイシイ夫人は言った。「ほら！　おまえの青年が自動車をまわしてきたよ。わたしはね、近頃の青年たちのはいている、ああいうぴっちりとしたズボンが好きなんだよ。いかにもスマートに見えるからね——ただ、そのおかげでエックス脚はエックス脚が目立ちすぎる気がするけれど」

そうだわ、たしかにデズモンドはエックス脚だわ、今までぜんぜん気がつかなかったけど……とセーラも心のなかでつぶやいた。

「さあ、愉しんでおいでよ」とレイシイ夫人は言った。

彼女は、自動車のほうへ向かうセーラを目で追っていたが、やがて外国の客のことを思い出し、図書室のほうへ行った。だが、覗きこんでみると、ポアロは気持ちよさそうに居眠りしていたので、ひとりでにやにやしながら、ホールを横切り、台所へ、ロスおばさんと食事の相談をしに行った。

「さあ、行こうや、美人さん」とデズモンドは言った。「きみがパブへなんか行くというわけで、ここの連中はかんかんだろう？　まったく時代おくれな連中じゃないか？」

「怒ってなんかいないわよ」とセーラはつっけんどんに言い返して、車に乗りこんだ。

「あの外国人を招いたのはどういうわけだい？　あいつは探偵なんだろう？　何を探偵させようというんだろう？」

「ああ、あのひとは、仕事で来ているんじゃないのよ」とセーラは答えた。「わたしの名づけ親のエドウィナ・モアクームの依頼で招待したのよ。たしか、専門の仕事からは、もうずっと前から引退しているはずよ」

「使いものにならない、老いぼれ馬車馬というところか」

「昔ながらのイギリスのクリスマスが見たいんだと思うわ」とセーラは漠然と答えた。

デズモンドはばかにしたような笑い声をたてた。「あんなくだらないものを。きみだって、どうしてあんなものががまんできるのか、ぼくにはわからんよ」

セーラは、赤い髪をはね上げ、顎をつんと突き出した。

「わたしはけっこう愉しんでるわ！」と彼女は挑戦するように言った。

「いやだな。明日は何もかもすっぽかしてやろうじゃないか。スカーバラかどこかへ行こうよ」

「わたしにはそんなことはできないわ」

「なぜだい？」

「だって、みんなの気持ちを傷つけることになるわ」

「なんだい、くだらん！　きみだって、あんな子供っぽいセンチメンタルなばか騒ぎなんか、愉しめるはずもないじゃないか」

「そりゃね、ほんとうのところは、そうだけれど――」セーラは言葉をとぎらせた。自分にはクリスマスのお祝いを愉しんで待っている気持ちがあると悟ると、彼女は悪いような気がした。ほんとうは何もかも愉しんではいても、相手がデズモンドでは、それを認めるのが恥ずかしかった。クリスマスや家庭生活なんてものは、愉しむべきことではないはずだ。ほんの一瞬間ではあったが、デズモンドがクリスマス頃にここへ来ていなきゃよかったのにと、彼女は思った。デズモンドは、このうちへ来させないほうがよかったという、後悔に似た気持ちすら感じた。デズモンドとは、郷里でよりもロンドンで逢うほうがずっと面白かった。

　一方、少年たちとブリジェットとは、やはりスケートがやれるのかどうかしきりに論じあいながら、湖から帰ってくる途中だった。雪片がひらひらと舞い落ちていて、空を見上げると、まもなく大雪になりそうな気配が見てとれた。

「夜じゅう降りそうだなあ」とコリンは言った。「クリスマスの朝までには二フィートはつもるぞ」

これは愉しい予想だった。

「雪だるまを作ろうや」とマイケルは言った。

「そういえば、もうずいぶん雪だるまを作ってないなあ――四つぐらいの年からだぞ」とコリンは言った。

「そう簡単に作れるものじゃないわよ」とブリジェットが口を出した。「何を作るかが問題なんだから」

「ポアロさんの姿をまねて作ってもいいじゃないか」とコリンは言った。「でっかい黒い口髭をつけるんだ。口髭なら、仮装用品箱のなかにあるぞ」

「どうも不思議なんだけど」とマイケルが考え顔で言った。「ポアロさんは今までどうやって探偵になれてたのかなあ。あれじゃ、変装なんかできっこないと思うがなあ」

「そうね」とブリジェットも言った。「それに、あのひとが顕微鏡を持って駆けまわったり、手がかりをさがしたり、足跡をはかったりするなんて、想像もつかないわ」

「いいことを思いついたぞ」とコリンが言った。「あのひとのために一つ芝居をやろうや！」

「芝居って、どんなのよ？」とブリジェットが訊いた。

「殺人事件をでっちあげるんだよ」

「すてきなアイディアだわ」とブリジェットは言った。「雪のなかに死体がころがっていたり――そんなことなの？」

「そうだよ。あのひとも、わが家へ帰ったような気がしようというものじゃないか」

ブリジェットはくつくつ笑い出した。

「そこまでやれるかしらね」

「雪が降れば、申し分なしの舞台装置ができあがるぞ」とコリンは言った。「死体に、足跡――こいつは慎重に計画する必要があるなあ。おじいさんの短剣を一本くすねる必要があるし、血も作らなきゃならないんだから」

彼らは立ち止まってしまい、はげしく降り出した雪のことなんか忘れて、興奮した声で相談を始めた。

「以前教室に使っていた部屋に絵の具箱がある。混ぜ合わせりゃ、血の色が出せるはずだ――深紅色ならいいだろう」

「深紅色だと、ちょっとピンク色すぎるわ。わたしはそう思うわ」とブリジェットは言った。「いくらか褐色がかっていなきゃ」

「だれが死体になるんだい？」とマイケルが訊いた。

「わたしが死体になってあげるわ」とブリジェットが即座に答えた。

「こいつ、この計画を思いついたのはぼくなんだぞ」とコリンは言った。

「だめよ、だめよ、わたしでなきゃ。女の子でなきゃだめ。そのほうが刺激的だもの。きれいな女の子が生命を失って雪のなかに横たわっているなんて」

「きれいな女の子だって！　は、は、は」とマイケルはあざ笑った。

「わたしは髪の毛も黒いのよ」とブリジェットは言った。

「それがなんの関係があるんだい？」

「だって、雪の上だから目立つわよ。それに、わたしは真っ赤なパジャマを着るつもりよ」

「真っ赤なパジャマなんか着たんじゃ、血痕が見えないぞ」とマイケルが実際家らしい意見を述べた。

「だって、雪が背景だと効果的じゃないの。それに、家には白の肩掛けがあるから、それに血をつければいいんだわ。ねえ、すてきじゃない？　あのひとほんとうにだまされるかしら？」

「こっちがうまくやれば、だませるよ」とマイケルは言った。「雪の上には、きみの足跡と、死体のほうへ行っているのと、引き返しているのとの、もう一人の人間の足跡だけをつけておくんだ――もちろん、おとなの男の足跡だぜ。あのひとは足跡をみだすまいとするだろうから、きみがほんとうは死んではいないことには気がつかないさ。まさか――」何か急に気がついたことがあるらしく、マイケルは言葉をとぎらせた。ほかの者たちは彼の顔を見た。「まさか、あのひとは怒ったりはしないだろうなあ？」

「怒ったりしないわよ」とブリジェットは気休めの楽観論を述べた。「あのひとを面白がらせるためにしただけだってことを、理解してくれると思うわ。クリスマスのご馳走みたいなものなんだから」

「クリスマス当日ではまずいと思うなあ」とコリンが考え顔で言った。「おじいさんが機嫌をそこねるかもしれないぞ」

「それじゃ、クリスマスの次の日」とブリジェットは言った。

「次の日ならもってこいだ」とマイケルは言った。

「時間も余分にかけられるしね」とブリジェットは追っかけるように言った。「なんといっても、いろいろ準備しなきゃならないことがあるんだから。さあ、小道具類を調べてみましょう」

彼らは急いで家へはいっていった。

3

その晩は忙しかった。ヒイラギやヤドリギが大量に持ちこまれ、食堂の片はしにクリスマス・ツリーが立てられた。だれもが、その飾りつけや、ヒイラギの枝を絵の額縁のうしろにさしたり、ヤドリギをホールの適当なところに下げる手伝いをした。

「まだこんな古めかしいことが行なわれているとは、夢にも知らなかったよ」とデズモンドは、軽蔑をこめた小声で、セーラに言った。

「わたしたちのところでは、ずっとこうしているのよ」とセーラは弁解ぎみに答えた。

「そんなことは理由にならないよ！」

「デズモンド、いいかげんにしてよ。わたしは、面白いと思うわ」

「まさか、きみまでが、こんなことを！」

「そりゃね――ほんとうのところは――でも、ある意味では、愉しい気がするわ」

「雪のなかを真夜中のミサに行くひとたちは、だれなの？」とレイシイ夫人が、十二時二十分前に訊いた。

「ぼくは行きません」とデズモンドは言った。「セーラ、おいで」

彼はセーラの腕に手をかけ、図書室の索引ケースのあるほうへ引っ張っていった。

「ものには限度があるよ。真夜中のミサなんかに！」と彼は言った。

「そうね。そりゃそうだわね」とセーラも答えた。

ほかの者たちは、オーバーをひっかけたり、ドタバタ歩きまわったりして、にぎやかな笑い声とともに出かけていった。二人の少年とブリジェット、デイヴィッドとダイアナは、降る雪をついて、歩いて十分かかる教会へ出発した。彼らの笑い声が遠くに消えていった。

「真夜中のミサか！」とレイシイ大佐は吐き出すように言った。「わしの若い頃には、真夜中のミサになんか行ったりしなかったものだ。だいたい、ミサなんて！　カトリックのすることじゃないか！　ああ、これは失礼、ポアロさん」

ポアロは手を振った。「いや、いいんですよ。わたしのことは気にしないでください」

「朝の礼拝に行くのは、だれにとってもいいことだ」と大佐は言った。「ちゃんとした日曜の朝の礼拝はなあ。《先ぶれの天使のみ声を聞け》や、昔からあるクリスマスのいい讃美歌。それから、帰ってきて、クリスマスの正餐《ディナー》の席につく。それなら、ちゃんとしたやり方だ。そうだろう、エム？」

「そうですとも」とレイシイ夫人は答えた。「わたしたちはそのとおりにしていますわ。でも、若いひとたちは真夜中の礼拝に行くのが愉しいのよ。それに、若いひとたちが行きたがるということは、いいことでもあるし」

「セーラとあの男は行きたがってはいないぞ」

「それは、あなたの勘ちがいだと思うわ。セーラは、ほんとうは行きたいんだけど、口に出したくないだけなのよ」

「あんなやつの意見を気にするなんて、納得がいかんなあ」

「あの子はまだまだ若いからですよ」と、レイシイ夫人は落ち着きはらって言った。

「ポアロさん、もうおやすみになります？　それでは、おやすみなさい。よく眠れますように」

「マダム、あなたは？　まだおやすみにならないんですか？」

「もうちょっと」とレイシイ夫人は答えた。「靴下に贈り物を入れておいてやらないと。そりゃね、もうみんな子供とは言えませんけど、靴下に入れてもらうのを嬉しがりますからね。ふざけた物を入れてやるんですよ！　ちょっとしたばかげた物をねえ。でも、こんなことも、面白がらせる役には立ちますから」

「クリスマスには、お宅を幸福な一家にするために、マダムは、ずいぶん努力していらっしゃるわけですね。尊敬しますよ」

　ポアロは、宮廷流に彼女の手を持ち上げてキスした。

　ポアロが出て行くと、レイシイ大佐は、「なんだ、派手な男だなあ。それにしても――

――きみを理解してはいるようだ」と言った。

　レイシイ夫人はえくぼを浮かべて夫を見上げた。「ホレイス、気がつかないの、わたしはヤドリギの下に立っているのよ」と彼女は十九歳の娘のように気どって言った。

（女性がヤドリギの下に立っていると、キスしていいことになっている）

　エルキュール・ポアロは自分の寝室にはいった。ラジエーターをいくつも備えた広い部屋だった。大きな四柱式のベッドに歩みよったとたんに、枕の上に封筒が載せてあるのに気がついた。彼は封筒を開き、一枚の便箋を引き出した。それには、たどたどしい大文字の活字体で、次のように書いてあった。


　　プラム・プディングにはけっして手をつけないこと。あなたのためを思っている者より。

エルキュール・ポアロは啞然としてその手紙を見つめた。眉があがった。「秘密の手紙だな」と彼はつぶやいた。「それに、すこぶる意外でもある」

4

クリスマスの正餐は午後二時に始まったが、これはまったくの饗宴といってよかった。広い壁炉のなかでは、大きな丸太がパチパチと陽気な音をたてて燃えており、何人もの人間の同時にガヤガヤと喋る雑然とした声も、薪のはぜる音を圧倒するほどだった。カキのスープがおなかにおさまり、大きな二羽の七面鳥が運びこまれたと思うと、骸骨だけの姿になって出ていった。いよいよ最高の瞬間が到来し、クリスマス・プディングが、威風堂々と、運びこまれた！　老ペヴレルは、八十歳の老衰のせいで、手も膝もふるえているくせに、自分以外の者にはだれにも運ばせようとしなかった。レイシイ夫人は、心配のあまりに、両手をぴったり合わせていた。いつかはクリスマスの日に、ペヴレルはばったり倒れてそのまま死ぬにちがいないという気が、彼女にはした。倒れてそのまま息をひきとる危険をおかさせるか、それとも、こんなことなら死んだほうがましだと思わせるほど、彼の感情を傷つけるか、どちらかにきめねばならなかったので、今までのところは、彼女は前者を選んできたのだった。銀盆の上には、クリスマス・プディングが、その偉容を輝かせておさまっていた。大きなフット・ボールのような形をしたプディングで、ヒイラギが一枝、優勝旗のようにその上にさしてあり、青と赤の輝かしい炎がそのまわりから舞いあがっていた。「おおっ」という歓呼の声が起きた。

レイシイ夫人も一つだけは手を打っていた。テーブルをまわって順番に渡してゆくよりも、自分が切り分けてあげたほうがいいからと言って、プディングを自分の前に置かせるように、ペヴレルを説きつけておいたのだった。プディングが無事に自分の前に置かれたときには、彼女は安堵《あんど》の吐息をもらした。まだ炎の這っている切り分けたプディングの小皿が、手早くまわされていった。

「ポアロさん、願《がん》をかけるのよ」とブリジェットが興奮した声で教えてやった。「湯気が消えないうちに願をかけなきゃ、はやく、おばあさん、はやくったら」

レイシイ夫人は、満足の吐息とともに、椅子によりかかった。願かけプディングは成功だった。それぞれの前には、まだ炎の這っているプディングが、一切れずつならんでいた。一瞬テーブルのまわりに沈黙が起きたのは、だれもが懸命に願をかけているせいらしかった。

　自分の皿の上のプディングを見詰めているポアロの顔に、少々奇妙な表情が浮かんでいるのには、だれも気がついた者はなかった。〝プラム・プディングにはけっして手をつけないこと〟あの不吉な警告はいったいどういう意味なのだ？　自分にまわされてきたプラム・プディングの一切れと、ほかの者たちの分とのあいだには、なんの違いもあるはずがないではないか！　溜め息とともに、自分でも壁に突きあたったことを認め——エルキュール・ポアロが壁に突きあたったなどと、自分でも認めねばならないのは、残念しごくだったが——彼はスプーンとフォークを手にとった。

「ポアロさん、ハード・ソースは？」

　ポアロは嬉しそうに自分でハード・ソースをかけた。

「エム、またわしのとっときのブランディをくすねたな？」テーブルの反対側のはしから、大佐が上機嫌に声をかけた。レイシイ夫人はちらりと夫に笑いかけた。

「ロスおばさんが、一番上等のブランディでなきゃいけないと言って、きかないからなのよ。味がうんとちがってくるって」

「まあいいだろう」とレイシイ大佐は言った。「クリスマスは一年に一度しかこないんだし、ロスおばさんは偉大な女性だからなあ。偉大な女性であり、偉大な料理人だよ」

「たしかにそうだね」とコリンも言った。「これは、すてきなプラム・プディングだぞ。うんうん」彼はおいしそうに口いっぱいにほおばった。

エルキュール・ポアロは、そっと、不器用といえるほどの手つきで、自分のプディングにフォークをあてた。一口食べてみた。すこぶるおいしかった。彼はもう一口食べた。皿の上に何かかすかに光る物があった。彼はフォークでしらべてみた。左側にいたブリジェットが加勢にきてくれた。

「ポアロさんに何かあたったらしいわね。何かしら？」

ポアロは、その小さな銀色の物を、まわりにへばりついているレーズンのなかから取り出した。

「あら、いやだわ、独身者用のボタンよ！　ポアロさんに独身者用のボタンがあたったわよ！」と、ブリジェットは言った。

エルキュール・ポアロはその小さな銀ボタンを皿の横のフィンガー・ボウルの水のなかにつけ、プディングのくずを洗い落とした。

「きれいなものですな」と彼は言った。

「ポアロさん、それがあたると、独身ですごすという意味なんですよ」とコリンは教えてやった。

「それなら、当たっていると言えましょう」とポアロはきまじめに答えた。「わたしは長年独身ですごしてきたし、今さらその身分を変えることになろうとは思えませんからね」

「先のことなんかわかるものですか」と、マイケルが言った。「このあいだも、九十五のひとが二十二の娘と結婚したと、新聞に出ていましたよ」

「これはどうも、勇気づけられる話ですね」とポアロは言った。

ふいに、レイシイ大佐が、あっと言った。顔が紫色になり、片手が口もとへいった。

「けしからんぞ、エミリーン」と大佐はどなった。「なんだってコックにガラスなんかをプディングに入れさせるんだ？」

「ガラスを！」レイシイ夫人は驚きの声を上げた。

レイシイ大佐は、そのふとどきな物を口からひき出した。「もうすこしで歯を折るところだった。でなきゃ、呑みこんで、盲腸炎になったかもしれないぞ」と彼は文句を言った。

大佐は、そのガラスのかけらをフィンガー・ボウルにつけて、ゆすぎ、目の前にかざした。

「こりゃ驚いた。クラッカー・ブローチについている赤い石じゃないか」と彼は叫んで、それを高くかざした。

「ちょっと拝見」

ポアロが、隣りの人間ごしに器用に手をのばし、レイシイ大佐の指からそれを受け取って、念入りに調べた。大佐の言葉どおりに、それは、ルビー色をした、赤い大きな石だった。彼がひねくりまわすたびに、電灯の光がそのいくつもの面にあたってキラキラ光った。テーブルのまわりのどこかで、さっと椅子をうしろへずらしたと思うと、また前へ引き寄せた者があった。

「うわー！　ほんものだったら、すばらしいんだがなあ」とマイケルが叫んだ。

「たぶん、ほんものよ」とブリジェットが希望をこめて言った。

「ばかだなあ、ブリジェット。ルビーでそれくらいの大きさだったら、何千ポンドも、何万ポンドもするんだぞ。そうでしょう、ポアロさん？」

「するでしょうね」とポアロも言った。

「それにしても、わたしには、納得がいかないんだけどねえ」とレイシイ夫人が言った。

「どうしてそんな物がプディングにはいりこんだのかしら？」

「おや」と、コリンが、最後にほおばったものに気をとられて、つぶやいた。「ぼくにはブタがあたったぞ。こんなの不公平だよ」

たちまちブリジェットがはやしたてた。「コリンにブタがあたった！　コリンにブタがあたった！　コリンは食いしんぼうの、大ぐらいのブタだ！」

「わたしには指輪があたったわ」とダイアナが澄んだ高い声で言った。

「それはおめでとう、ダイアナ。わたしたちのだれよりも先に結婚することになるわよ」

「わたしには指ぬきがあたったわ」とブリジェットがなさけなさそうな声を出した。

「ブリジェットはオールド・ミスになるぞ。わーい、ブリジェットはオールド・ミスになるぞ」と二人の少年ははやしたてた。

「貨幣はだれにあたったのかなあ？」と、デイヴィッドが訊いた。「このプディングには、ほんものの十シリング金貨がはいっていたんだぜ。ロスおばさんがそう言ってたから、ぼくは知っているんだ」

「どうやら、ぼくがその幸運児らしい」とデズモンド・リーウォートリイが言った。

レイシイ大佐の隣りにいた二人は、大佐がこうつぶやくのを耳にした。

「たしかに、おまえは運がよさそうだよ」

「ぼくにも指輪があたったぞ」とデイヴィッドが言った。彼はテーブルごしにダイアナのほうへ顔を向けた。「まったくの偶然の一致ですね」

笑い声はなおもつづいた。ポアロが、何かほかのことに気をとられてでもいたのか、うっかりと、さっきの赤い石を自分のポケットに落としこんだのには、だれも気がつかなかった。

プディングにつづいて、ミンス・パイやクリスマス・デザートが出た。そのあとで、年上の者たちは、お茶の時の、クリスマス・ツリーに灯をともす儀式までのあいだ、昼寝を愉しみに、部屋へ退いた。だが、エルキュール・ポアロは昼寝はしなかった。それどころか、広い古風な台所へ出向いていった。

「失礼だが、さっき味わわせていただいたすばらしいご馳走のコックさんに、お祝いの言葉を述べさせてもらいたいと思ってね」と言いながら、彼はにこにこ顔で台所を見まわした。

ちょっとのあいだみんなの動きがとまったと思うと、ロスおばさんが、堂々とした態度で、彼を迎えに進み出てきた。ロスは大柄な女で、体つきにも芝居の公爵夫人そのままの品位が備わっていた。髪に白いものをまじえた痩せた女が二人、奥の流しで洗い物をしており、流しと調理場のあいだを行ったり来たりしている、亜麻色の髪の若い女も一人いた。だが、その連中は明らかに手伝いにすぎないらしかった。台所の領分では、ロスが女王様だった。

「お気に召したとうかがって、わたしも嬉しうございます」と彼女はしとやかに挨拶した。

「お気に召したどころですか！」とエルキュール・ポアロは叫んだ。彼は外国人流の大げさな身ぶりで、片手を唇にあててキスし、キスを天井へ投げた。「それにしても、あなたは天才ですぞ、ミセス・ロス！　天才だ！　あんなすばらしい料理を味わったのは、わたしも生まれてはじめてですぞ。あのカキのスープ——」彼は唇で表現たっぷりな音をたてた。「それから、あの詰め物。七面鳥の栗の詰め物、あれは、わたしの経験でも、まったく類のないものだった」

「あなたさまからそうお聞きしますのは、奇妙ですわ」とロスおばさんはしとやかに答えた。「あれは、あの詰め物は、特殊な料理法によるものなのでございます。もう何年も前に、一緒に働いていましたオーストリアの料理人から、教わったものなのでございます。ですけれど、あとのものは、ただの、正真正銘の、イギリス料理なのです」

「ところが、あれ以上のものがこの世にあるでしょうか」とエルキュール・ポアロは力をこめて言った。

「そうおっしゃっていただけると嬉しうございますわ。あなたさまは外国のお方ですもの、大陸風の料理のほうをお好みになってもいいはずですのに。そりゃ、わたしだって大陸風の料理もなんとか作れないことはありませんけれど」

「あなたなら、そりゃ、なんだってできますよ！　しかし、これはぜひ知っていてほしいものだが、イギリス料理は——イギリス料理は——二流のホテルや料理店で出すやつではなくて、正真正銘のイギリス料理は——大陸の食通連中のあいだでも、すこぶる好評なんですよ。げんに、わたしの記憶に間違いはないつもりだが、十八世紀の初頭には、特別調査団がロンドンに派遣されており、イギリスのプディングのすばらしさについての報告書が、パリへ送られてきている。それによると、〝フランスには比較すべきものなし。イギリスのプディングの多様さとその優秀さを味わわんがためのみにても、ロンドンに旅する価値あらん〟と書かれている。ところが、あらゆるプディングのうちでも、ひときわ抜きん出ているのは」とポアロは、勢いのおもむくままに、熱狂的な言葉を羅列しつづけた。「今日われわれの味わったような、クリスマスのプラム・プディングなのだ。ところで、あれは自家製のプディングでしょうなあ？　まさか、買ったものでは？」

「そのとおりでございます。わたしが、もう何年も何年も前に工夫した自分の調理法にしたがって、作ったものです。このお宅へまいりましたときに、奥さまは、おまえの手数をはぶくために、ロンドンの店にプディングを注文したとおっしゃいました。それはいけませんと、わたしは申し上げたのです。そのお心づかいはありがたいのですが、店から買ったプディングなんかは、自家製のクリスマス・プディングとは比較にもなりませんよ、とね。それと申しますのも」ロスは、芸術家だけあって、自分の専門の話になってくると熱弁をふるいだした。「商店では、当日近くなってから作るからなのです。ほんとうのクリスマス・プディングは、数週間前に作って、寝かせておかなきゃいけません。長く、といっても限度はありますが、長く寝かせておけばおくほど、おいしくなります。今でも憶えていますけれど、子供の頃、日曜ごとに教会へおまいりしましたときに、〝かきたてたまえ、おお主よ、お願いいたします〟で始まる、お祈りの言葉を、聞きもらさないように気をつけていたものです。と言いますのは、そのお祈りの言葉が出ると、その週のうちにプディングを作らなきゃいけないという、合図みたいなものだったからなのです。ですから、いつも、その合図に従って作っていました。日曜にその祈りの言葉を聞くと、わたしの母などは、必ずその週のうちにクリスマス・プディングを作ったものでした。今年も、こちらのお宅でも、そうしなきゃいけなかったのです。ところが、ほんとうを申しますと、あのプディングはやっと三日前に、あなたさまのお着きになります前の日に、作りました。ですけれど、わたしは昔のままの習慣には従いました。家の方々に、一人残らず、台所へ出てきて、掻きまわし、願をかけていただきました。それが昔からの習慣なのですし、わたしはいつもその習慣をまもってきているのです」

「じつに興味のある話だ」とエルキュール・ポアロは言った。「じつに興味のある。それでは、だれもが台所へ出てきたわけですな？」

「そうなのです。お子さま方に、ブリジェットさま、いま滞在していらっしゃいますロンドンのお方に、そのお妹さま、デイヴィッドさまに、ダイアナさま――ミドルトン奥さまと申し上げなきゃいけないのですけれど――ぜんぶの方が掻きまわしてくださいました」

「プディングはいくつ作ったのですか？　さっきのを一つだけ？」

「いいえ、四つ作りました。大きいのを二つと、小さいのを二つ。もう一つの大きいのは、元日にお出しし、小さいほうは、こちらの人数もへり、大佐さまと奥さまだけになられたときに、召しあがっていただく予定だったのでございます」

「なるほど、なるほど」とポアロは言った。

「じつを申しますと、今日おひるに召しあがったのは、間違ったプディングだったのでございます」とロスは言った。

「間違ったプディング？」ポアロは眉をよせた。「それはどういうことだね？」

「わたしどもには、クリスマス用の大きな型があるのでございます。上にヒイラギとヤドリギの模様がついている、陶磁器でして、クリスマス・プディングは、いつもそれに入れて蒸すことにしております。ところが、思いがけない災難が起きたのでございます。今朝、アニイが食料品室からおろしかかったときに、手がすべって落っこち、こわれてしまったのでございます。ですから、そんなものをお出しするわけにはまいりませんでしょう？　破片がまじりこんでいないともかぎりませんものね。それで、もう一つのほうを——元日の分を使うしかなかったのでございます。そのほうは飾りのないボウルにはいっていたのですけれどね。感じのいいまるみにはなっていますけれど、クリスマスの分の型のような装飾はついていないのです。困ったことに、あんな型はどこで売っているのかもわかりませんしね。近頃では、あれだけの大きさの型は作っていませんから。ちっちゃな物ばかりで。朝食用のお皿ですら、ちゃんと八個から十個の卵とベーコンを盛れるものは、売っていませんものね。ほんとうに以前のようではなくなりましたわねえ」

「たしかにね」とポアロもあいづちを打った。「しかし、今日はちがっていたね。今日のクリスマスは昔のままだった。そうじゃありませんか？」

ロスおばさんは溜め息をついた。「そうおっしゃっていただければ嬉しいのですけれど、以前のようには手伝いのひともありませんでしてね。訓練をつんだひとがねえ。いまどきの若いひとたちときたら――」彼女はちょっと声をひくめた。「――そりゃ、よくしようという気はあり、進んでやりもするのですけれど、なんといっても訓練をつんでおりませんからねえ」

「そう、時代は変わっていく」とエルキュール・ポアロも言った。「わたしもときどきそれを悲しく思うことがある」

「こちらのお屋敷も、おわかりのとおりに、広すぎるのでございますよ、奥さまと大佐さまがおすまいになるには。奥さまもおわかりになっておいでですわ、お屋敷の片隅でお暮らしになるなんて、以前のようではありませんものね。クリスマスに、ご家族の方全員がお集まりになったときだけ、やっとこのお屋敷も生きかえるようなありさまですから」

「リーウォートリイさんと妹さんがこの家へ来られたのは、たぶん初めてなんだろうね？」

「さようでございます」ロスおばさんの言葉つきがどことなくひかえめになってきた。「たいへんごりっぱなお方ですけれど、ちょっと――わたしどもの考え方から言いますと――セーラさまのお友だちとしては奇妙に思えますわ。でも――ロンドンでは、まるっきり風習がちがいますものねえ！　あの方のお妹さんは、あんなにおからだがわるくて、お気の毒ですわ。手術をなさったのだそうでしてねえ。ここへお着きになった最初の日にはお元気なようでしたけれど、その日に、プディングを掻きまわしたりなさったあとで、またおわるくなられて、ずっと寝たきりなのですよ。きっと、手術後、はやくお起きになりすぎたのだと思いますわ。近頃のお医者さんときたら、ろくに立てもしないのに退院させてしまうのですものねえ。わたしの甥の家内だって……」ロスおばさんは、昔のおもいやりのある待遇ぶりをひきあいに出して、自分の親戚に対する病院のとりあつかい方の冷淡さを、勢いこんで長々とまくしたてだした。

ポアロは、適当に同情の意を表しておいて、こう言った。「さて、今日の美味豪華な料理のお礼だが、わたしのささやかな感謝のしるしを受け取ってくれませんか？」しわのない五ポンド紙幣が彼の手からロスおばさんの手に渡され、おばさんは一応形式的に辞退した。

「まあ、そんなことをなさっていただかなくてもよろしいのに」

「いやいや、ぜひどうぞ」

「そうですか。ほんとうにご親切に」ロスおばさんは当然の自分の取り分としてその感謝のしるしを受け取った。「それでは、愉しいクリスマスとよいお年をお迎えくださ いますように」

5

そのクリスマスの日も、たいていのクリスマスの日のように終わった。クリスマス・ツリーに灯がともされ、おやつの時間にはすばらしいクリスマス・ケーキが出て、大いに賞美されたが、じっさいにはあまり食べてもらえなかった。夜には冷たいものだけの夕食だった。

ポアロも主人夫妻もその夜ははやく寝床に退いた。

「おやすみなさい、ポアロさん、今日は愉しんでいただけましたでしょうね」とレイシイ夫人は言った。

「すばらしい一日でしたよ、マダム。じつにすばらしい」

「なんだかひどく考えこんでいらっしゃるようにおみうけしますけど」

「わたしの考えこんでいるのは、イギリスのプディングのことなのですよ」

「すこし胃にもたれたのではありませんか？」とレイシイ夫人は遠まわしに訊いた。

「いやいや、消化の点ではなくて、プディングの意義について考えていたのです」

「もちろん、あれは伝統を持っていますわ」とレイシイ夫人は言った。「それでは、おやすみなさい、ポアロさん。あまりクリスマス・プディングやミンス・パイの夢をごらんになりませんように」

ポアロは、服を脱ぎながら、つぶやいた。「たしかにあれは問題だぞ、あのクリスマスのプラム・プディングは。わたしのぜんぜん理解していない何かがひそんでいる」彼は考えあぐねたといった様子で頭を振った。「まあいい――いまにわかることだ」

ある種の準備をしたあとで、ポアロは寝床にはいったが、眠るためにではなかった。

それから二時間ばかり経った頃、ポアロの辛抱がむくわれた。寝室のドアがごく静かに開いた。彼はにやりとした。彼の予想していたとおりだったわけだ。デズモンド・リーウォートリイがいやに丁寧に渡してくれたコーヒーのことが、ちらっと頭に浮かんだ。そのちょっとあとで、デズモンドがこちらに背を向けていたあいだに、彼はそのコーヒー・カップをしばらくテーブルの上に置いていた。やがて彼は、すくなくとも見たところ、またそれを手にとって、デズモンドの満足したことには――もしあれが満足の表情だったとすると――ひとしずくもあまさずコーヒーを飲んでしまった。だが、今夜ぐっすり眠ることになったのは、自分ではなくて別の人間なのだと思うと、ポアロの口髭がちょっと動いてかすかな微笑が浮かんだ。「あの感じのいいデイヴィッドという青年、あの男は悩みを持っていて、不幸なのだ」とポアロは心のなかで思った。「だから、ひと晩ぐっすり眠ったとしても、害にはなるまい。さあ、どういうことが起きるか、見ていてやろう」

彼は、ときおり、ごくかすかにではあるが、いびきらしいものをまじえた、やすらかな寝息をたてながら、じっと横になっていた。

何者かがベッドに歩みより、彼の上にかがみこんだ。と思うと、満足したのか、ベッドを離れ、化粧テーブルのほうへ行った。小さな懐中電灯の光で、化粧テーブルの上にきちんとならべてあるポアロの持ち物を調べている様子だった。指が財布のなかをさぐり、そっと化粧テーブルの引き出しを開け、やがて、捜索をポアロの服のポケットに及ぼしていった。最後には、ベッドに近寄り、細心の注意をはらって片手を枕の下にすべりこませた。その手を抜き出すと、一、二分間は、次に何をしたらいいか迷ってでもいるのか、突っ立っていた。やがて、室内の装飾品を見てまわり、隣りの浴室へはいっていったが、まもなく引き返してきた。ついで、かすかに「ちえっ」と舌うちしながら、部屋を出ていった。

「ああ、きみは失望を味わったというわけか」とポアロは小さな声でつぶやいた。「そう、大きな失望をね、ばかだね！　このポアロが、きみなんかの見つけ出せるようなところに物を隠しておくと、想像するなんて！」やがて、彼は寝がえりを打ち、やすらかに眠りにはいった。

　翌朝は、あわただしくドアを叩く音に眼をさまさせられた。

「どなた《キ・エ・ラ》？　おはいり。おはいり」

ドアが開いた。コリンが、息をきらし、真っ赤な顔をして、戸口に立った。彼の背後には、マイケルもいた。

「ポアロさん、ポアロさん」

「なんだね？」ポアロは起きあがった。「早朝のお茶かね？　ああ、ちがった。コリン君だね。何か起きたの？」

　コリンは、一瞬、口がきけなかった。何か激しい感情にしめつけられているみたいだった。だが、じつのところは、エルキュール・ポアロのかぶっているナイト・キャップを目にしたとたんに、コリンの声帯が一瞬間動揺させられたというわけだった。

「よろしかったら――ポアロさん、ご助力願えませんか？　何か恐ろしいことが起きたらしいのです」

「何事かが起きたって？　何が？」

「それが――ブリジェットのことなんです。雪のなかに倒れています。もしかすると――動きもしなければ、口もきかないんです――どうか、ご自分で見にきてください。ぼくは心配でたまらないんです――もしかすると、死んでいるんじゃないかと」

「なんだって？」ポアロはパッと上掛けをはねのけた。「ブリジェットさんが――死んでいる！」

「どうも――だれかに殺されたんじゃないかと思うんです。血が――血がついているんです――はやく来てください！」

「いいとも。いいとも。すぐに行ってあげるよ」

ポアロは、急場にふさわしい手ばやさを発揮して、外出用の靴に足をつっこみ、パジャマの上に毛皮の裏つきのオーバーをひっかけた。

「さあ、すぐに出かけよう。家のひとたちは起こしたのかね？」

「いいえ。ポアロさんのほかには、まだだれにも言っていないんです。そのほうがいいと思ったので、おじいさんもおばあさんもまだ起きていません。下では、朝食のしたくをしていますが、ペヴレルには言わなかったんです。あの子は――ブリジェットは――家をまわっていった向こう側なんです、テラスと図書室の窓のそばの」

「よし。案内しておくれ。ついて行くから」

コリンは、横を向いて、にやにや笑いを隠し、さきに立って階段を降りていった。彼らは横側の出口から外へ出た。その朝は空も晴れあがっていたが、太陽はまだ地平線からあまり高くはあがっていなかった。雪はやんでいたが、夜のあいだにずいぶん降り積ったんだとみえて、あたりには、とぎれめのない分厚い雪の絨毯が一面に敷きつめられていた。世界が、非常に純潔な感じに白じろとしていて、美しかった。

「ほらね！」コリンが息をきらして言った。「あ、あそこですよ！」彼は芝居がかった手つきで指さした。

あたりの情景も舞台そのままだった。ブリジェットは数ヤード離れた雪のなかに横たわっていた。深紅のパジャマを着ていて、肩に白の肩掛けをかけていた。その白いウールの肩掛けに真っ赤なしみがついていた。顔は横向きになっていて、パッとひろがっている黒い髪のかげに隠れていた。片手は体の下になっており、もう一方の手は、指を握りしめて投げ出されていて、真っ赤なしみの真ん中から、前の晩にレイシイ大佐が客たちに見せていた、大きな、湾曲した、トルコ製のナイフの柄が突き出ていた。

「これは驚いた《モン・デュー》！」とポアロは叫んだ。「まるで芝居でも観ているようだぞ！」

マイケルがちょっと喉をつまらせたような声を出した。コリンは急いでその場をとりつくろおうとした。

「そうなんです。なんだか――ほんとうのことのようには見えませんね。ほら、足跡があるでしょう?――足跡をみだしてはいけないと思いまして」

「なるほど、足跡がね。そうなのだ、足跡はみださないように気をつけなきゃいけない」

「ぼくもそう思ったんです」とコリンは言った。「だから、ポアロさんをお連れするまでは、だれも近寄らせたくなかったんです。あなたなら、どうすればいいかご存じだと思って」

「それにしてもだね」とエルキュール・ポアロはきびきびとした調子で言った。「まず、まだ生命があるかどうか、調べなきゃ。そうじゃないかね?」

「ええ――そりゃ――そうですけど」と、マイケルが少々疑わしそうに言った。「ぼくらの考えたのは――つまり――ぼくらは、かきまわされてはいけないと――」

「ああ、ずいぶん細心だね! さては、探偵小説を読んでいるとみえる。なんにも手を触れないようにし、死体をそのままにしておくということは、何よりもだいじなことなのだ。しかし、あれが死体であるかどうかは、まだはっきりとはわかっていない。そうだろう? 細心さもけっこうだが、なんといっても、普通の人間性が優先されなければね。警察のことを考える前に、医者のことを考えなきゃいけない。そうじゃないかね？」

「ええ、そりゃもちろんです」とコリンは答えたが、まだ少々どぎまぎしている様子だった。

「ぼくらは——その——何をするにも、ポアロさんがおみえになってからだと思ったものですから」とマイケルがあわてて言った。

「それじゃ、そこにじっとしているんだよ」とポアロは言った。「わたしが、足跡をみださないように、向こう側から近寄ってみよう。すてきな足跡だ——じつにはっきりしているじゃないか？　この足跡のもようでは、おとなの男と少女が、彼女の横たわっているところまで歩いていっているわけだ。それから、男のほうは引き返しているが、少女のほうは——引き返していない」

「それは犯人の足跡にちがいないと思うんです」とコリンが息を殺して言った。

「そのとおり」とポアロは答えた。「犯人の足跡だ。特殊な型の靴をはいた細長い足だな。わけなしに見分けがつきそうだ。たしかにこの足跡は重要な証拠になるぞ」

その瞬間に、デズモンドが、セーラと一緒に家から出てきて、仲間に加わった。

「いったいあなた方は何をしているんですか？」と、デズモンドは、多少芝居がかった態度で、なじるように訊いた。「寝室の窓から見えたんでね。何が起きたんです？　お

た。

「そのとおり」とエルキュール・ポアロは言った。「殺人事件らしく見えますね」

セーラは、あえぎ声をたてたと思うと、さっと二人の少年に疑わしそうな視線を投げた。

「この女の子が――なんという名前だったかな――ブリジェットか――殺されたとおっしゃるんですか？」とデズモンドは言った。「こんな女の子を殺したがる者がいたりしますかね？　信じられない話だ！」

「世のなかには信じられないようなことがいくらでもあるものですよ」とポアロは言った。「ことに、朝食の前にはね、そうでしょう？　あなたのお国の古典にも出ている。朝食前に六つの不可能なこと」ついで彼はみんなに向かって言った。「どなたもここで待っていてくださいよ」

彼は用心ぶかくまわり道をしてブリジェットに近づき、ちょっとのあいだ死体の上にかがみこんでいた。コリンとマイケルは、今はもうどちらも笑いをおさえるのに苦労し、ぶるぶる体をふるわせていた。セーラは、「あなたたちは何を企んでいたのよ？」と小声で言いながら、二人のそばへ寄っていった。

「ブリジェットのやつ、うまいものじゃないか。びくとも動かないんだからなあ！」とコリンはささやいた。

「ブリジェットほど死人そっくりなのは、見たこともないなあ」とマイケルもささやきかえした。

　エルキュール・ポアロは体を起こした。

「これは恐ろしいことだ」と彼はつぶやいた。その声には、今までには感じられなかった感情がこもっていた。

　コリンとマイケルは、ついに笑い出したい誘惑に負けて横をむいた。マイケルは喉のつまったような声で言った。

「どうしたら——どうしたらいいでしょうか？」

「しなきゃならないことはただ一つだ」とポアロは言った。「警察へとどける必要がある。どなたか電話していただけますか？　それとも、わたしから話すことにしましょうか？」

「もうこれで」とコリンは言った。「もうこれで——どう思う、マイケル？」

「そうだよ。もうこれで勝負は終わったというものだ」とマイケルは言った。彼は前へ進み出た。初めて彼もいくらかどぎまぎしている様子だった。「すみません」と、彼はあやまった。「どうかお怒りにならないでいただきたいのですが。これは——その——

一種のジョークなのです、クリスマスだからというわけで。ぼくらが計画したわけなんです——つまりあなたのために、殺人事件をでっちあげようと」

「わたしのために殺人事件をでっちあげようと考えたんだって？　それじゃ、これは——これは——」

「ただのお芝居なんです」と、コリンが説明した。「ポアロさんに——自分の家へ帰ったような気持ちになっていただこうというわけで」

「ははあ。そうだったのか」とエルキュール・ポアロは言った。「わたしをかつごうというわけだったのだね？　しかし、今日は四月一日じゃない、十二月二十六日だよ」

「ほんとうは、こんなことは、しちゃいけなかったんだと思います」とコリンはあやまった。「ですが——ですが——ポアロさん、お怒りになったりなさらないでしょうね？　おい、ブリジェット」と彼は大声で呼んだ。「起きろよ。もう凍え死んでしまうよ」

だが、雪のなかの姿は身動きもしなかった。

「奇妙だね、聞こえないらしい」とエルキュール・ポアロは言った。彼は考え顔になり、若いひとたちを見まわした。「ジョークだったのだと言ったね？　たしかにジョークかね？」

「ええ、それは」コリンは、いかにも言いづらそうだった。「ぼくらは——悪気はなかったんです」

「しかし、それなら、なぜブリジェットさんは起きてこないのだ？」

「ぼくにもなぜかわかりません」とコリンは言った。

「ブリジェット、いつまでもばかみたいに寝ころんでいるものじゃないわよ」とセーラがいらだたしそうに声をかけた。

「ポアロさん、ほんとうにすみませんでした。お許しください」とコリンは心配そうに言った。

「きみがあやまることはないよ」とポアロは奇妙な口調で答えた。

「それはどういう意味なんですか？」コリンは、唖然として彼の顔を見つめた。ついで、またふり向いた。「ブリジェット！　ブリジェット！　どうしたんだい？　なぜ起きないんだ？　どうしていつまでも寝ころんでいるのだろう？」

ポアロはデズモンドをさし招いた。「あなた、リーウォートリイさん。こちらへ来てください――」

デズモンドは彼のそばへ行った。

「この子の脈をみてください」とポアロは言った。

デズモンド・リーウォートリイはかがみこんだ。腕にさわり――手首にさわった。

「まるっきり脈がない……」彼は呆然とポアロの顔を見つめた。「腕も硬ばっている。こりゃ、ほんとうに死んでいるぞ！」

ポアロはうなずいた。「そう、死んでいる。何者かが喜劇を悲劇に変えたわけだ」

「何者かって――だれが？」

「往復している一組の足跡があります。それが、リーウォートトリイさん、あなたが小径からここへ来られたときの足跡と、非常によく似ていますよ」

デズモンド・リーウォートトリイはくるりと向き直った。

「なんだって――あなたはぼくのしわざだと言うのか？　このぼくが？　気ちがいざただ！　ぼくがこの少女を殺したがる理由なんかないじゃないか？」

「理由がね――ありませんか……ちょっとこれを……」

彼はかがみこみ、少女の握りしめている硬ばった指をそっとこじ開けた。

デズモンドははっと息をのんだ。信じられないような目つきで見つめた。死んでいる少女の手のなかから、大粒のルビーらしいものが現われたからだった。

「あのプディングにはいっていたやつだ！」と彼は叫んだ。

「そうでしょうか？　間違いありませんか？」とポアロは言った。

「もちろんだ」

デズモンドは、さっとかがみこんだと思うと、ブリジェットの手からその赤い石をもぎとった。

「そんなことをしちゃいけない」とポアロはとがめるように言った。「いっさいかき乱しちゃいけないのだ」

「死体を動かしてはいないじゃないか。それに、こいつは——なくなったりしちゃたいへんだ。だいじな証拠品なんだから。なによりかんじんなのは、できるだけはやく警察にしらせることだ。ぼくはすぐに電話をかけてくる」

彼はくるりと身をひるがえし、家へすっ飛んでいった。セーラはすぐにポアロのそばへ寄ってきた。

「わたしにはわからないんですけど」と彼女は小声で言った。その顔は死人のように白かった。「どうにもわからないんですけど、あれはどういう意味なのですか——足跡のことは?」彼女はポアロの腕をつかんだ。

「ご自分でごらんなさい、マドモアゼル」

死体のそばまで往復している足跡は、ついさっきポアロにくっついてブリジェットの死をたしかめに行き、引き返した足跡と、そっくり同じだった。

「まさかあなたは——デズモンドのしわざだなどと——そんなばかなことが!」

ふいに自動車の音が澄みきった大気をついて聞こえてきた。みんなはくるりとふり向いた。猛烈ないきおいで玄関道をくだっていく自動車の姿がはっきりと見え、セーラにはそれがだれの自動車かわかった。

「デズモンドだわ」と彼女は言った。「あのひとは——きっと、電話はやめて、警官を連れに行ったのだわ」

ダイアナ・ミドルトンが家から走り出てきて、彼らのそばへやってきた。

「何が起きたの？」と彼女は息をきらして訊いた。「ついさっき、デズモンドさんが家へ飛びこんできたのよ。ブリジェットが殺されたとかなんとか言って、電話をガチャガチャやっていたけど、だめだったの。ぜんぜん通じないとかで、電話線が切られているに相違ないと言っていたわ。こうなれば、自動車で警察へ行くしかないって。どうして警察へなんか？……」

ポアロは身ぶりで示した。

「まあ、ブリジェットが？」ダイアナは啞然としてポアロの顔を見つめた。「でも、これは——なにかの冗談じゃありませんの？　わたし聞いたことがあるんです——昨夜、ちょっと。あの子たちがあなたをひっかけようとしているように思えましたけど？」

「そうなんです」とポアロも言った。「そういうわけだったのです——わたしをひっかけようという。ですが、もうみなさんも家へおはいりください。こんなところにいては、死ぬほどの風邪をひきそうだし、それに、リーウォートリイさんが警官を連れて帰ってこられるまでは、何もすることはありませんから」

「だって、そんなことは——ブリジェットをほうり出しておいたりしては」とコリンが言った。

「ここにいても、どうしてあげることもできないのだからね」とポアロはやさしくさとした。「さあ、みなさん、すこぶる悲しむべき悲劇ではあるが、いまとなっては、ブリジェットさんを助けようにも、どうしようもないわけです。ですから、家へはいって暖まり、紅茶かコーヒーの一杯も飲もうじゃありませんか」

　みんなは、すなおに彼について家へはいった。ちょうどペヴレルが朝食のゴングを鳴らしかかっているところだった。家の者たちの多くが外に出ていたり、ポアロがパジャマにオーバーをひっかけた姿でいたりするのを異様に思ったとしても、ペヴレルはそうしたそぶりを一切見せなかった。年老いたといっても、彼はやはり申し分のない執事だった。注意を払うよう求められないことは何ひとつ気がつかないような顔をしていた。みんなは食堂へはいり、腰をおろした。全員が紅茶を前にし、それをすすりかかったときに、ポアロは口を開いた。

「みなさんに順を追って話さなきゃならないことがあるのです。ちょっとした物語をね。詳しいことは話すわけにまいりませんが、大筋の概略だけを。それは、この国を訪れたある若い王子に関係した話なのです。その王子は、近く結婚する女性に贈るために、飾りつけを直させるつもりで、有名な宝石を持ってきていましたが、不運なことには、その前に、あるたいへんきれいな若い女性と親しくなりました。そのきれいな女性は、王子そのものには大して関心を抱かなかったのですが、宝石のほうには執着しました――執着しすぎたあまりに、その、何代にもわたって受け継がれてきた由緒のある宝石を持って、姿を消してしまいました。当然、その気の毒な青年は弱りきったというわけです。何よりも、スキャンダルが起きるのをおそれました。警察に訴えるわけにもいかない。そこで、わたしのところへ、エルキュール・ポアロのところへ、やってきました。『あれを、家宝のルビーを、取り返してください』というわけです。ところで、問題の若い女性、彼女には友人があり、その友人はすこぶるいかがわしい取り引きを何度かやってきている人物です。恐喝にも関係していたし、外国での宝石類の売りさばきにも関係していました。いつもすこぶる利口にたちまわっていたわけです。そりゃ、嫌疑をかけられはしたが、証拠がない。そのすこぶる利口な紳士、その人物が、このお宅でクリスマスをすごしているという情報が、わたしの耳にはいりました。問題の若いきれいな女性としては、宝石を手に入れた以上、圧迫を加えられたり、尋問されたりしないように、しばらく姿を消すことが絶対に必要でした。そこで、こういうとりきめになりました。彼女はこのキングス・レイシイへやってくる、表面はその利口な紳士の妹としてねえ」

――

セーラがはっと息をのんだ。

「そんなことが、この家でそんなことがあるわけないわ！　わたしのいるこの家で、そんなことが！」

「しかし、事実はそうなのです」とポアロは言った。「そこで、ちょっと工作をして、わたしもここのクリスマスのお客になりました。その若い女性、彼女は病院から退院したばかりということになっていました。ここに着いたときには元気だったのです。ところが、わたしが、探偵が――有名な探偵が――やってくるという知らせが耳にはいる。とたんに、彼女はぎょっとする。ルビーは最初に思いついた物のなかに隠し、そのあとすぐに病気がぶりかえしたことにして、また寝ついてしまう。わたしに姿を見られたくなかったわけです。きっとわたしが写真を持っているだろうから、見破られると思ってね。そりゃ、退屈しごくだったろうけれど、自分の部屋にとじこもり、兄なる人物に食事を運んでもらうしかなかったわけです」

「それで、そのルビーのほうは？」とマイケルが訊いた。

「どうやら、わたしが来るという話が出たときに、その若い女性は、みなさんと一緒に台所にいて、みんなで笑ったり喋ったりしながら、プディングを掻きまわしていたらしい」とポアロは言った。「クリスマスのプディングはボウルに入れてあったので、その若い女性は、プディングのボウルの一つにルビーを押しこみ、隠してしまう。と言っても、クリスマスの日に食べるはずだったプディングではないのです。そちらは、特別な型なので、彼女にも見てとれるから、そんなことはしない。彼女がルビーを隠したのは、もう一つのほう、つまり、元日に食べるはずになっていたプディングなのです。元日までには彼女は出発できるようになっていたろうし、その際には、そのプディングも彼女と一緒に姿を消していたことでしょう。ところがどうです、運命が手をかしてくれましたよ。クリスマスの日の朝に、想いがけない事故が起きました。手のこんだ装飾のある型に入れてあったクリスマス・プディングが、石だたみの上に落っこち、型がみじんにこわれてしまった。そこで、どうすればいいか？　気のきいたロスおばさんはもう一つのプディングを取り出してきて、食卓に出した」

「なんだ。それじゃ、おじいさんが、クリスマスの日に、プディングを食っていたときに口に入れたのは、ほんもののルビーだったのですか？」とコリンが訊いた。

「そのとおり」とポアロは答えた。「それを目にしたときの、デズモンド・リーウォートリイの動揺ぶりも、想像がつくだろう？　ところで《エ・ビアン》、次にどういうことが起きたか？　ルビーは手から手へまわされる。わたしもそれを手にとってみ、気づかれないようにうまくポケットにすべりこませる。自分でも気がつかないで、うっかりやったようにね。だが、すくなくとも一人だけは、わたしのその動作を見ていた者がいる。わたしがベッドに寝ていると、その人間が、わたしの部屋を捜索する。わたしの体もさぐる。だが、ルビーは見つからない。なぜか？」

「そりゃ」と、マイケルが息もつがずに答えた。「あなたがそいつをブリジェットに渡しておいたからだ。それが答なんだ。だからこそ――だけど、どうもぼくにはよくわからないなあ――すると――いったい、真相はどうだったのですか？」

ポアロはにやりと彼に笑いかけた。

「さあ、図書室へ行って、窓の外を見てごらん」と彼は言った。「そうすれば、この謎の説明がつくかもしれないものが見えるから」

ポアロは先に立って出て行き、みんなはぞろぞろついていった。

「もう一度犯行の現場をよく見てごらん」と、ポアロは言った。

彼は窓の外を指さした。みんなの唇から同時にあえぎ声が起きた。雪の上には、死体もなければ、悲劇の痕跡もなく、ただ雪が踏み荒らされているだけみたいだった。

「まさか、何もかも夢だったのでは？」とコリンがぼんやりつぶやいた。「そうだ――だれかが死体を片づけたのですか？」

「どうだ、わかったかね？　〝姿を消した死体の謎〟」ポアロはうなずき、目に笑いを浮かべた。

「なんだ。ポアロさん、あなたは、ぼくらを――おい、みんな、このひとはずっとぼくらをだましていたんだぞ！」とマイケルが叫んだ。

ポアロの目はいまにも笑い出しそうだった。

「そうなんだよ。わたしも諸君にちょっとしたいたずらをしたというわけだ。諸君のたくらみを嗅ぎつけたんでね、こっちもその裏をかくはかりごとをめぐらしたんだよ。ほ《ヴォ》ら《ア》、《ラ》マドモアゼル・ブリジェットがやってくる。雪のなかにさらされていたせいで、からだを悪くしたりしていないだろうなあ。肺炎にでもかかられたら、なんとも申しわけのないことになる」

そのときにはもうブリジェットは部屋へはいってきていた。彼女は厚手のスカートに、セーターを着て、にやにやしていた。

「部屋にハーブ・ティーを持って行かせといたが、飲んでくれたろうね？」とポアロはきびしく言った。

「ひと口すすっただけで充分だったわ！」とブリジェットは言った。「わたしのことなら、大丈夫よ。ねえ、ポアロさん、わたしうまくやったでしょ？　でも、あんな止血器なんかつけさせられたおかげで、まだ腕が痛いわ」

「あなたはすばらしかった。じつにすばらしかった」とポアロはほめた。「だがね、ほかのひとたちはまだわけがわからないでいるんだよ。じつは、わたしはゆうべブリジェットさんのところへ行った。あなた方のたくらみ《コンプロ》のことは知っていると話して、わたしのためにひと役演じてもらえないかと頼んだわけだ。ブリジェットさんはじつにうまくやってのけてくれた。リーウォートリイ氏の靴で足跡もつけてくれた」

セーラがとげとげしい声で口をはさんだ。

「ですが、ポアロさん、そんなことをして、いったいなんの役に立つんです？　デズモンドに警官を迎えに行かせたりして？　ただの悪ふざけだと知ったら、警察のひとたちはどんなに怒るかしれませんよ」

ポアロは静かに首を振った。

「ところがね、マドモアゼル、リーウォートリイ氏が警官を連れに行ったとは、わたしは夢にも思っていないんですよ。殺人事件は、リーウォートリイ氏の巻きこまれたくない事件ですからね。あのひとはすっかり狼狽《ろうばい》しました。この機会にルビーを奪うことに気がついただけでしたよ。あのひとはルビーをひったくり、電話が故障しているように見せかけ、警官を呼びに行くのを口実に、自動車で飛び出しました。あなたも当分あのひとには逢えないのではないかと思いますよ。あのひとはイギリスから逃げ出す独自の方法を心得ているはずです。自分の飛行機を持っているのではありませんか、マドモアゼル？」

セーラはうなずいた。「ええ。わたしたちは、一緒に――」彼女は言葉をとぎらせた。

「その方法で、一緒に駈け落ちしてくれと、あなたに求めていたのじゃありませんか？なるほど、それなら、この国からこっそり宝石を持ち出すには、すこぶるうまい方法で すよ。女性と駈け落ちをして、その事実が世間に知れたとしても、まさかそのついでに由緒のある宝石をひそかに持ち出したとは、だれも疑いますまい。たしかにうまいカムフラージュになったでしょうなあ」

「そんなことは信じられません。ひとことだって！」とセーラは言った。

「それなら、あのひとの妹さんに訊いてごらんなさい」とポアロは言って、彼女の肩ごしに軽く会釈した。セーラはさっとふり返った。

プラチナ・ブロンドの髪の女が戸口に立っていた。毛皮のコートを着こみ、顔をしかめていた。明らかにかんかんに腹を立てている様子だった。

「妹だなんて、ちゃんちゃらおかしいわ！」と、彼女は言って、ちょっといやな笑い声をたてた。「あんなブタみたいなやつ、兄なんかじゃないわよ！　それじゃ、あいつは逃げたのね？　何もかもわたしにけしかけておいて。みんなあいつの企んだことだったのよ！　わたしをそそのかしてやらせたんだわ！　しこたま金がつかめるなどと言って。スキャンダルがこわいから、どうせ訴えたりはしない。いよいよとなりゃ、アリーから家宝をもらったのだと言ってやると、おどかしてやりゃいい、などと。デズモンドとはパリで儲けを山分けにすることになっていたのに——それに、あのブタ野郎、何もかもわたしに押しつけて逃げ出すなんて！　殺してやりたいわ！」彼女は急に語調を変えた。「わたしもはやくここから逃げ出さなきゃ——だれか電話でタクシーを呼んでくれない？」

「自動車なら、あなたを駅へお連れするために、玄関で待っていますよ」とポアロは言った。

「あんたってひとは、なんでも気がつくのねえ」

「たいていのことはね」とポアロは満足そうに言った。

だが、ポアロはそう簡単には放してもらえなかった。にせのミス・リーウォートリイを待っていた自動車に助け乗せて、食堂へ引き返してくると、コリンが待ちかまえていた。

コリンは子供っぽい顔をしかめていた。

「だけど、ポアロさん、あのルビーのことは？　まさか、あいつに持ち逃げさせてやったのだなどと、言うつもりじゃないでしょうね？」

ポアロはがっかりした顔をした。口髭をひねった。なんだか不安そうだった。

「まだ取り返せるよ」と彼は弱々しい声で言った。「ほかにも方法はある。まだわたしは――」

「そんなことってあるものか！　あのブタにあれを持ち逃げさせるなんて！」とマイケルは言った。

ブリジェットはなお手きびしかった。

「あいつはまたわたしたちをだましたんだわ！」と彼女は言った。「あなただってだまされたんじゃないの、ポアロさん？」

「それじゃ、最後の手品を見せるとしようじゃないかね、マドモアゼル？　わたしの左側のポケットをさぐってごらん」

ブリジェットは手を突っこんだ。とたんに、勝利の喚声を上げて手を引き出し、深紅の光輝にきらめく大きなルビーを高々とかざした。

「これでわかったでしょう」とポアロは言った。「あなたの手に握らせておいたのは、ガラスを混ぜて作ったまがい物だったのだよ。すりかえる必要があるかもしれないと思って、ロンドンで買ってきたのだ。理由はわかるでしょう？　スキャンダルが起こるのは困るからね。デズモンド君は、パリか、ベルギーか知らないが、取り引き相手のところへあのルビーを持って行くだろうが、そこでまがい物だったと悟るわけだ！　これ以上のうまい手を考えられると思うかね？　すべてが好都合におさまる。スキャンダルは避けられるし、わたしの依頼者の王子もルビーが取り返せて、自分の国へ帰り、まじめになるだろうから、いずれは幸福な結婚生活にはいれるだろう。万事めでたしだ」

「わたしをのぞいてはね」とセーラが口のなかでつぶやいた。

彼女の声はひくかったから、ポアロ以外の者の耳にははいらなかった。ポアロは静かに首を振った。

「セーラさん、それは間違いですよ、いまあなたの言われたことは。あなたも経験をえられたわけだ。経験はすべて貴重なものです。あなたの前途には幸福が待っていると、わたしは予言します」

「そりゃ、あなたはそう言えるでしょうよ」とセーラは言った。

「ですがね、ポアロさん」コリンは顔をしかめていた。「ぼくらがあなたにひと芝居してやろうとしていたことは、どうしてわかったのですか？」

「物事を知るのがわたしの仕事だよ」とエルキュール・ポアロは言った。彼は口髭をひねった。

「そりゃそうだけど、どうやってお知りになったのか、わからないんです。だれかが密告を――だれかがあなたに告げ口でもしたのですか？」

「いや、いや、そんなことはない」

「それじゃ、どうやって？　話してくださいよ」

みんなはいっせいにせがんだ。「ポアロさん、話してくださいよ」

「そりゃ、だめだ」と、ポアロは拒んだ。「どうやって推測したかを話して聞かせたら、なんだ、そんなことかと思うにきまっている。手品師がたねあかしをするようなものだ！」

「話してくださいよ、ポアロさん！　さあ、話してくださいよ！」

「諸君はほんとうにこの最後の謎をといてほしいのかね？」

「きまっていますよ。話してくださいよ」

「やはり話す気にはなれないね。失望するにきまっているんだから」

「そんなことを言わないで。ねえ、ポアロさん。どうやってお知りになったのですか？」

「それじゃ、話すが、先日、お茶のあとで、わたしは図書室の窓のそばの椅子に座りこんで、体を休めていた。眠りこんでいたのだが、ふと目をさますと、諸君がすぐそばの窓の外であの計画の相談をしていたし、その窓は上のほうが開いていたのだ」

「それだけのことですか？」と、コリンががっかりして叫んだ。「なんて単純な！」

「そうだろう？」エルキュール・ポアロは、にっこりした。「だからだよ、諸君はげんに失望しているじゃないか！」

「まあいいですよ。とにかく、これでもうぼくらは何もかも知ったのだから」とマイケルは言った。

「そうだろうか？」とエルキュール・ポアロはつぶやいた。「わたしはそうじゃない。物事を知るのが仕事の、このわたしは」

彼は、ちょっと頭を振りながら、ホールへ出ていった。おそらくはもう二十回目ぐらいにはなるだろうが、ポケットからうすよごれた紙きれを引き出した。〝プラム・プディングにはけっして手をつけないこと。あなたのためを思う者より〟

エルキュール・ポアロは、頭を振りながら、考えこんだ。なんでも説明できる自分に、これだけが説明できないとは！　屈辱だ。だれが書いたのか？　なぜこんなことを書いたのか？　それを探り出すまでは、やすらぎもえられそうにない。ふいに夢想からさめたとたんに、彼は奇妙なあえぎ声に気がついた。彼はさっと足もとを見おろした。花模様の上っ張りを着た亜麻色の髪の女が、塵取りとブラシを持って、床にしゃがみこんでいた。大きな丸い眼をして、彼の手にしている紙きれを見つめていた。

「ああ、これは、とんだことを」とその不意に姿を現わした女は言った。

「あなたはだれだね、娘さん《モン・アンファン》？」とポアロはやさしく尋ねかけた。

「アニイ・ベイツでございます。ロスさんのお手伝いにまいっている者です。わたしは――わたしは――何もいけないことをするつもりじゃなかったのです。いいことをしているつもりだったのでございます。旦那さまのおためになると思って」

ポアロははっと気がついた。彼はよごれた紙きれをさし出した。

「これはきみが書いたのかね、アニイ？」

「なにも悪気があってしたことでは。ほんとうにそうなのでございます」

「そりゃわかっているんだよ」彼はにっこり笑いかけた。「それにしても、わたしに話しておくれ。なぜこんなことを書いたのだね？」

「それは、あの二人のことでだったのです。リーウォートリイさまとあの方の妹さまとの。でも、きっとあの女のひとは、あのひとの妹なんかじゃなかったのですわ。わたしたちはみんなそう思いました！　それに、ちっとも病気なんかじゃありませんでした。わたしたちにはそれが見てとれたのです。何か奇妙なことが起きかかってると思いました——みんなそう思ったんです。旦那さまには正直に申し上げます。わたしは、あの女のひとの浴室へ、清潔なタオルを持っていっていたのです。それで、戸口で聞き耳をたてていました。あの男のひとがその部屋へ来ていて、二人で喋っていました。二人の話していることがつつ抜けに聞こえたんです。『あの探偵、ここへやってくるというポアロというやつのことだが、こっちも何か手を打たなきゃいかんぞ。できるだけ早くあいつを片づける必要がある』あの男のひとがそう言っていました。それから、気味のわるい、意地のわるそうな言葉つきで、声をひそめて、こう言いました。『あれはどこへ入れたんだ？』すると、女のほうが、『プディングのなかへ』と答えました。わたしはもう心臓がどきどきして、止まるんじゃないかと思ったほどでした。クリスマス・プディングであなたを毒殺するつもりなのだと思ったんですもの。どうしたらいいだろうかと、途方にくれました。ロスさんはわたしの言うことなんか聞いてはくれませんから。そのときに、旦那さまに警告の手紙を書こうとおもいついたんです。それで、そのとおりにして、旦那さまがおやすみになるときに目に止まるように、枕の上に置いておいたのでございます」アニイは息をきらして話しやめた。

　ポアロは、きまじめな顔をして、しばらくアニイを見まもっていた。

「アニイ、きみは通俗な映画を観すぎているようだね」と、彼はやがて言った。「それとも、テレビの影響を受けているのかな？　それにしても、かんじんなことは、きみが親切な心の持ち主で、ある程度の機才も持っているということだよ。ロンドンへ帰ったら、何か贈り物をしてあげよう」

「まあ、ありがとうございます。ほんとうにありがとうございます」

「アニイ、贈り物には何がいい？」

「わたしの好きな物を？　わたしの好きな物を、なんでもいただけるのでございますか？」

「そう、妥当なものならね」とエルキュール・ポアロは慎重に答えた。

「それでしたら、化粧道具入れをいただけませんでしょうか？　リーウォートリイさまの妹さまが、にせの妹さまが、持っておられたような、パリッとした、ほんとうにしゃれた化粧道具入れを？」

「いいよ。その程度のものならなんとかしてあげられると思う」とポアロは答えた。

「面白いものだな」と彼はつぶやいた。「この前博物館へ行ったときに、バビロンかどこかの、何千年も前の古器を見たが——そのなかに化粧品入れがあった。女の心というものは変わらないとみえる」

「なんのお話でございましょうか？」とアニイは訊いた。

「いや、なんでもないよ」とポアロは答えた。「ちょっと考えごとをしていたのだ。化粧道具入れは送ってあげるよ」

「まあ、ありがとうございます。なんとお礼を言ってよろしいやら」

アニイは有頂天になって出ていった。ポアロは、満足そうにうなずきながら、あとを見送った。

「さあ——これでもうわたしも帰れるというものだ。ここにはやり残したことはもう何もない」と、彼はひとりごとを言った。

想いがけず、二本の腕が彼の肩にまきついた。

「そのヤドリギの下に立ってくださったら——」とブリジェットが言った。

6

エルキュール・ポアロは愉しんだ。すこぶる愉しいおもいをした。自分でも、いいクリスマスをすごしたと、ひとりごとを言った。

（橋本福夫訳）

スペイン櫃《ひつ》の秘密

The Mystery of the Spanish Chest

1

例によって一秒の狂いもなく、エルキュール・ポアロが小さな部屋へとはいっていくと、有能な秘書ミス・レモンが、その日の指示を待ちかまえていた。

一目見ただけで、ミス・レモンは整然たる角度のみからできているように見えた——ここまでは、均整を重んずるポアロの好みにかなっている。

だが、こと女性に関するかぎり、エルキュール・ポアロといえども、それほど幾何学的な精密さに情熱を燃やしはしなかった。反対に、彼はきわめて旧式な考えの持ち主だった。ポアロはご婦人方の曲線——なまめかしき曲線美と言ったほうがいいかもしれない——に対して、ヨーロッパ風な偏見を抱いていたのである。女は女らしくというのが彼の持論であった。みずみずしく、粧《よそお》いをこらした、エキゾチックな女性が彼のお気に召す。彼にもかつて、ロシアのさる伯爵夫人に……が、今ではこれも遠い昔の話。若気のいたりというところであった。

だがポアロはミス・レモンを、一度も女性と考えたことがなかった。彼女は人間の形をした機械——精密無比な道具である。その能力たるや、恐るべきものがあった。年は四十八歳で、想像力はいかなる種類のそれもまったく持ち合わせないという幸福な女だったのだ。

「おはよう、ミス・レモン」

「おはようございます、ムッシュー・ポアロ」

ポアロが腰をおろすと、ミス・レモンが、きちんと分類した朝の郵便物を前に置いた。そして自分の席に引き下がると、メモと鉛筆を持ってかまえた。

だが今朝は、いつもの日課に、ささやかな変化が生じていた。ポアロは自分で朝刊を持ってきていて、目を興味深く紙面に注いでいたのである。見出しがでかでかと掲げられている。

スペイン櫃《ひつ》事件。明るみに出た新事実

「朝刊は読んだでしょうな、ミス・レモン？」

「はい、ムッシュー・ポアロ、ジュネーヴのニュースはかんばしくありませんね」

ポアロはわかったわかったという手ぶりで、ジュネーヴ発のニュースを退けた。

「スペイン櫃だ」とポアロは考えこんだ。「ところで、ミス・レモン、スペイン櫃とはいったいどんなものか知っていますか？」

「それはたぶん、ムッシュー・ポアロ、スペインから伝来した櫃のことだと思います」

「まあ、だれでもそう思うでしょうね。では、専門的な知識はお持ちでありませんか？」

「ふつうはエリザベス朝期のものです。非常に大きな櫃で、真鍮《しんちゅう》の飾りがごてごてとついています。手入れをよくして、磨いておけば、なかなかの逸品ですわ。わたしの姉が競売で買ったことがあります。家事用のリンネル類をしまってありますの。とても立派に見えますわ」

「あなたの姉妹なら、きっと家中の家具によく手入れが行き届いているでしょうね」と
ポアロは言って、いんぎんに腰をかがめた。

ミス・レモンは、近頃の使用人はひじだこ（転じて、家具などを激しく磨くこと）とは何かも知らないらしいのです、と歎かわしげに言った。ポアロはちょっと怪訝《けげん》な顔をしたが、その〝ひじだ《エルボウ・グ》

こ〝《リース》という不可思議な言葉の深遠な意味については詮索しないことにした。

彼はふたたび新聞に目をおとし、事件関係者の名前を熟読した。リッチ少佐、クレイトン夫妻、マクラレン中佐、スペンス夫妻。名前は、彼にとってたんなる名前にすぎない。が、それらは、すべて、憎悪や、愛情や、恐怖という人間性を持っているのである。一場のドラマ、ただし彼、エルキュール・ポアロになんの役も与えられていないドラマだ。しかし、ポアロはこのドラマに登場し、一役買っていたかった！　イヴニング・パーティに出席した六人の男女——壁ぎわに大きなスペイン櫃が置いてあった部屋、その六人の男女のうち、五人は、あるいは話に興じ、あるいは軽食を食べ、レコードをかけ、ダンスを愉しんでいたのだ。そして六人目の人間は死んでいた……そのスペイン櫃のなかで……

ああ、とポアロは考えた。わが友、ヘイスティングズなら、どれほどかこれを愉しんだことだろう！　どんなにロマンチックな想像力の翼をはばたかせ、そして、どんなにばかげた言葉を叫び出すことだろう！　ああ、わが友《ス・シェール》、ヘイスティングズよ。今日、この瞬間にきみがここにいてくれたら……だがそのかわりに、人もあろうに——

彼は溜め息をついて、ミス・レモンを見つめた。ミス・レモンは、ポアロが、手紙を口述する気分になれないことを、目ざとく察しはしながらも、すでにタイプライターのカバーを取り、仕事の遅れを取りもどすときを、今や遅しと待ちかまえている。死体のはいった不吉なスペイン櫃など、いささかも彼女の興味を惹きはしなかったのだ。

ポアロは溜め息をついて、顔写真に目をおとした。新聞の写真でいいものの あっためしはないが、これはまたとくにひどいかすれようだ――しかしこの顔は！


被害者の妻……クレイトン夫人……


衝動的に、ポアロは新聞をミス・レモンに突きつけた。

「そら」と彼は言った。「この顔を見てごらんなさい」

ミス・レモンは言われるままに、無表情な視線をその顔に投げた。

「彼女をどう思いますか、ミス・レモン？　それがクレイトン夫人です」

ミス・レモンは新聞を取り上げ、写真を無造作に眺め、そして言った。

「これは、わたしどもがクロイドン・ヒースに住んでいた頃取り引きしていた銀行の支配人の奥さんにちょっと似ていますわ」

「面白い」とポアロは言った。「ひとつ詳しく話してくれませんか、その銀行の支配人の奥さんの物語を」

「でも、あまり気持ちのよいお話ではございません、ムッシュー・ポアロ」

「わたしも、おそらくそうだろうとは思いましたよ。つづけて下さい」

「いろいろな噂が取りざたされておりました――アダムズ夫人と若い芸術家の仲について。そのうちにアダムズ氏がピストル自殺をなさいました。ところがアダムズ夫人がその芸術家と結婚しようとしなかったので、男はある種の毒を飲んだのです――命は取りとめましたけれど。結局のところアダムズ夫人は、ある若い事務弁護士と結婚しました。それから後も、いろいろとトラブルがございましたでしょうけれど、その頃にわたしどもはクロイドン・ヒースを離れてしまいましたので、それ以上のことは聞いておりません」

エルキュール・ポアロは重々しくうなずいた。

「夫人は美しいひとだったのですか？」

「そうですわね――あなたのおっしゃる美人とはちょっとちがいますが――でも、何か人を惹きつけるものがあったようですわ――」

「なるほど。美女の、人を惹きつける魅力とは何か？――この世のセイレーン（ギリシャ神話に出てくる半人半鳥の海の精）か、トロイのヘレンか、はたまたクレオパトラか――？」

ミス・レモンはタイプ用紙を勢いよくタイプライターのなかに差しこんだ。

「どうですか、ムッシュー・ポアロ、わたしはそんなことを考えたことはございません。まったくばかばかしいことだと思いますわ。仕事にだけ専念して、そんなくだらないことを考えないほうが、ずっとよろしいんですけどね」

人間の本質的な弱さと情熱とをこんな具合にあっさりと片づけると、ミス・レモンは指をタイプライターのキイの上にさまよわせ、仕事をさせてくれるときをいらいらと待っているのだった。

「それが、あなたの見解で」とポアロは言った。「そしていま、自分の仕事をさせてもらいたいというのが、あなたの望みなんですな。しかしあなたの仕事というのはですぞ、ミス・レモン、ただわたしの口述筆記や書類の整理や電話の応対、あるいは手紙をタイプすることだけではない——もちろんそうした仕事を、あなたは立派にやって下さっているが。しかしわたしは、書類ばかりを相手にしているのではない、生きた人間も扱っているのです。だから、それにも、助力が必要なのですよ」

「かしこまりました、ムッシュー・ポアロ」とミス・レモンは辛抱強く、「わたしは何をすればよろしいのでしょうか？」

「わたしはこの事件に興味をそそられます。これに関するあらゆる朝刊のニュースと、夕刊に載るその後のニュースとを検討していただきたいですな——そして正確な事実を要約して教えてください」

「かしこまりました、ムッシュー・ポアロ」

ポアロは自室に退くと、悲しげな微笑を浮かべた。

「まったく皮肉なことだ」と、彼は独りつぶやいた。「わが友ヘイスティングズ去りしあとに、ミス・レモンを迎えたとは。これ以上の好対照があるだろうか？　わが友《ス・シェール》、ヘイスティングズ——彼ならば、一人でも、どんなにか面白がるだろう。部屋のなかを往ったり来たりしながら事件についてまくしたて、新聞に報じられた言葉を一字一句、福音書の真理のごとくに信じこんで、あらゆる出来事にロマンチックな解釈をくだすだろう。それなのに、哀れなミス・レモンは、いま与えられた仕事を、少しも愉しんではいないのだ！」

ミス・レモンは、当然の順序として、やがてタイプした紙を携えてポアロの前に現われた。

「お望みの情報をあつめてまいりました、ムッシュー・ポアロ。でも、これが果して信頼すべきものかどうかは疑問です。新聞というものはえてして事実を都合のいいように変えてしまうものですから。ここに書かれた事実が六十パーセント以上正しいものとは保証できかねますわ」

「なかなかどうして控え目な報告ですな」と、ポアロはつぶやいた。「いや、ありがとう、ミス・レモン、お手数をかけました」

事実はセンセーショナルだが、同時に明々白々であった。裕福な独身者《ひとりもの》のチャールズ・リッチ少佐が、自分のアパートメントで、少数の友人を招いてイヴニング・パーティを開いた。友人というのは、クレイトン夫妻、スペンス夫妻、そしてマクラレン中佐である。マクラレン中佐は、リッチとクレイトン夫妻の古くからの友人である。若いほうのスペンス夫妻は、比較的最近の知人であった。アーノルド・クレイトンは大蔵省勤務の官吏。ジェレミイ・スペンスは下級公務員である。リッチ少佐は四十八歳、アーノルド・クレイトンは五十五歳、マクラレン中佐は四十六歳、ジェレミイ・スペンスは三十七歳だった。クレイトン夫人は、〝夫よりいくつか年下〟だということであった。このうち一人だけがイヴニング・パーティに出席できなかった。ぎりぎりになって、クレイトン氏が、緊急な用向きでスコットランドに行かねばならず、キングズ・クロス発八時十五分の汽車で出発したものと考えられていたのである。

パーティは、こういった種類のパーティとなんら変わることなく進行した。だれもかれも愉しんでいるふうだった。騒々しくもなければ、酒で乱れることもなく、十一時四十五分にお開きになった。四人の客は一緒に辞去し、一台のタクシーに便乗した。マクラレン中佐が最初に彼のクラブで降り、それからスペンス夫妻は、マーガリータ・クレイトンをスローン街からちょっとはいったカーディガン・ガーデンズで降ろしたあと、チェルシーの自宅へ向かった。

翌朝、身の毛もよだつ惨劇が、リッチ少佐の召使い、ウィリアム・バージェスによって発見された。彼は住み込みではなかった。リッチ少佐に朝のお茶を運ぶ前に、居間の掃除をするのに間に合うよう、朝早く出勤してくるのである。バージェスが、スペイン櫃の載っている明るい色の絨毯に、黒い大きなしみがついているのを発見したのは、その掃除のさいちゅうだった。しみが櫃からにじみ出しているように思われたので、召使いはただちに櫃の蓋を上げ、なかを覗きこんだ。そしてそこに、首を刺し貫かれたクレイトン氏の死体を発見してびっくり仰天した。

バージェスは、本能的衝動のおもむくままに、街路へ飛び出し、近くにいた警官をつかまえた。

こういったところが、事件のあらましであった。だがさらに次のようなディテールがあった。警察はただちに、〝疲労困憊〟していたクレイトン夫人にこの事実を伝えた。夫人が最後に夫と会ったのは、前の晩の六時ちょっとすぎであった。彼はいらいらした様子で帰宅すると、彼の所有財産に関する緊急な用向きで、スコットランドへ行かねばならなくなったと言った。彼は夫人に、一人ででもパーティに出席するようにとすすめた。クレイトン氏はそれから、自分とマクラレン中佐が属しているクラブへ立ち寄り、中佐と酒を飲みながら事情を説明した。そして、懐中時計を眺め、キングズ・クロスへ行く途中、リッチ少佐のところへ寄って、詫びを言う時間がありそうだと言った。すでに電話はかけてみたが、線の調子がわるいらしいということだった。

ウィリアム・バージェスの証言によると、クレイトン氏は七時五十五分頃にリッチ少佐のフラットに姿を現わした。あいにくリッチ少佐は留守だったが、すぐにもどってくるはずだったので、バージェスは、クレイトン氏に、なかへはいって待つようにすすめた。するとクレイトンは、時間がないが、ちょっとはいって伝言を書いていこうと言った。そして自分はいまキングズ・クロス発の汽車に乗りに行く途中だと説明した。下男は、彼を居間へ案内し、自分は調理場へ引きかえして、パーティ用のカナッペの準備に取りかかった。下男は主人のもどってきた物音を聞かなかったが、約十分後にリッチ少佐は調理場に顔を出し、バージェスに、スペンス夫人愛用のトルコ煙草を大急ぎで買ってくるようにと命じた。バージェスはすぐに買って来て、居間にいる主人のところへ持っていった。クレイトン氏はいなかったが、バージェスは、汽車に乗るためにすでに立ち去ったものと考えた。

リッチ少佐の話はきわめて簡潔だった。クレイトン氏は、自分が帰宅したときにはいなかったし、彼がそこにいたとは思いもよらなかった。書き置きもなかったので、クレイトン氏のスコットランド行きをはじめて聞いたのは、クレイトン夫人や他の客がやってきたときだった。

夕刊には、二つの追加記事が載った。〝ショックに打ちひしがれている〟クレイトン夫人は、カーディガン・ガーデンズの自宅を引きはらい、友人宅に身を寄せているものと思われる、というのがトップ。

二番目の記事は、締切りあとの緊急記事だった。チャールズ・リッチ少佐が、アーノルド・クレイトン殺害のかどで告訴され、身柄を拘留されたのであった。

「一巻の終わりか」とポアロは言って、ミス・レモンを見上げた。「リッチ少佐の逮捕は当然予想されたものだ。だがなんという事件だろう。じつに驚くべき事件だ！　そう思いませんか、ミス・レモン？」

「よくあることだと思いますわ、ムッシュー・ポアロ」とミス・レモンは興味もなげに答えた。

「そりゃそうです！　毎日あることですよ。でなくても、毎日のようにね。しかし、ふつうはもっとすっきりと、納得のいくものです――悲しむべきことではあるが」

「ほんとうにいやな事件ですわ」

「刺し殺されて、スペイン櫃のなかへ詰めこまれるということは、被害者にとってはまことに不愉快でしょう——まったくそのとおりです。しかしわたしが驚くべき事件だと言ったのは、そのことではない。リッチ少佐の驚くべき振舞いのことを言ったのです」

ミス・レモンはかすかに嫌悪の情を示した。

「リッチ少佐とクレイトン夫人は、たいへん親しい間柄だったらしいですわ……といっても、これはほのめかしてある程度で、証拠のある事実ではございませんでしたから、わたくし申し上げませんでしたけれど」

「それは、まことに正確の極みですな。しかし同時に、すぐ目につく事柄でもあったはずだが。あなたの報告はそれでぜんぶですか？」

ミス・レモンは無表情だった。ポアロは吐息をもらし、あらためてよき友ヘイスティングズの彩りも豊かな想像力をなつかしんだ。ミス・レモンと事件について論ずるのは、坂をのぼるほどしんが疲れる。

「ちょっとこのリッチ少佐について考えてみましょうか。彼はクレイトン夫人に恋している——これはよろしい……彼は夫人の夫を片づけたいと思っていた——これまた認めましょう。だがもしクレイトン夫人も彼に惚れていて、しのぶ恋路を愉しんでいたのならば、なぜそんなに急ぐ必要があるのでしょうか？　あるいは、クレイトン氏が夫人との離婚に同意しないという理由も考えられる。しかしわたしの言っているのは、そんなことではない。しかし、リッチ少佐は退役軍人です。軍人というものは頭がよくないとよくいわれます。しかし、そうはいっても《トゥ・ド・メーム》、これほどの間抜けでありえるでしょうか？」

　ミス・レモンは答えない。彼女はこれを、たんなる修辞的質問と解したのである。

「さあ」とポアロはうながした。「あなたはどう考えますか？」

「わたしがですか？」ミス・レモンは呆気にとられた。

「そうですとも《メ・ウィ》——あなたがですよ！」

　ミス・レモンは突然負わされた重い負担に応ずるべく心がまえをした。彼女は、頼まれないかぎり、けっして知的考察の類いなど行なわないのだ。暇があると彼女の心は、この上もなく完全な書類整理方式の空想でいっぱいになる。それが彼女のたった一つの精神的娯楽だった。

「そうですね、わたくしは——」と彼女は言い出して、絶句した。

「起こったことだけ——起こったと思うことだけでいいですから、話してくれませんか。あの晩クレイトン氏は居間で伝言を書いていた、そこへリッチ少佐がもどってきた——さて、それからどうなります？」

「クレイトン氏を見つけます。二人は――そうですね、言い争いをします。そして、リッチ少佐が彼を刺し殺す。少佐は自分のしたことに気がついて、そして――そして櫃のなかへ死体を入れます。お客がいつなんどきやってくるかもしれませんからね」

「そう、そう。さあ客がやってきた！　死体は櫃のなかだ。夜がふけた。客は帰った。それから――」

「それから、リッチ少佐は寝室に行って――まあ！」

「ほら」と、ポアロは言った。「やっとわかりましたね。あなたは人を殺した。あなたは死体を櫃のなかに隠した。しかるに、のほほんとベッドにはいった。朝になったら下男が、犯罪を発見するにちがいないという懸念にいささかも動かされずにですよ」

「でも下男が櫃のなかを見ないということもありえますわ」

「その下の絨毯に、おびただしい血だまりがあってもですか？」

「きっとリッチ少佐は血が流れ出したことに気がつかなかったんでしょう」

「それを調べてみないというのは、いささか不用意ではありませんか？」

「きっと取り乱していたのだと思います」とミス・レモン。

ポアロは両手を宙に上げて絶望のしぐさをした。

ミス・レモンは、この機会をとらえて部屋から大急ぎで出て行った。

2

スペイン櫃事件は、厳密にいえば、ポアロのかかわり知るところではなかった。彼は現在、さる有力な石油会社のむずかしい仕事を引き受けていた。そこの首脳部の一人が、ある種のいかがわしい取り引きに関係しているらしいのだ。それは極秘の、きわめて重大な、しかもすこぶる割のいい仕事だった。ポアロの腕の冴えが必要とされる複雑な事件で、しかも肉体的な活動はほとんどいらないという大きな利点がある。血は流れず、知的な事件。つまり、最高レベルの犯罪だった。

一方、スペイン櫃事件は、劇的で、感情に訴えるものがあった。この二つは、ポアロがつねづねヘイスティングズに向かって、ともすると過大評価する危険があると言っていた——そしてたしかに、ヘイスティングズにはその傾向があった——特徴である。ポアロはその点についてかの友《ス・シェール》、ヘイスティングズに手厳しかった。が、その彼がいまここで、友の二の舞いを演じようとしていた——絶世の美女と情痴犯罪、嫉妬、憎悪、その他のもろもろのロマンチックな殺人の動機に取りつかれていたのである！　彼は一切を知りたかった。リッチ少佐がどんな人間か、その下男、バージェスがどんな男か、マーガリータ・クレイトンがどんな女か（もっともこれは、ポアロにはわかっているつもりだったが）、そして亡きアーノルド・クレイトンがどんな男だったか（被害者の性質は、殺人事件の場合もっとも重要な因子だと考えているからだ）、そしてクレイトンの親友マクラレン中佐、最近の知己であるスペンス夫妻はどんな人間かを知りたかった。

しかし、彼は、この好奇心をどうやって満足させることができるかとんと見当がつかないのだ！

その日、おそくなって、彼はこの問題について考えてみた。

なぜこの事件が、これほど彼の好奇心をそそるのだろう？　あれこれと考えたあげく、出た結論はこうだった――つまり事実が示しているかぎりでは――事件全体が、どうしても不可能だということである！　そうだ、たしかにユークリッド幾何学的なおもむきがある。

容認できる事実からはじめると、まず二人の男のあいだに諍《いさか》いがあった。原因は、おそらく女だろう。一人が、かっとなって相手を殺した。そうだ、これは明白だ――しかし、夫が間男を殺したというなら、もっと話はわかりやすいのだが……ところがここでは――間男が夫を、短剣で（？）――あまりその辺にはない兇器で――刺し殺したのである。リッチ少佐はイタリア人の母親を持っていたのだろうか？　どこかに——必ず——短剣を兇器に選んだ理由を説きあかすものがあるにちがいない。が、どっちみち、短剣が（ある新聞では小剣《スティレット》と称している！）兇器であることは認めねばなるまい。手近かにあったので使われたのだ。そして死体を櫃のなかに隠した。これは常識でわかるし、やむをえなかったのだろう。殺人は計画的なものではなかった。下男はいつなんどきもどってくるかわからないし、それに四人の客もほどなくやってくるとなれば、それが唯一の方法に思われる。

パーティはお開きになり、客たちは暇を告げ、下男も帰った——そして——リッチ少佐はベッドにはいったのだ！

こうしたことが起こりえた情況を呑みこむためには、ぜひともリッチ少佐に会い、どういう人間ならこうした振舞いに出られるものかを見きわめる必要がある。

犯した殺人への恐怖と、しかもいつもと変わりなく見せかけなければならない一夜の長い緊張に負けて、睡眠薬かトランキライザーをのみ、ぐっすり眠りこんで寝すごしてしまったということはありえるだろうか？　ありうる。あるいは、心理学者に花を持たせるなら、リッチ少佐の潜在的な罪の意識が、犯した犯罪の発覚を自ら望ませたというケースなのではないか？　こうした点について、黒白をつけるためには、とにかくリッチ少佐に会ってみなければならないだろう。となればすべては……

電話が鳴った。ポアロはしばらく鳴るままにしておいたが、やがて、ミス・レモンがだいぶ前に、彼がサインすべき手紙を置いて帰ってしまったことと、従僕のジョージも外出していたことを思い出した。

彼は受話器を取り上げた。

「ムッシュー・ポアロ？」

「わたしです」

「まあ、よかったわ」ポアロは、電話の女の熱のこもった美しい声に気おされて、軽く目ばたきした。「わたくし、アビイ・チャタートンですわ」

「おや、チャタートンの奥さま。どんなご用件でしょう？」

「できるだけ大急ぎで、あたくしどものすてきなカクテル・パーティにいらして下さらない。ほんとうはパーティが目的じゃなくて――まったく別の理由《わけ》がありますのよ。あなたがぜひとも必要なんですわ。とっても重大なことなんですの。どうか、どうか、どうか、あたくしをがっかりさせないで下さいませね。都合がわるいなどとおっしゃらないで！」

ポアロは、そんな類いのことを言うつもりはなかった。チャタートン卿は、上院に議席を持つ貴族で、たまに上院で退屈きわまる演説をすることを除けば、特筆にあたいする人物ではない。しかしチャタートン夫人は、ポアロが上流社会《ル・オ・モンド》と呼ぶ社交界の輝ける宝石中の宝石なのだ。彼女の言動のすべてがニュースになるのである。才色兼備の上に、ロケットを月に打ち上げるほどの活力の持ち主である。

　彼女はふたたび言った。

「あなたがぜひとも必要なんですの。あなたのすばらしいお髭をちょいとなでつけて、いらして！」

　夫人の言うほどちょいとというわけにはいかなかった。ポアロはまず念入りな身仕度をととのえ、それからおもむろに髭をひとひねりして、出発した。

　チェリントン街にあるチャタートン夫人の気持ちのよい邸宅のドアは、細く開いていて、なかからは、動物園中の動物がいっせいに暴動を起こしたような騒音が聞こえていた。チャタートン夫人は、二人の大使と、国際級のラグビー選手と、伝道中のアメリカ人牧師にかこまれていたが、鮮やかな手ぎわですばやく彼らを追い払うと、ポアロのかたわらにやってきた。

「ポアロさん、いらしていただけてほんとうに嬉しいわ！　あら、そんなまずいマティーニおよしなさいよ。あなたには特別なものを飲んでいただきますわ——モロッコの族長が飲むシロップのようなものですの。二階のあたくしの小さな部屋にありますのよ」

彼女は先に立って二階へあがって行き、ポアロはそれに従った。彼女はちょっと立ち止まって肩越しに言った。

「あたくし、今日のパーティの約束をのばしませんでしたの。だって、ここで何か特別なことが起こったということをひとに感づかれないようにするのが、いちばん肝心なんですもの。だからあたくし、このことがもれないように、使用人に莫大な手当てをやりましたのよ。だれだって、新聞記者にわが家を荒らされたくはありませんものね。それに、かわいそうに、あのひと、いままでにさんざんの目にあってきたんですもの」

チャタートン夫人は、二階の踊り場では足を止めず、さっさと上へ進んでいった。エルキュール・ポアロは溜め息をつくと、いささか当惑ぎみな面持ちで、そのあとについていった。

チャタートン夫人ははたと足を止め、手すり越しに階下にすばやい視線を投げると、ドアをさっとあけはなしながら、叫んだ。

「連れてきたわ、マーガリータ！　とうとう連れてきたわ！　ほら、彼よ！」

彼女は勝ちほこったように、かたわらに寄ると、ポアロをなかへ招じ入れ、それからたてつづけに紹介の言葉をまくしたてた。

「こちら、マーガリータ・クレイトン。あたくしの大の親友ですの。このひとを助けてくださいますわね？　マーガリータ、こちらが、あのすばらしいエルキュール・ポアロよ。彼なら、あなたの望みはなんでもかなえて下さるわ——ねえ、そうでございましょう、ポアロさん？」

そう言うと彼女は、答えはわかっているというふうに、ポアロの返事も待たず（チャタートン夫人は、いままでの生涯を通じて、無為に甘ったれてきたわけではないのだ）、ドアから飛び出し、ややはすっぱに、「あたくし、あの恐ろしいひとたちのところへもどらなくちゃ……」と、大声を張り上げながら、階段を駈けおりていった。

窓ぎわの椅子に座っていた女は立ちあがって、彼のほうへ近づいた。たとえチャタートン夫人が、彼女の名前を教えなかったとしても、ポアロはマーガリータを見わけただろう。いま眼前にいる女には、広く秀でた額が、そしてその額から翼のように生えた黒髪が、間隔のひろい二つの眼があった。ぴっちりとした、にぶい黒のハイ・ネックのガウンが、美しい体の線と、象牙色の皮膚とを浮きたたせている。顔立ちは美しいというよりは、むしろふつうでないと言ったほうがいい——古代イタリア人にときおり見られるような、奇妙なつり合いを持った顔である。一種の中世的な単純さがそなわっている——どんな官能的な社交婦人よりも、もっと始末におえない、奇妙な単純さだ——と、ポアロは思った。口を開くと、子供っぽいあどけなさがあった。

「アビイが、あなたなら助けて下さると言いました……」

彼女は真剣な眼ざしでポアロを探るように見つめた。

一瞬ポアロは身じろぎもせず、彼女をしげしげと眺めた。そうした彼の振舞いにも、ぶしつけがましいところがない。それは名医が新しい患者に注ぐ鋭い眼ざしにほかならなかった。

「確かですか、マダム」とポアロは、ややあって口を開いた。「わたしがお役に立つというのは？」

かすかな赤みが、彼女の頬にさした。

「おっしゃることがよくわかりませんが……？」

「わたしに何をせよとおっしゃるのですか？」

「あら」と彼女は驚いたらしく、「あたくしのこと——ご存じかとばかり思っておりました」

「存じあげております。あなたのご主人は殺害された——刺し殺された。そしてリッチ少佐が逮捕され、殺人罪で起訴されました」

赤みがますます色を増した。

「リッチ少佐は、主人を殺さなかったのです」

電光石火にポアロが訊いた。

「なぜです？」

彼女は怪訝そうな顔で、目を見張った。「なんて――なんておっしゃいましたの？」

「あなたを混乱させてしまったようですな――わたしは、だれしも尋ねる質問はしないから――警察や――弁護士たちが尋ねるような……〝なぜリッチ少佐はアーノルド・クレイトンを殺さなければならなかったか？〟というような質問をね。ところがわたしはそれと反対のことを訊く。わたしはこうお尋ねしたのです、マダム、あなたはなぜ、リッチ少佐がご主人を殺さなかったと確信なさるのですか？」

「それは……」と、言いかけて彼女は一瞬口をつぐんだ――「あたくし、リッチ少佐をよく存じあげているからです」

「リッチ少佐をよく知っておられる」とポアロは抑揚のない声で繰り返した。

彼は口をつぐんだが、やおら鋭く尋ねた。

「どの程度に？」

彼女がこの言葉の真意を理解したかどうかは、彼にはわからなかった。ポアロは心中ひそかに考えた、ここにまたとない単純素朴な女か、あるいはまたとない鋭敏な知性をそなえた女のどちらかがいる……いままでにも多くの人が、マーガリータ・クレイトンについて、そう思いまよったことだろう……

「どの程度に？」彼女はいぶかしげにポアロを見つめた。「五年――いいえ、六年近くになりますわ」

「わたしの言うのは、そういう意味ではありません……マダム、ご了解いただきたい。わたしは差し出がましい質問をさせていただかねばなりません。あなたは真実をお話しになっているのかもしれませんし、あるいは嘘をついておられるのかもしれない。ご婦人方には嘘も方便と申すことが間々ありましょう。ご婦人方も自衛しなければならぬ、それには嘘がまことによい武器です。しかし、女が真実を語らねばならない相手が、世のなかには、マダム、三人いるのです。聴聞僧と、美容師と、そして私立探偵――信頼しておるならばですが――の三人です。わたしを信頼なさいますか、マダム？」

マーガリータ・クレイトンは深く息を吸った。

「はい」と彼女は言った。「ご信頼しております」そしてつけ加えた。「しないわけにはまいりません」

「それなら、結構。で、わたしにどうしろとおっしゃるのです――ご主人を殺した犯人を見つけろとおっしゃるのですか？」

「ええ、まあ――そうですわ」

「しかし、それが主眼ではない？　とすると、リッチ少佐の容疑を晴らしてくれとおっしゃるのですか？」

彼女はすばやく――感謝の念をこめて――うなずいた。

「それで――ふむ、それだけなのですな？」

不必要な質問だった。マーガリータ・クレイトンは、一時《いっとき》に一つのことしかわからない種類の女なのだ。

「さてそこで」と彼は言った。「ぶしつけな質問を一つ。あなたとリッチ少佐、お二人は恋仲なんですな？」

「あたくしたちが関係していたのかとおっしゃるのですか？　でしたら、ちがいますわ」

「しかし彼はあなたに惚れていたのでしょう」

「はい」

「で、あなたも――彼を愛しておられた？」

「そう思います」

「あやふやですか」

「確かですわ――いまは」

「ほら！　で、あなたは、ご主人を愛してはおられなかった？」

「はい」

「これはまた驚くばかり簡単なご返事ですな。ご婦人方というものはこんなとき、えてしてご主人の悪口のかぎりをつくすものですがね。結婚して何年になります？」

「十一年です」

「ご主人について少し話して下さいませんか――どういうタイプの方でした？」

彼女は眉をひそめた。

「むずかしいご質問ですわ。アーノルドがじっさいどんなタイプの人間だったか、あたくしにはわかりませんの。とてもの静かな――無口なひとでした。いったい何を考えているのかだれにもわかりませんでしたわ。むろん頭は切れました――みなさん、すばらしいやり手だと言ってました――仕事についてですけれど……主人は――なんと申したらいいんでしょうか――けっして弁明をするということがありませんでした……」

「ご主人はあなたを愛しておられた？」

「ええ、そうですわ。そうにちがいありませんわ。さもなければ、あれほどまでに気にしな――」彼女は突然口をつぐんだ。

「ほかの男のことをですね？　そう言おうとなさったのでしょう？　ご主人は、嫉妬深い方でしたか？」

ふたたび彼女は言った。

「そうだったにちがいありません」そして、その言葉に、説明の必要なことに気がついたのか、言葉をついだ。「ときどき、何日も口をきかないときがありました……」

ポアロは考え深げにうなずいた。

「あの無惨な事件――あなたの身に起きた無惨な事件ですが、あれがはじめての事件でしたか？」

「無惨な事件？」彼女は眉をひそめると、やがてふっと顔を赤らめた。「それは――あなたのおっしゃるのは――ピストル自殺をはかった、お気の毒な青年のことですの？」

「そうです」とポアロは言った。「そのことだと思います」

「あたくし、彼があんなふうに思っているなんて夢にも思いませんでしたの……ただかわいそうな青年だと思っていました――とても内気で――とても淋しそうでしたの。きっと神経衰弱にかかっていたにちがいありませんわ。それからイタリア人が二人おりました――決闘したんですの――まったくばかげていましたわ！　でも、どちらも死なずにすんでよございました……正直いって、あたくし、そのどちらにも気はなかったんです！　そんな素振りも見せたことはなかったはずなのです」

「そうだ。あなたはただ——そこにおられたというだけだ！　そして、あなたのあるところ——必ず悲劇が持ちあがるのです！　わたしは、いままでにも似たような例を見ています。そうなるというのは、マダム、あなたが、男たちが血道を上げようがどうしようが無頓着でおられたからです。だがリッチ少佐の場合は、あなたはほんとうに心配しておられる。だから——できるだけのことをしなければならん……」

彼はしばし沈黙した。

彼女は重苦しくポアロを見守っている。

「ここで、性格の問題をひとまず終わりにして——これはしばしばごく重要な問題なのですが——事実に目を転じましょう。わたしは新聞に報じられた事実しか知りません。あそこに書かれた事実によれば、ただ二人だけが、あなたのご主人を殺す機会を持っていた。二人だけに、ご主人を殺すことができた——それがリッチ少佐と、少佐の下男の二人ですな」

彼女はかたくなに、

「チャールズが殺したのでないことは、あたくしが知っています」

「それでは、下男だったにちがいない。そういうことですね？」

　彼女は自信なげに、

「おっしゃることはわかりますけど……」

「そうとも思えないとおっしゃるのですな？」

「ただ、なんですか――ばかげてるという感じが」

「しかしその可能性はあるのですぞ。ご主人は確かに少佐の家にやってきた。死体はあそこで発見されたのですからね。もし下男の話が真実であれば、リッチ少佐が彼を殺したのです。しかし、もし下男の話がでたらめだとしたら？　その場合は、下男が殺して、主人がもどってくる前に、死体を櫃に隠したのです。彼の立場からすれば、それが死体を片づけるのにもっともよい方法だったのです。翌朝、彼は〝血痕に気づき〟、ついで〝発見し〟さえすればよかったのですからね。嫌疑はただちにリッチの上にふりかかる」

「けれどなぜ彼がアーノルドを殺さなければならないのです？」

「ああ、なぜでしょうな？　動機がはっきりしませんな――はっきりしていれば、警察がとっくに追及したでしょうからね。あなたのご主人が、下男の不品行をご存じで、それをリッチ少佐に知らせようとしておられたということもありえますな。バージェスについて、ご主人は何か言っておいでであありませんでしたか？」

彼女はかぶりを振った。

「ご主人がそういうことをなさったと思いますか？――かりにいま言ったことが事実だったとして」

彼女は眉をひそめた。

「なんとも申せません。たぶんそんなことはしなかったと思います。アーノルドは、よそ様《さま》のことはけっしてとやかく申しませんでした。さきほど申しあげたとおり、主人はお喋りではありませんでした。あまり――いえ、ぜんぜん――話好きじゃございませんでしたもの」

「自分の意見は胸に秘めて語らずというタイプなんですね……なるほど、では、バージェスについてはいかがです？」

「たいして目立つ男ではございませんわ。まあ、下男としてはあんなものでしょうね。よく働きますけれど、洗練されているとは申せません」

「年はいくつですか？」

「三十七、八じゃございませんかしら。戦争中は、陸軍の将校付の当番兵だったそうですけど、軍人タイプではありません」

「リッチ少佐のところには、どのくらいになりますか？」

「それほど長くはございませんわ。一年半ぐらいだと思います」

「あなたのご主人に対する態度に、何か変わったところは見えませんでしたか？」

「あたくしども、こちらへはそうちょくちょくまいりませんから。でも、べつに変わったところは気づきませんでした」

「では、あの晩の出来事をお聞かせ下さい。あそこへ着いたのは何時でしたか？」

「パーティは八時三十分にはじまるので八時十五分に来ました」

「いつも、どんな種類のパーティになるのですか？」

「そうですね、飲みものが出て簡単な食事が出るぐらいですわ――いつもとても結構なものですの。フォアグラとホット・トースト。スモークド・サーモン。ときどきライスのお料理もありますわ――チャールズは近東で習いおぼえた特別な料理を知っています――でもあれは冬のほうが多いですわ。それからいつもレコードをかけます――チャールズはすばらしいステレオ・プレイヤーを買いましたのよ。主人とジョック・マクラレンは二人ともクラシックが好きですの。それからダンス音楽もかけますわ――スペンスご夫妻はダンスに夢中でした。とまあ、こんな集いです――内輪同士の静かな会でしたわ。チャールズは申し分ないホスト役をつとめていました」

「そしてあの夜のパーティも――いつものとおりだったのですね？　何も異常なことに

は気づかれなかった――変わった点は何もなかったのですね？」

「変わった点ですか？」彼女は一瞬眉をひそめた。「いま、そうおっしゃったとき――ふっと――でも、消えてしまいました。何かあったような気が……」彼女はふたたび首を振った。「だめです。ご質問にお答えするには、あの晩は何も変わったことはなかったと申し上げるより仕方ありません。あたくしたち、愉しくすごしておりました。みなさん、くつろいで、愉しそうでしたわ」彼女は身を震わせた。「でもそのあいだじゅう、あれがあそこに――」

　ポアロはつと手を上げて、押し止めた。

「考えないことです。ご主人をスコットランドに呼び寄せた用件については、どれほどご存じですかな？」

「たいして存じません。主人の地所を売るについて、いろいろとごたごたがございました。売買契約が成立したところへ、突然思わぬ障害が起きてしまったんです」

「あの晩ご主人がおっしゃったとおりを話してくださいませんか？」

「主人は電報を持って、あたくしの部屋にはいってまいりました。あたくしの覚えているかぎりでは、こう申しましたわ、『厄介なことになったよ。夜行でエディンバラまで行って、明日の朝一番にジョンストンに会わなければならん。万事うまくいっていたと思っていたのに、いやはや』それから、『ジョックに電話して、きみを迎えにきてもらおうか？』と申しましたので、あたくし、『とんでもない、タクシーを拾えばいいんですわ』と。すると夫は、帰りはジョックかスペンス夫妻が家まで送ってくれるだろうと申しました。何か仕度するものはありませんかと申しますと、鞄に手まわりのものをほうりこんで行くからいい、汽車に乗る前に、クラブで軽い食事をすると言っておりました。そして出かけたのですわ、そして――そしてそれが、見おさめでした」

語尾がかすかにわなないた。

ポアロは彼女をじっと見つめた。

「ご主人はあなたに電報を見せましたか？」

「いいえ」

「それは残念」

「どうしてですの？」

ポアロはその質問に答えなかった。そのかわり、元気よく言った。

「さあ、仕事にかかりましょう。リッチ少佐の弁護士はだれですか？」

彼女が答え、ポアロはその住所を書きとめた。

「彼らに一筆したためていただけませんか？　リッチ少佐と会う手はずをととのえたい

のです」

「彼は——一週間、拘留延期されました」

「当然の手つづきですよ。それからマクラレン中佐とお友だちのスペンス夫妻にも一筆書いて下さいますな？　みなさんにぜひお会いしたいのだから、玄関払いされないようにするのが肝心でね」

彼女がデスクから立ちあがると、彼は言った。

「もう一つお尋ねしたい。わたし自身も彼らの印象を心に銘記するつもりですが、あなたのご意見もうかがいたいのです——つまり、マクラレン中佐とスペンス夫妻についいて」

「ジョックは、あたくしどもの古くからのお友だちですわ。あたくしが子供の頃から知ってます。ひどく気むずかしく見えますけれど、じっさいは誠実な——陰ひなたのない——いつも信頼できるひとですわ。陽気なほうじゃありませんけれど、頼りになるひとで——アーノルドもあたくしも、彼にはなんでも相談してました」

「それに彼も、もちろんあなたに恋している？」ポアロの目がかすかにまたたいた。

「ええ、そうですわ」と、マーガリータは明朗そのもので、「あのひと、いつでもあたくしに恋してました——でもいまでは、習慣みたいなものになってしまいましたわ」

「で、スペンス夫妻は？」

「面白い方たちです——それに、とてもいいお仲間ですの。リンダ・スペンスは、ほんとうに頭のよい方よ。アーノルドは、彼女とお喋りするのが好きでした。それにとってもきれいだし」

「あなた方はお友だちですか？」

「彼女とあたくし？　ある意味では、そうでしょうね。でもあたくし、ほんとうに彼女が好きかどうかわかりません。彼女、とても意地が悪いんですもの」

「旦那さんのほうは？」

「ああ、ジェレミイはすてきな方。大の音楽好きなんですの。絵にも造詣《ぞうけい》が深くていらっしゃるわ。あたくし、よくご一緒に、絵の展覧会にまいりますのよ……」

「ああ、なるほど、では、あとは自分で確かめるとしましょう」ポアロは彼女の手をとった。「願わくば、マダム、わたしの助けを求めたことを後悔なさいませんように」

「なぜ後悔しなければなりませんの？」彼女は目を丸くした。

「どうなるかわかりませんからね」と、ポアロは意味深長に言った。

「それにわたしにも——わたしにもわからない」と彼は階段をおりながら、独り言を言った。カクテル・パーティはまだたけなわだったが、彼は捕まるのを避けてうまく街路へ出た。

「いや」と彼は繰り返した。「わたしにもわからない」

彼がいま考えているのは、マーガリータ・クレイトンのことであった。あの見るからに子供っぽいあどけなさ、あの天真爛漫さは――たんにそれだけのものなのか？　それとも何かをその下に隠しているのだろうか？　中世にはああいうタイプの女がいた――歴史が是認することのできなかった女たちが。ポアロは、スコットランド女王メアリ・スチュアートを思い出した。彼女は、フィールズ教会でのあの夜、実行されようとしていたあの陰謀を知っていたのであろうか？　それともまったくの無実であったのか？　主謀者どもは彼女に何も話さなかったのか？　彼女は、『さあ、わからないわ』と言って、それを信じられるような無邪気で単純な女の一人にすぎなかったのか？　彼はマーガリータ・クレイトンの魔力をひしひしと感じた。それなのに彼女を信ずる気持ちには、なかなかなれなかった……

こういう女は、自分自身は知らなくとも、犯罪の原因になりうるものなのだ。

こういう女たちは、実際行為の上で犯人でなくとも意志と性格のなかでは、犯罪者でありうるのだ。

彼女たちの手は、ナイフを握る手ではけっしてない――

そして、マーガリータ・クレイトンは――いや――ポアロにはわからなかった！

3

リッチ少佐の弁護士たちは、たいした役には立たなかった。ポアロも、役に立つとは思っていなかった。

彼らは、口に出しこそしないが、クレイトン夫人が、自分から動き出す気配を見せないほうが、結局、依頼人のためにははるかに有利なのにと、言外にいっていたのだ。

ポアロが彼らを訪問したのは、たんに筋を通すためであった。囚人に面会するつもりなら、内務省や犯罪捜査部にいくらでもつてがあるのだ。

クレイトン事件を担当しているミラー警部は、ポアロのお気に入りではなかった。しかし今度の事件についてはポアロに敵意を示すことはなく、ただ軽蔑したような態度に出るだけであった。

「あの老いぼれ爺さんにかかわりあって時間をつぶすひまはないんだ」と彼は、ポアロが招じ入れられる前に、部長刑事に向かって言ったものだ。「とはいうものの、追い返すわけにもいかんだろう」

　彼ははいってきたポアロに向かうと、

「この事件をなんとかするつもりなら、まず、帽子の手品でも使わなければ無理ですよ、ポアロさん」といかにも愉しげに言った。「リッチ以外に、あの先生を殺せた人間はいないんですからね」

「下男を除いてはね」

「なるほど下男がいましたな！　可能性としては、まさにお説のとおりです。しかし、そんなことを考えてるんじゃ、望みなしですな。なにしろ動機がありませんからなあ」

「絶対そうとは言いきれませんぞ。動機というものは、すこぶる不思議なものですからね」

「ふん。まず第一に、下男はクレイトンを親しく知ってはいなかった。彼の経歴はまったくきれいなものだ。おまけに頭も、完全に正常らしい。それ以上何を彼に求めようというんです？」

「リッチが犯人ではないという事実です」

「あの婦人を喜ばせるためですか？」ミラー警部は意地の悪そうな苦笑を浮かべた。

「さては、あなたを言いくるめようとしたな。なかなかたいしたもんでしょう、あの女？　とことんまで女を探せ《シェルシェ・ラ・ファム》、ですよ。あの女ならば、機会さえあったら、自分で殺《や》っていたかもしれませんよ」

「そんなことは、ない！」

「あるんですよ、それが。わたしは前に、ああいう女を知っていました。無邪気な青い目で、まばたきもせず旦那を二人まで片づけちまった。片づけちまっては、悲しみに打ちひしがれてね。陪審員も、ちょっとでも見込みがありゃ、無罪釈放したでしょうよ――どっこい、そうはいきませんでしたがね。なにしろ動かぬ証拠がありましたからね」

「ところで警部、議論はやめようじゃありませんか。わたしが厚かましくお尋ねしたいのは、事実にもとづく、信頼するにたる二、三のディテールです。新聞に書いてあることとは情報にはちがいありませんが――しかしつねに真実とはかぎりませんからね」

「そりゃ新聞も売らなきゃならんですからね。で、何がお知りになりたいのです？」

「可能なかぎり正確な死亡時刻」

「さあ、そいつは非常に正確というわけにはいきませんな、死体は、つぎの朝までほっておかれたんですからね。死後十三時間ないし十時間と推定されています。つまり前夜七時から十時のあいだということになりますな……被害者は頸動脈を刺されています――ほとんど即死だったにちがいありません」

「で、兇器は？」

「イタリア風の小　剣《スティレット》です——ごく小ぶりで——剃刀の刃みたいに鋭いやつです。以前それを見かけたものはだれもいませんし、どこから持ち出されたものかもわからんのです。しかし、いまにわかりますよ——結局はね……時間と忍耐の問題です」

「諍いのさいちゅうに、偶然その辺にあったのをつかんだということはありえないんですね？」

「ありえませんな。下男の話では、そういうものは、あの家にはなかったそうです」

「わたしに興味があるのは、電報です」とポアロは言った。「アーノルドをスコットランドに呼びよせた電報です……あれはほんとうだったのですか？」

「いいや。あっちにはなんの障害もトラブルもなかったんです。土地譲渡の件にしても、ほかのことも、万事すらすらいっていたんです」

「じゃ、だれが電報を打ったのかな——つまりですな、電報はじっさいに来たのだろうか？」

「来たにちがいないですよ……いや、必ずしもクレイトン夫人の話を信用したからではなく、じっさいにクレイトンは下男に、電報でスコットランドに呼びよせられたと話していています。マクラレン中佐にも話しています」

「彼は何時にマクラレン中佐に会ったのですか？」

「彼らのクラブ――〈陸海軍〉――で、一緒に軽い食事をしていますが、それが七時十五分頃です。そしてクレイトンは、タクシーでリッチ少佐の家へ行き、八時ちょっと前に着いています。それから――」ミラーは両手を拡げてみせた。

「あの晩、リッチの様子に妙なところがなかったか、気のついたものはいませんか？」

「やれやれ、一般の人々がどんなものか、ポアロさんもご存じでしょうが。ひとたび事件が起こると、連中は、まったく見もしなかったものまで、見たり聞いたりしたと思いこむんですからな。たとえば、スペンス夫人は、あの晩彼はずっとうわの空だったと申し立てていますよ。何を言っても、ちゃんと返事をしなかったとね。〝何か気がかりな〟様子だったというんです。そりゃそうでしょう、櫃のなかに死体を押しこめておいたのならね！　どうやってそいつを処分しようかと思い悩んでいたんですからな！」

「なぜ処分してしまわなかったんだろう？」

「それなんですよ。きっと気おくれしたんでしょうな。しかし翌朝までほうっておくとは、狂気のさただ。あの晩、絶好の機会があったんだから。あそこには夜番はいないんだし。車をまわして、トランク――これがまた大きいんだ――のなかへ死体を詰め、郊外へ出てから、どこかに捨ててくりゃいいんですからね。死体を車に運び入れるのを、人に見られる可能性はあったかもしれないが、あの住居《フラット》は、横町に面していますし、車を乗り入れる中庭まであるんです。朝の三時頃なら、かなりのチャンスがあったわけですよ。ところが、やっこさんはどうしたか？　ベッドにはいって、朝おそくまでぐっすり寝こみ、目が覚めてみたら、家には警官がいたというわけだ！」

「彼はベッドにはいって、ぐっすりと寝こんだ。無実の人間のようにね」

「どうでも、お好きなように、おとりなさい。しかしポアロさん、あんたほんとうにそう思ってるんですか？」

「残念だが、あの男に会うまでは、その答えは留保しなければなりませんな」

「無実な人間は見ればわかると思っているんですか？　それほど単純ではありませんがね」

「むろん、単純ではない——あえてわかると広言はしないほうがいいでしょうな。はっきりさせたいのは、あの男が、外見ほどのばかかどうかということです」

4

ポアロは、他の連中ぜんぶに会うまでは、チャールズ・リッチに会わないつもりだった。

彼はまずマクラレン中佐からはじめた。

マクラレンは背が高く、色の浅黒い、無口な男であった。いかついが明るい顔をしている。内気な男で、話をさせるのに一苦労だった。しかしポアロは屈しなかった。

マーガリータの紹介状をもてあそびながら、マクラレンはしぶしぶと口を開いた。

「まあ、マーガリータが、ぼくの知ってるだけのことを話せというなら、喜んでそうしましょう。話すべきことがあるのかどうかもわかりませんが――もうすでに、みんなご承知のことでしょうからね。しかしぼくは、マーガリータの望むことならすべて――マーガリータが十六のとき以来、彼女の望みならなんでもかなえてやってきました。なにしろ彼女はあんなふうですからね」

「そうですな」とポアロは言って、言葉をついだ。「まずはじめにお願いしたいのは、わたしの質問に率直に答えていただきたいということです。リッチ少佐が犯人だと思いますか？」

「ええ、そう思います。マーガリータが彼を無実だと思いたがっているのなら、面と向かっては言いたくないですが。しかし、どうしてもそれ以外に考えようがない。いや、どう考えたって、やつは犯人ですよ」

「彼とクレイトン氏のあいだに反目がありましたか？」

「ぜんぜんありません。アーノルドとチャールズは大の親友でしたからね。だから不思議でしょうがないんですよ」

「おそらくリッチ少佐のクレイトン夫人に対する友情が――」

マクラレンがさえぎった。

「ふん！　そのことか。新聞という新聞が、そのことをちらちらほのめかしている……当てこすりにもほどがある！　クレイトン夫人とリッチは仲のいい友だちというだけのことじゃないか！　マーガリータには友だちが大勢いる。ぼくだってその一人だ。昔からそうだったんだ。それなのに世間じゃ、そんなことは何も知っちゃいない。チャールズとマーガリータのあいだだって同じことなんだ」

「ではあなたは、彼らが恋仲だったとはお考えにならんのですな？」

「あたりまえですよ！」と、マクラレンはいきまいた。「あの性悪女《しょうわる》のスペンスの女房のところへ行っちゃあいけませんよ。あることないことべらべら喋りますからね」

「しかし、おそらくクレイトン氏は、奥さんとリッチ少佐のあいだに何かあるのではないかと疑った」

「そんなことはなかったと、ぼくがはっきり断言しますよ！　もしそうならぼくが、知っているはずだ。アーノルドとぼくはごく親しかったんですから」

「彼はどんなタイプの男でしたか？　あなたが一番よくご存じでしょう」

「そうですな、アーノルドはおとなしい男でしたよ。しかし頭はよかった――まったくよく切れましたよ。いわゆる第一級の財政頭脳ってやつです。大蔵省では大物でしたからね」

「そのようですな」

「非常な読書家でした。切手の蒐集もしていましたよ。それから音楽が大好きでね。ダンスはしませんでした。だいたいあまり外出好きじゃなかった」

「結婚生活は幸福だったとお思いですか？」

マクラレン中佐の答えはすぐには出てこなかった。どういったものかと考えているらしい。

「そういうことは、なかなかむずかしいことですが……そうですね、彼らは幸福だったでしょう。彼は、彼一流の静かな愛し方でマーガリータを愛していました。マーガリータも彼を好いていたことは確かです。別れ話など持ちあがりそうもありませんでしたね。あなたの考えているのが、そんなところならば。二人に共通な点は多くなかったでしょうがね」

　ポアロはうなずいた。引き出せるのはこれくらいのところだろう。「さて、ではあの晩のことを話して下さい。クレイトン氏はクラブであなたと食事をした。彼はどんな話をしましたか？」

「スコットランドに行かなければならないと言っていました。なんだか心配そうな様子でしたね。話のついでですが、ぼくたちは食事をしたのではありません。時間がなかった。サンドイッチをとって一杯飲んだだけでした。これは彼のほうで、ぼくは酒を飲んだだけです。これから夕食会に行くところでしたからね」

「クレイトン氏は電報のことに触れましたか？」

「ええ」

「あなたにじっさいに電報を見せたのですか？」

「いや」

「彼はリッチの家へ行くと言っていましたか？」

「はっきりとは言いませんでした。じっさいは、その時間がなさそうだと言っていました。こう言ったんです。『マーガリータかきみに話してもらえばいいな』それから、こうも言いましたっけ。『家まで、あれを送ってやってくれないか？』とね。そう言って出ていきました。ごく自然でしたね」

「電報が偽物かもしれないというような疑いは少しも持っていませんでしたか？」

「本物じゃなかったんですか？」マクラレン中佐は驚いたようだ。

「明らかに、ちがいますな」

「そりゃまた奇怪な……」マクラレン中佐は一種の昏睡状態におちいったかと思うと、いきなり意識を回復した。そして言った。

「しかしそれはまったく奇怪ですな。だって……目的はなんなのです？　だれか知らんが、なぜ彼をスコットランドに行かせなければならなかったんです？」

「答えを必要とするご質問ですよ、たしかに」

エルキュール・ポアロは、まだ戸惑ったままの中佐をその場に残して立ち去った。

5

スペンス夫妻はチェルシーの文化住宅に住んでいた。

リンダ・スペンスは、いそいそとポアロを迎えた。

「さあ、聞かせて下さいな」と彼女は言った。「マーガリータのことを、残らず話して下さい！　あのひと、どこにいるんですの？」

「それはわたくしの一存で、口外するわけにはまいりませんな、マダム」

「うまく隠れてしまったものだわ！　マーガリータときたら、ああいうことにかけては、抜け目がないんだから。でも公判のときには証人に呼ばれるんでございましょう？　さすがの彼女もそれだけは逃げられませんわねえ」

　ポアロは相手を、値踏みするようにしげしげと眺めた。そして彼は、当世風なスタイル（栄養不良の孤児めいたのが、彼にいわせれば当世風であった）から見れば、不承不承ながら、彼女を美人と認めないわけにはいかなかった。だが彼の賛美するタイプではない。芸術的なタッチで乱した髪がふわふわと頭を取りまき、一対の鋭い目が、桜桃色の官能的な唇のほかは化粧していない浅黒い顔から、じっと彼を見つめている。膝まで届くくらいのだぶだぶのクリーム色のセーターを着て、ぴったりとした黒のスラックスをはいていた。

「あなたのお役目はなんですの？」とスペンス夫人が訊いた。「なんとかして、あのボーイ・フレンドを助け出そうというわけでしょ？　そうなんでしょう？　それはたいへんなお仕事だわ！」

「では奥さんは、彼を有罪だとお考えになるのですな？」

「もちろんですわ。ほかにだれがいます？」

それが問題なのだとポアロは思った。彼は次の質問を放つことによって、矛先《ほこさき》をかわした。

「あの運命の夜、リッチ少佐はどんな様子に見えましたか？　ふだんと変わりませんでしたかな？　それとも変わったところがありましたか？」

リンダ・スペンスは考えこむように目を細めた。

「ええ、いつもの彼ではありませんでした。たしかに――変わっていましたわ」

「どんな具合に変わっていましたか？」

「そうですねえ、いまひとを冷酷無惨に刺し殺してきたというような――」

「しかし奥さんはそのとき、彼が冷然と人間を刺し殺してきたところだということはご存じなかったんでしょう」

「まあ、もちろんですわよ」

「それならば彼が、〝変わっていた〟のを、そのときどんなふうに取りました。どんなところが変わっていましたか？」

「そう――うわの空でしたね。あら、よくわかりませんのよ。でもあとになって考えてみると確かに何かあったと思いますの」

　ポアロは溜め息をついた。

「だれが最初に着きました？」

「あたしどもです、ジムとあたしですわ。それからジョック。そして最後にマーガリータでした」

「クレイトン氏のスコットランド行きについて最初に触れられたのはいつですか？」

「マーガリータが来たときでした。彼女はチャールズにこう言いました。『アーノルドがとても残念がっていましたわ。今晩の汽車で急にエディンバラへ行かなくてはなりませんの』って。するとチャールズが、『おや、そいつは残念だ』と言いました。それからジョックが、『すまん。きみはもう承知していたのかと思ったよ』と言いましたわ。それから……あたしたち、お酒をいただきました」

「リッチ少佐は、あの晩クレイトン氏に会ったことには一言も触れなかったのですな？彼が駅へ行く途中、立ち寄ったこともまったく話さなかったのですね？」

「あたしは聞きませんでしたわ」

「あの電報は」とポアロは言った。「おかしいとは思いませんでしたか？」

「何がおかしいんですの？」

「偽電報だったのです。エディンバラでは、だれもあの電報については知りませんでした」

「じゃあやっぱりね。あたしもあのとき変だと思いましたのよ」

「とおっしゃると、電報について何か思いつかれたのですか？」

「すぐわかることじゃございませんか」

「どういう意味ですか？」

「ねえ、あなた」とリンダは言った。「しらばっくれるのはおよしなさいよ。どこかのいたずら男が、邪魔なご亭主を追い払おうとしたんですわ！　とにかく、その晩だけは、危険はありませんものね」

「するとリッチ少佐とクレイトン夫人が一夜を共にすごす計画をたてていたというのですね」

「あなたも、その噂をお聞きになったのね？」リンダは面白がっている様子だった。

「すると電報は彼らのどちらかが打ったわけですな？」

「そういうこともございましょうね」

「リッチ少佐とクレイトン夫人は恋仲だと思いますか？」

「そうだとしても驚きはいたしませんわ。事実かどうかは知りませんけど」

「クレイトン氏は疑っていましたか？」

「アーノルドは変わり者でした。つまり、自分の感情を、お腹のなかにしまいこんでおくひとなのですよ。わたしは、知っていたと思いますわ。でも彼はそれを外に出すようなひとではありませんでした。だからだれでも彼のことを、感情のない面白味のないやつぐらいに考えていたでしょうね。でも根はそんな人間ではないと思いますわ。変な話ですけれど、あべこべにアーノルドがチャールズを刺し殺したというのなら、あたしこれほど驚きはしなかったでしょうね。アーノルドは異常なほど嫉妬深い男だったんじゃないかと思いますのよ」

「それは面白いですな」

「でもその場合は、マーガリータを殺すほうが、もっともらしいと思いますけどね。ほら、オセロかなにか——そんなようなものですわね。マーガリータは、ねえ、男に不思議な魔力を発揮しますのよ」

「彼女は美しい婦人ですな」とポアロは、賢明にも控え目な言葉を選んだ。

「美しいどころじゃありませんわ。彼女にはなにかがあります。男という男を迷わせ——夢中にさせておいて——ふと振り向いて、しんから驚いたというような丸い目で男を見つめるんです。男はたいてい変になりますわ」

「あら、彼女はあたしの親友の一人ですわ――これっぽっちも信用する気にはなれませんけどね」

「彼女のことはよくご存じですか？」

「外国語ではそう言うんでしょうね」

「妖婦《ユヌ・ファム・ファタル》ですな」

「おやおや」とポアロは言って、話題を、マクラレン中佐に転じた。

「ジョック？　あの忠義者？　あれはペットよ。あの一家の友だちとして生まれてきたような男ですわ。彼とアーノルドは、ほんとうに親友でしたの。アーノルドは、彼に一番打ち解けていましたもの。それにむろんマーガリータの飼い猫みたいな存在でもあったわ。彼女には、もう長年お熱を上げつづけでね」

「するとクレイトン氏は、彼にも嫉妬の炎を燃やしていたのですかな？」

「ジョックに嫉妬を？　いやですわ！　マーガリータはほんとうにジョックを好いてはいましたけど、嫉妬させるようなそんな気持ちは、彼にはこれっぽっちも持っていませんでしたわ。いえ、だれだって……あの……あたしには、なぜだかわかりませんけど……でも、ずいぶんひどいと思いますわ。彼はとてもすばらしい人なのに」

ポアロは下男に関する考察に話題を切りかえた。しかし、彼がすばらしいサイド・カー（カクテルの一種）を作るというようなことのほかは、リンダ・スペンスはバージェスについては知らないようだった。ほとんど気にとめたこともないらしい。

　だが彼女はものわかりの早い女であった。

「あの男が、チャールズと同じように、わけなくアーノルドを殺せたはずだからでしょう？　でも、あたしにはあんまりばかげてて、真面目に考えられないわ」

「そのお言葉で、意気喪失ですな、マダム。しかしですな、わたしには（おそらく同意なさらんでしょうが）このほうが――つまり、リッチ少佐がアーノルド・クレイトンを殺すということではなく、彼がああいう方法で殺さなければならなかったということのほうが、ありうべからざることのように思われるのですがね」

「小剣のことですの？　ええ、たしかに、リッチ少佐の性格からは考えられませんわね。鈍器のほうが似つかわしいわ。さもなければ絞め殺したってよかったのに」

　ポアロは吐息をついた。

「またオセロに戻りましたな。なるほど、オセロか……奥さんのおかげで、ちょっとした考えが浮かびましたぞ……」

「あたしのおかげ？　なんでしょう――」掛け金をまわして、ドアを開ける音が聞こえた。「あら、ジェレミイですわ。お話しになります？」

ジェレミイ・スペンスは三十がらみの明るい顔立ちで、寸分すきのない身じまいといい、きざなほど分別くさい男だった。スペンス夫人は、失礼して台所のキャセロールを見てくるといって、二人の男を残して去った。

ジェレミイ・スペンスは、夫人のような愛想のいい率直さは示さなかった。明らかに事件に巻きこまれるのを嫌がっていて、話は、すべて当たりさわりのないことばかりであった。クレイトン夫妻とはしばらく前に知り合ったが、リッチ少佐のことはよく知らない。彼は気持ちのよい人だと思っていた。記憶しているかぎりでは、問題の夜、リッチはいつもとまったく変わらなかったようだ。クレイトンとリッチはいつも折り合いがよかった。今度の事件はまったくわけがわからない。

この話のあいだじゅう、ジェレミイ・スペンスは、早く帰ってもらいたいという表情を露骨に示していた。彼は礼儀正しかったが、ただ儀礼的にそうであるにすぎない。

「どうも」とポアロは言った。「こういう話はお気に召さないようですな？」

「ええ、警察の連中にさんざん絞られましたからね。もうたくさんなんですよ。ぼくたちが知っていることや見たことはぜんぶ話しました。もう――あのことは早く忘れてしまいたいんです」

「ご同情申し上げます。こういうことに巻きこまれるのはまったく不愉快なものですからね。知っていることや見たことばかりでなく、考えていることまで尋ねられるということはね」

「考えないにこしたことはないでしょう」

「しかしそれを避けられるでしょうか？　たとえば、クレイトン夫人は事件に一役買っていたと思いますか。彼女はリッチと共謀して夫の殺害をはかったのでしょうか？」

「まさか、とんでもない」スペンスは、狼狽した声を出した。「そんな疑いがあるとは思いもよりませんでしたね」

「奥さんは、そんな可能性をほのめかしませんでしたか？」

「ああ、リンダですか！　女なんてどんなものかご存じでしょう——絶えず互いに悪口の言い合いですよ。マーガリータは同性からの評判はかんばしくはありません——美人であることもまた辛きかなですが……しかしリッチとマーガリータが共謀して夫殺しを企てたという推理は——あんまりばかげていますよ！」

「にもかかわらず、そうしたことが、過去において起こっています。たとえば、兇器です。あれは男より、女が持ってふさわしいものですね」

「すると、警察は兇器の出所を彼女だとつきとめたのですか——そんなはずがあるもんか！　つまりですね——」

「わたしは何も知りません」とポアロはまことしやかな表情で言うと大急ぎで逃げ出した。

スペンスの顔に浮かんだ驚愕の表情を見て、ポアロは、あの紳士に考えこませる問題を置いてきたと判断した。

6

「こう申しては失礼だが、ポアロさん、どっちみち、あなたがぼくのためにどれだけの役に立ってくださるか疑問ですね」

ポアロはこれに答えないで、親友アーノルド・クレイトン殺害の容疑で起訴されている男の顔を、考え深げに見つめていた。

彼はそのがっしりとした顎ととがった頭とを見つめた。日焼けした痩せがたの顔。筋骨たくましい体。どこかグレイハウンドを思わせるものがある。その顔にはなんの表情もなく、恐ろしく無愛想だった。

「クレイトン夫人が、善意であなたを寄こしたことはよくわかる。しかし率直に言って、あさはかなやり方でしたな。彼女のためにも、ぼくのためにも」

「というと？」

リッチはちらりと神経質な視線を背後に投げた。だが付き添いの看守は規定どおりの距離を置いて立っている。リッチは声をひそめていった。

「やつらはどうでも、この途方もない言いがかりに対する動機を探さなければならないんです。その――クレイトン夫人とぼくのあいだが親しかったことを持ち出すでしょう。クレイトン夫人がお話しするでしょうが、それはまったく事実に反するのです。われわれは友だちで、それ以上のものではありません。だからこそ、彼女がぼくのために動いたりしないほうが賢明だったんじゃありませんか？」

エルキュール・ポアロはこれを無視した。逆に、彼の言葉の一つをほじくり出したのだ。「あなたはいま、〝途方もない〟言いがかりとおっしゃいましたね。しかし、そうではないのですよ」

「ぼくはアーノルド・クレイトンを殺していない」

「では誤った言いがかりとお言いなさい。その言いがかりは真実ではないと。だがそれは途方もないとは言えないのですぞ。それどころか、すこぶるもっともなのです。そこのところをよくわきまえなければいけませんな」

「ぼくには、ばかばかしいとしか思えません」

「そんなことを言っても、なんの役にも立ちませんよ。それより、もっと役に立つことを考えなければね、われわれは」

「ぼくの代弁は事務弁護士がしてくれます。彼らは、ぼくの弁護にあたる著名な法廷弁護士を依頼してくれました。あなたが〝われわれ〟という言葉を使うのは解《げ》せませんな」

　思いがけず、ポアロは微笑した。

「ああ」と彼は、ひどく外国人くさい態度になって、「わたしに対するあてこすりですね。よろしい。もう行きましょう。わたしは、あなたに会いたかった。あなたに会いました。あなたの経歴は調べてあります。サンドハースト（英国陸軍士官学校の所在地）を首席でパスした。陸軍大学もパスした。その他かくかくしかじかと。今日はわたし自身のあなたに対する判断をしました。あなたは愚かな人ではない」

「それとこれとなんの関係があるんです？」

「大ありですよ！　あなたのような手腕家が、今度のようなやり方で殺人を犯すなどということが、あるはずはない。よろしい。あなたは無実です。ではあなたの下男のバージェスについて話してください」

「バージェス？」

「そうです。あなたがクレイトンを殺したのでなければ、バージェスがやったにちがいありません。この結論はまぬかれませんな。だがなぜか？　〝理由〟があるはずです。あなたは、それを推察できるほどよくバージェスを知っている唯一の人間です。なぜです、リッチ少佐、なぜですか？」

「想像もつきませんな。どうしてもわかりません。ええ、ぼくもあなたがしたような推理をたどってみましたよ。そうです、バージェスには機会があった――ぼくを除いては、可能性のある唯一の人間だ。問題は、ぼくにはそれがとうてい信じられないってことです。バージェスは、人殺しのできるような男じゃありませんから」

「あなたの弁護士はどう考えています？」

リッチの唇が、厳しくひきしまった。

「ぼくの法律顧問どもは、ぼくが、自分のしていることが、わからなくなったことはないか、一時的な記憶喪失症にかかったことはないかと、それ一点張りですよ」

「それは弱りましたね」と、ポアロは言った。「記憶喪失症にかかりやすいのはバージェスだということになるでしょうよ。それも一つの考え方でしょう。さて兇器ですが、彼らはあれをあなたに見せて、あなたのものかどうか尋ねましたね？」

「あれはぼくのではありません。見たこともない」

「あなたのでないのは確かでしょう。しかし見たこともないというのは確かですか？」

「ええ」かすかなためらいがあった。「あれは一種の室内装飾品です——じっさい——ああいうものはどこの家でもよく見かけるものです」

「おそらく、ご婦人用の客間などにね。クレイトン夫人の家の客間じゃありませんか？」

「まさか！」

最後の言葉は大声で発せられたので、看守が顔を上げた。

「よろしい《トレ・ビアン》。まさかね——ですが、大声を立てる必要はない。しかしどこかで、いつか、あれによく似たものを見かけたことはあるのでしょう？　どうです？　そうでしょう？」

「そんなはずはないが……どこかの骨董屋か……あるいは……」

「ああ、なるほど」ポアロは立ちあがった。「では失礼するとしましょう」

7

「さて今度は」とエルキュール・ポアロは言った。「バージェスの番だ。やっとのことでバージェスだ」

この事件の関係者については、それぞれから、またそれぞれ別の人物から、いろいろと聞き出すことができた。しかしバージェスについては、だれひとり教えてくれるものはなかった。彼がどんな男かという、手がかりもヒントも何ひとつない。

その理由は、バージェスに会ったとき、たちどころにわかった。

下男は、マクラレン中佐からの電話でポアロの訪問を知らされていたので、リッチ少佐の住居で彼を待ち受けていた。

「わたしがエルキュール・ポアロだ」

「はい、お待ち申し上げておりました」

バージェスはうやうやしい手つきでドアをおさえ、ポアロをなかへ招じ入れた。小さな正方形の表玄関、左手のドアが開いて、居間に通じている。バージェスはポアロから帽子とコートを受け取り、あとから居間へはいってきた。

「ああ」とポアロはあたりを見まわしながら、「ここだね、あれが起こったのは？」

「はい、さようで」

あくまで落ち着いた男、バージェス。蒼白い顔をして、痩せ気味である。ぎこちなく張った肩とひじ。どこかはっきりわからない田舎訛りの残る、抑揚のない声。おそらく東海岸の生まれだろう。どちらかといえば神経質に見えるが、そのほかにこれといった特徴もない。どんな種類のものにせよ、激しい行為とこの男とを結びつけるのは無理なようだ。消極的な殺人者というものがあるだろうか？

薄青い目が、きょろきょろと動く。これは、不注意な人たちが、よく不正直の証拠と考えるものである。だが、稀代の嘘つきでも、大胆不敵な目で、人の顔を見つめることができるものだ。

「この住居《すまい》はいまどうしているのかね」とポアロは訊いた。

「わたくしがまだお世話をしております。リッチさまは、わたくしの給料の手配をして下さいまして、ここの面倒を見るようにとおっしゃいましたので。ですが、いずれは——

——いずれは——」

眼がきょろきょろと動く。

「いずれはね」とポアロが受けて、素気ない調子でつけ加えた。「リッチ少佐はほぼ確実に公判に付される。裁判はおそらく三カ月以内だろう」

バージェスはかぶりを振ったが、それは否定ではなく、困惑のあまりの動作であった。

「わたくしには、どうしても信じられません」

「リッチ少佐が犯人だということがかね？」

「何もかもがでございます。あの櫃の――」

眼差しが部屋を横切った。

「ああ。あれが、かの有名な櫃だね？」

黒光りする木で造られた巨大な家具で、真鍮の飾りが打ちつけられ、真鍮の掛け金と古風な錠が取りつけてある。

「みごとなものだ」ポアロは近寄った。

それは窓に近い壁ぎわに、レコードをしまいこんだモダンなキャビネットと並んでいる。その向こう側にドアがあって、半ば開いている。ドアは、彩色した大きな革製の衝立てで、一部かくれている。

「あのドアはリッチさまの寝室につづいております」とバージェスが言った。

ポアロはうなずいた。彼の目は、部屋の反対側へさまよった。二台のステレオ・プレイヤーが、それぞれ低いテーブルの上に据えてあり、コードをくねくねと引きずっている。安楽椅子と――大きなテーブルが一つ。壁には日本の版画のセットがかかっている。どっしりとして気持ちのよい、だがけっしてけばけばしくない部屋であった。

ポアロは、やおらウィリアム・バージェスを振り返った。「あれを見つけたときは」と、彼はいたわるように言った。「たいへんショックだったろうね」

「ほんとうに驚きました。一生忘れられません」下男はセキを切ったように話し出した。言葉が、後から後から流れ出るのだ。その話を、繰り返しすることによって、心から拭いさってしまえるとでも思っているかのように。

「部屋を片づけていたのです。グラスやら何やらを。床の上に落ちていたオリーブをひろおうと、ひょっとかがみました──そのとき見たのですよ──絨毯の上に、どす黒いしみがあったのです。いえ、絨毯はもうございません。洗濯屋に出しました。警察のほうの調べがすんでからです。いったい何だろう？　とわたくしは思いました。冗談のつもりで、独り言を言ったものでございます、『ことによると血かもしれないぞ！　だがいったいどこから流れてきたのかな？　何かが割れたのかな？』それからわたくしは、それが櫃から流れ出しているのに気がつきました──底のほうに、割れ目がございました。そこでわたくしは、まだ何気なしに、言ったものです。『はてな、いったい何がはいっているのかな──？』そしてこんな具合に蓋を持ち上げたのです（彼は言葉どおりのしぐさをした）。するとあったのです──男の死体が、横に二つ折りになって──

まるで眠っているように横たわって。そしてあの忌わしい外国のナイフだか短剣だかが、首に突き刺さっていました。一生忘れられません――一生！　生きているかぎり！　あのショックは――まさかと思っていただけに……」

　彼は深く息を吸いこんだ。

「わたくしは蓋をほうり出すと、家から外へ走り出しました。警官を探しにいったのです――幸いなことに、すぐ見つかりました――すぐの角を曲がったところで」

　ポアロはしげしげと下男を眺めた。これが演技だとしたら、じつにみごとなものである。これは演技ではない――つまり、たんに事実こうしたことが起こったのではないか。ポアロは心に思いはじめていた。

「リッチ少佐を最初に起こすことは考えなかったのかね？」と彼は訊いた。

「それが、まるで考えつかなかったのです。ショックが大きかったせいでしょう。ただ――ただここから逃げ出したくて夢中だったのです」息をついて、「そして――助けを呼びたかったのです」

　ポアロはうなずいた。

「クレイトン氏だということはわかったのだね？」

「気がついていいはずでしたが、気がつかなかったと思います。むろん警官を連れてもどってくるなり、わたくしは申しました。『こりゃ、クレイトンさまだ！』すると警官が言いました。『クレイトンとはだれだね？』それでわたくしが言いました。『昨夜ここに見えた方です』」

「なるほど」とポアロは言った。「昨晩ね……クレイトン氏がここにやってきた時間を正確に覚えているかね？」

「正確にはわかりませんが、おおよそ八時十五分前ぐらいでしたでしょう……」

「彼をよく知っているかね？」

「クレイトンさまと奥さまは、わたくしがこちらへまいりましてから一年半ほどのあいだに、ちょくちょくお見えになりましたから」

「彼はいつもと変わりないように見えたかね？」

「そう思います。なにかちょっと息を切らしておいででしたが——急いでいらしたせいだと思いました。汽車に乗るところだとか、おっしゃっていましたから」

「鞄を持っていたろうね、スコットランドへ行く途中だったのだから？」

「いいえ。たぶん下にタクシーを待たせておいたのでしょう」

「リッチ少佐が留守と聞いて、がっかりした様子だったかね？」

「気になさらなかったようです。ただ、書き置きをしていくからとおっしゃいました。

ここへおはいりになって、机のほうへいらっしゃったので、わたくしは台所へもどりました。アンチョビの用意が遅れておりましたので。台所は廊下のはずれにございまして、あそこからは物音はよく聞こえません。クレイトンさまが出ていったのも、ご主人がもどってまいりましたのも聞こえませんでした——でもあのときは、気にもしておりませんでしたので」

「それから？」

「リッチさまがお呼びになりました。ここのドアのところに立っておられました。そしてスペンス夫人のお好きなトルコ煙草を忘れていたとおっしゃいました。大急ぎで買ってこいというおおせで。で、わたくしはそういたしました。そして、それをここのテーブルの上に置きました。むろん、そのときには、もうクレイトンさまは、汽車に乗るためにお帰りになったものとばかり思っていました」

「すると彼のほかに、リッチ少佐の留守中に来たものはいないのだ。そしてきみは台所にいた？」

「はい——」

「だれも来なかったのは確かかね？」

「いらっしゃるはずがございません。来ればベルを鳴らさなければなりませんから」

　ポアロは首を振った。そんな者のいるはずがないのは知っている。スペンス夫妻、マクラレン中佐、それにクレイトン夫人も、あの晩の行動はことごとく説明できるのである。マクラレンはクラブで知り合いと一緒だったし、スペンス夫妻は出かけた二人の友だちと一杯飲んでいた。マーガリータ・クレイトンは、ちょうどその時分、友だちと電話で話していた。彼らに、この邸にはいってくる可能性があるとは思えない。アーノルド・クレイトンを、下男はいるし、主人はいつなんどきもどってくるかもしれない住居までわざわざつけていって、そこで殺すぐらいなら、もっと殺しやすいところも方法もいくらでもあったはずである。いや……まだ〝不思議な影の男〟というとっておきの切り札がある！　クレイトンの一見なんの汚点もない過去に絡むある人間が、彼を街で見かけ、ここまで後をつけてきた。そして小剣で彼を刺し殺し、死体を櫃に押しこめて、逃げた。必然性となんらの関係のない、完全なメロドラマ。だが、ロマンチックな歴史小説には――スペイン櫃は恰好の小道具である！

　ポアロはふたたび部屋を横切って、櫃に近づいた。そして蓋を持ち上げた。それは音も立てず、やすやすと持ちあがった。

かすれた声で、バージェスが言った、「ごしごし洗いおとしました、わたくしが」

　ポアロはなかを覗きこんだ。かすかな叫び声があがったと思うと、さらに深くかがみこんだ。そして指で探った。

「この穴は——後ろと片ほうの脇にあるが——まるで——まるで、ごく最近あけたような感じだな」

「穴がですか？」下男は覗きこんだ。「さあなんとも申せません。いままでとくに気づきませんでした」

「目立ちはしないが、立派にある。この穴の目的がわかるかね？」

「さあ、わかりません。なにか虫のようなもの——きっとその……つまり木喰い虫の類いが、木をかじったのではないでしょうか？」

「虫のようなもの？」とポアロは言った。「そうかな」

彼は部屋のなかを後ろへさがった。

「あんたが煙草を持ってはいってきたとき、この部屋で何か変わったところはなかったかね？　椅子とか、テーブルとか、そういったものの位置が変わっていなかったか？」

「あなたさまがそれをおっしゃるとは不思議だ……それで思い出したのです。申し上げます。あったのですよ。あそこにある衝立ては、寝室のドアからのすき間風をさえぎるためのものなのですが、あれがもう少し左に寄せてありました」

「こんなふうにかね？」ポアロはすばやく動かした。

「もう少し左に……そうでございます」

衝立てはもともと櫃のほぼ半分を隠していた。そしていま動かした結果、櫃をほとんどそっくりおおい隠すことになったのである。

「なぜこれが動かされたと思うかね？」

「わかりません」

（ここにもミス・レモンがいる！）

バージェスは自信なげにつけ加えた。

「寝室への通り路を、もっとあけるためではございませんか――ご婦人方が外套をお置きになるのに」

「なるほど。しかしほかの理由があるにちがいない」バージェスはもの問いたげにポアロを見つめた。「衝立てはいま櫃をすっかり隠している。櫃の下の絨毯も隠している。もしリッチ少佐がクレイトン氏を刺したなら、血はたちまち櫃の底の割れ目からしたたり出しただろう。だれかが気づいたかもしれない――翌朝きみが気づいたようにね。だから――衝立てが動かされたのだ」

「そんなことは思いつきもしませんでした」

「ここの明かりはどうかね、強いかね、弱いかね？」

「ごらんにいれましょう」

下男はすばやくカーテンを引き、二つのランプをつけた。それは柔らかな美しい光を放ち、読み書きもおぼつかないほどのほの暗さであった。ポアロは天井の電灯を見上げた。

「あれはついておりませんでした、はい。めったに使いませんのです」

ポアロは穏やかな熱心さであたりを見まわした。

下男が言った。

「血痕は見えないと思います。かなり暗うございますから」

「きみの言うとおりだ。それなら、なぜ衝立てが動かされたのか？」

バージェスは身を震わせた。

「考えるのも恐ろしいです――リッチさまのような立派なお方が、こんなことをなさるなんて」

「彼がやったということは疑わないのだね？　なぜ彼がやったのだね、バージェス？」

「そうでございますな、リッチさまは戦争にいらっしゃいました。それで、頭に負傷なさったのかもしれません。何年もあとになって、その傷が悪化する場合があるそうです。突然変になって、自分のしていることがわからなくなるのです。そういう気の狂った人が狙うのは一番身近かな、一番愛する人間だと申します。お家のこれも、そういったところではございませんでしょうか？」

ポアロは下男をまじまじと見つめ、溜め息をついて目をそらした。

「いや」と彼は言った。「そんなことではないね」

とたんに、手品師よろしく、一枚の真新しい紙幣が、バージェスの手のなかに滑りこまされた。

「これはどうも恐れいります、ですがわたくしは、なにも——」

「助かったよ」とポアロは言った。「きみはこの部屋を見せてくれた。部屋のなかに何があるか見せてくれた。あの晩なにが起こったか見せてくれた。ありえないこともありえるのだ！　そこをよく覚えておきたまえ。わたしは可能性はただ二つだと言っていたが——それが間違いだった。第三の可能性があったのだ」彼はもう一度部屋を見わたし、軽く身震いをした。「カーテンを開けたまえ。光と風を入れるのだ。この部屋にはそれが必要だ。洗い清める必要がある。だが長い時間がかかるだろうね、この部屋にたちこめていた——憎しみの消えやらぬ記憶を拭いさるまでには」

バージェスは、ぽかんと口を開けて、ポアロに帽子とコートを手渡した。途方に暮れた様子であった。ポアロは、愉しげにその不可解な言葉を吐きすてると、足どりも軽く街路へおりていった。

8

家に着くと、ポアロはミラー警部に電話をかけた。

「クレイトンの鞄はどうなっていますか？　細君は彼が荷造りをしたと言っていましたね」

「クラブにありましたよ。給仕に預けてあったんです。それっきり忘れて、鞄を持たずに出かけてしまったらしい」

「なかには何がはいっていました？」

「ありきたりのものですよ。パジャマや着替えのシャツや洗面道具や」

「それでぜんぶですか？」

「ポアロさんはまた、何がはいっていると思ったんです？」

ポアロはこの質問を無視した。

「小剣のことですがね、スペンス夫人の家に通っている掃除婦を捕まえてみることをお奨めします。そして彼女がそんなようなものをあそこで見かけなかったかどうか、聞き出してごらんなさい」

「スペンス夫人？」ミラーは口笛を吹いた。「ポアロ氏の頭の働き具合たるや奇妙ですな？　スペンス夫妻にはとっくに小剣を見せて、彼らはそれを否認しましたよ」

「もう一度訊いてごらんなさい」

「というと——」

「それから彼らがなんと答えたか知らせて下さい——」

「いったい何を考えているのか見当もつきませんな！」

「オセロを読みたまえ、ミラー。オセロの登場人物を考えてみたまえ、われわれは、そのうちの一人を見逃していたのです」

彼は電話を切った。つぎにチャタートン夫人に電話をかけた。話し中であった。

少し経ってからまたかけた。まだかからない。彼は従僕のジョージを呼んで、応答があるまでその番号にかけつづけるように命じた。チャタートン夫人は、手に負えない電話マニアなのだ。

彼は椅子に腰をおろすと、用心深く、エナメル靴をゆるめ、爪先をのばして、どっかと椅子の背によりかかった。

「年だな」とエルキュール・ポアロは言った。「すぐ疲れてしまう……」その顔が輝いた。「だが脳細胞は――まだ衰えないぞ。ゆっくりと――だが正確に働いている……オセロ、そうだ。それを言ってくれたのはだれだったかな？　ああ、そうだ、スペンス夫人だ。鞄……衝立て……眠っているように横たわる死体。巧妙な殺人だ。犯人は、あらかじめ考え抜き、計画し……そして、実行して愉しんだのだ……」

チャタートン夫人が電話口にお出になりましたと、ジョージが告げた。

「エルキュール・ポアロです、マダム。お宅のお客さまとお話がしたいのですが？」

「ええ、もちろんですとも！　ああポアロさん、すばらしい成果が挙がりまして？」

「まだですよ」とポアロは言った。「ですが、着々と進展しています」

やがてマーガリータの声――静かな優しい声が聞こえた。

「マダム、先日わたしが、あの晩のパーティで変わったことはなかったかとお尋ねしたとき、あなたは何か思い出そうとして眉をひそめられた――しかし思い出されなかった。それはあの晩の衝立ての位置だったのではありませんか？」

「衝立て？　まあ！　そう、そうですわ。いつもの場所にございませんでした」

「あの晩ダンスをなさいましたか？」

「ほんの少し」

「おもにどなたとなさいました？」

「ジェレミイ・スペンスです。あの方それはとてもお上手ですの。チャールズも下手ではありませんけれど、すばらしいというほどではありませんわ。ジョック・マクラレンは踊りませんの。彼はレコードを抜き出して、選りわけて、よさそうなのをかけてくれましたわ」

「そのあとでクラシックをかけましたか？」

「ええ」

沈黙があった。やがてマーガリータが言った。

「ポアロさん、なんのことですの――これは？　何か――ございますの――見込みが？」

「マダム、あなたはあなたの周囲の人たちが、あなたにどんな感情を抱いているか、ご存じですか？」

彼女の声はかすかな驚きを帯びていた。

「あたくし――あの――」

「たぶんご存じないでしょう。そんなことを、あなたは考えたこともないのです。それがあなたの一生の悲劇だとわたしは思いますよ。しかしその悲劇は、他人のもので――

あなた自身の悲劇にはならないのです。

今日、わたしに、オセロのことを話してくれたひとがいます。先日わたしがあなたにご主人は嫉妬深い人だったかとお尋ねしたら、そうだったでしょうというご返事でした。しかしあなたはそれをこともなげにおっしゃった。まるでデスデモーナ（オセロの妻、誤った嫉妬から夫に殺される）が、危険に気づきもせず、言ったようにです。彼女も夫の嫉妬には気づいていた、しかしそれが理解できなかったのです。彼女自身は嫉妬を経験したこともなければ、することもできなかったからです。彼女は、烈しい肉の情熱の力を、まったく知らなかったのでしょう。彼女は夫を英雄崇拝というロマンチックな熱情で愛し、友だちのキャシオを、親しい友として無邪気に愛したのです……そしてその情熱に対する免疫性のゆえに、男たちを狂わせていった……おわかりでしょうか、マダム？」

声が途絶えた――やがてマーガリータの声が答えた。冷ややかな、甘い、そしていくらか戸惑った声が。

「あたくし、よく――よくあなたのおっしゃることがわかりません……」

ポアロは溜め息をついた。そして素気ない調子で言った。

「今晩そちらにおうかがいしましょう」

9

ミラー警部を口説きおとすのはなまやさしいことではない。しかし同じくエルキュール・ポアロも、容易に追い払える相手ではなかった。ミラー警部はぶつぶつと不平を唱えていたが、ついに折れた。

「――だがチャタートン夫人がなんで手を出したのか、それが――」

「彼女は何もしませんよ。夫人はただ、友だちに隠れ家を提供した、それだけの話です」

「スペンス夫妻のことは――なんでわかったんです？」

「小剣の出所があそこだったということですか？　あれはたんなる推測でしたよ。ジェレミイ・スペンスの言葉からふっと思いついたのです。わたしは彼に小剣はマーガリータ・クレイトンのものだとほのめかした。すると彼はそうではないことをよく承知しているという態度を示しました」彼は口をつぐんだ。「彼らはなんと言いましたか？」と彼はいくらか好奇心を示して言った。

「自分の家にあった玩具の短剣に非常によく似ていることを認めました。しかし二、三週間前にどこかに置き忘れ、それっきり忘れていたと申し立てました。リッチ少佐はあそこから盗ってきたんでしょうな」

「あくまで慎重に振舞おうとする男ですな、ジェレミイ・スペンス氏は」とエルキュール・ポアロは言った。彼は独り言をつぶやいた。「二、三週間前か……ああ、そうだろう、この企みはだいぶ前からはじまっていたのだ」

「ええ、なんですって？」

「さあ着きました」とポアロは言った。タクシーはチェリントン街にあるチャタートン夫人の家の前に停まった。ポアロが料金を払った。

マーガリータ・クレイトンは二階の部屋で彼らを待ち受けていた。ミラーの姿を見ると、彼女の顔が硬ばった。

「存じませんでしたわ――」

「わたしが連れてくると言った友だちがだれだかご存じなかったのですか？」

「ミラー警部はあたくしのお友だちではございませんわ」

「それはむしろ、裁きが下される光景を、見たいか見たくないかにかかっていますよ、クレイトン夫人。あなたのご主人は殺されました――」とミラー警部。

「さてそこで、だれが彼を殺したかについてお話しせねばなりません」とポアロはすばやく言い継いだ。「座ってもよろしいかな、マダム？」

マーガリータはゆっくりと背の高い椅子に腰をおろし、二人の男と向きあった。

「お願いしておきます」とポアロは、二人の聞き手に向かって言った、「話は長くなるが、どうか辛抱強く聞いて下さい。さてわたしはいま、あの運命の夜、リッチ少佐の住居で何が起こったか知っています……われわれはみな、真実でない仮定にもとづいて、出発してしまったのです——その仮定とは、死体を櫃のなかへ入れる機会を持っていたものは二人しかいないということでした——つまり、リッチ少佐か、ウィリアム・バージェスのどちらかだということです。しかしわれわれは間違っていた——あの晩、あそこでその機会を同じく持っていた第三の人間がいました」

「それはだれだったんです？」と、ミラーが疑わしげに訊いた。「エレベーター・ボーイですか？」

「いいや。アーノルド・クレイトンですよ」

「なんだって？　自分の死体を隠したんですか？　そんなばかな」

「むろん死体ではありません——生きた体をですよ。簡単な言葉でいえば、彼は櫃のなかに隠れたのです。歴史の流れのなかでしばしば行なわれたことですよ。ミスルトウ・バウにいた死せる花嫁、しかり。イマジン（シェイクスピア作《シンベリン》中の女主人公、貞節の鑑）の貞節に野心をいだくイアーキモしかりです。あの櫃に、ごく最近あけられた穴を発見したとたん、わたしはすぐそれを思い出しました。穴はなぜあけられたか？　櫃のなかに空気が充分通うようにするためです。あの夜、なぜ衝立てはいつもの場所から動かされたか？　部屋にいる人たちの目から櫃を隠すためです。そうすれば櫃のなかに潜んだ人間は、ときどき蓋を持ち上げて、窮屈な姿勢を伸ばすことができ、なおかつ、あたりの情況をうかがうことができたわけです」

「でもなぜですの？」とマーガリータは驚きに目を見はって尋ねた。「なぜアーノルドは、櫃のなかになど隠れなければならなかったのですか？」

「それをあなたがお尋ねになるのですか、マダム？　あなたのご主人は嫉妬深い方だった。そのうえ、それを表に現わせない人だった。彼はつねに〝感情を抑えつけていた〟と、お友だちのスペンス夫人はおっしゃった。彼の嫉妬は大きくなるばかり。彼を日夜、責めさいなんだ！　あなたがリッチの愛人であるのか、ないのか？　彼にはわからなかった！　彼はどうしてもそれを知りたかったのです！　そこで——考えついたのが〝スコットランドからの電報〟です。打たれなかった電報、だれひとり見もしなかった電報ですよ！　旅行用の鞄は荷造りされて、都合よくクラブに置き忘れられる。リッチが外出する頃合いを見はからって、彼の住居へ行く——クレイトンは下男に、書き置きをしておこうと言う。ひとりになると、大急ぎで櫃に穴をあけ、衝立てを動かし、櫃のなかにもぐりこむ。今晩こそ真実がわかる。妻は、ほかの客が去ったあとも残るだろう、いったんは出ていくが、たぶんまたもどってくるだろう。そしてその夜、絶望と嫉妬に苦しめられていた男は、知るのです……」

「しかし、まさか自分で自分を刺したと言うんじゃないでしょうな」ミラーの声には疑いの響きがあった。「ばかばかしい！」

「もちろんちがいます。だれかほかの人間が刺したのです。彼がそこにいることを知っていた人間が。間違いなく殺人ですよ。慎重に計画し、ずっと前から用意されていた。オセロに出てくるほかの登場人物を思い出して下さい。われわれが思い出さなければならなかったのは、イアーゴです。アーノルド・クレイトンの心に、かすかな毒を注ぎこんだ男。暗示を、そして疑惑を与えた男。正直なイアーゴ、誠実な友、あなたがつねに信頼している男！　アーノルド・クレイトンは彼を信じていた。そこでアーノルド・クレイトンは嫉妬の炎をめらめらと燃えあがらせたのです。櫃のなかに隠れるという計画は、彼自身の思いつきだったでしょうか？　彼はそうだと思っていたかもしれません——だが、そうではなかった、そう思いこんでいただけなのです！　かくして舞台はととのいます。数週間前にひそかに盗み取っておいた小剣があります。やがてその夜がくる。

電灯はほの暗く、ステレオ・プレイヤーが鳴りひびき、二組の男女が踊る、一人あまったその男は、スペイン櫃とそれを隠している衝立ての近くの、レコード・キャビネットの前で忙しい。衝立てのうしろに忍びこみ、蓋を持ち上げ、刺す――大胆不敵だが、いとも容易なことですよ！」

「しかし、クレイトンは悲鳴を上げたはずだ！」

「麻酔剤を飲まされていれば、叫びはしない」とポアロは言った。「下男の話によれば、死体は〝眠っている人のように〟横たわっていたのです。クレイトンは麻酔剤を盛られ、眠っていた。彼に薬を盛ることのできた唯一の人間の手によって。クラブで一緒に酒を飲んだ男の手によって」

「ジョック？」マーガリータの声は、子供じみた驚きに高くうわずった。「ジョックですの？　まさかあの優しいジョックが。まあ、あたくし、小さいときからジョックを知っているんです！　いったいなんだってジョックがそんなことをしなければならないんです……？」

ポアロは彼女をかえりみた。

「なぜ二人のイタリア人は決闘をしたのでしょうか？　あの青年は、なぜ自殺をはかったのですか？　ジョック・マクラレンは無口な人間でした。彼はおそらく、あきらめて、あなたとあなたのご主人の忠実なる友でいることに満足していた、ところがそこへリッチが現われたのです。それは手ひどい打撃でした！　憎悪と欲望の暗黒のなかで、彼は完全殺人に近いことを計画します――二重殺人を。リッチが第一級謀殺で、有罪を認められるのは、ほぼ確実なのですから。リッチとあなたのご主人と、二人とも片づけてしまえば――最後にはあなたが自分になびくかもしれないと考えます。そしておそらく、マダム、あなたはそうなったでしょう……どうです？」

彼女はポアロを凝視した、恐怖に打ちひしがれた目を大きく見開いて……

ほとんど無意識に、彼女はささやいた。

「きっと……あたくし――わからない……」

ミラー警部が、不意に威厳を取りもどして言った。

「なかなか結構な推理ですな、ポアロさん。しかしそれは推論だ。それ以上の何ものでもない。これっぽかりの証拠もありませんよ。おそらく、一片の真実もないんだ」

「ノン。すべて真実です」

「しかし証拠がない。証拠がなけりゃ、手の下しようがありませんよ」

「それは間違っています。マクラレンは、これを聞かされれば、事実を認めると思いますね。つまり、マーガリータ・クレイトンが知っているということが、彼に明らかにされれば……」

　ポアロは、一度口をつぐみ、そしてつけ加えた。

「彼がそれを知るときは、もはや万事休すなのです……完全殺人が、無益なものとなるのですからね」

（福島正実訳）

負け犬

The Under Dog

1

リリー・マーグレイブは、神経質そうなしぐさで、膝に置いた手袋の皺をのばし、正面の大きな椅子に座っている人物に、ちらと視線を走らせた。

有名な私立探偵、エルキュール・ポアロの噂は前々から聞いていたが、本人に逢うのはこれが初めてである。

けれども、喜劇的な、ほとんど噴飯《ふんぱん》ものといった感じの容貌を見ていると、リリーがこの探偵に寄せる信頼感も多少ぐらつくのだった。頭は卵型で、ばかでかい口髭をたくわえたこの奇妙な小男が、ほんとうにあのかずかずの奇蹟的な仕事をやってのけたのだろうか。しかも今、探偵は妙に子供っぽい仕事に没頭していた。さまざまな色に塗りわけられた小さな積木を、一箇一箇、ゆっくり積みかさねているのである。リリーの話よりはその遊びの成果に多大の関心を抱いているようにも見える。

だが、リリーが急に沈黙すると、探偵はテーブルごしにきっとリリーを見つめた。

「マドモアゼル、どうぞ、お話をおつづけ下さい。ぼんやりしているようですが、そうではないのです。お話は注意ぶかくうかがっております」

そしてふたたび積木遊びをつづけた。娘はまた話にもどった。それは、身の毛もよだつ暴力の物語にはちがいないのだが、語り手の声はひどく冷静かつ非情緒的であり、話の内容もひどく簡潔なので、どこかしら人間味が不足しているという印象を与えるのである。

やがて娘は語り終えた。

「これで」と、娘は心許なげに言った。「すっかりお話し申し上げたと思いますけれど」

了解したという気持ちを強調するように、ポアロは何度もうなずいた。それから、いきなり積木をなぎたおした。積木はテーブルの上いっぱいに散らばった。ポアロは椅子の背に寄りかかり、両手の指先をあわせ、天井をにらんで復誦し始めた。

「ルーベン・アストウェル卿が殺害されたのは十日前。その甥ごのチャールズ・レバースン氏が警察に逮捕されたのは、おとといの水曜日、でしたね。あなたがご存じのかぎりでは、レバースン氏に不利な事実というものは、次のとおりです。まちがっておりましたら、訂正して下さい、マドモアゼル。ルーベン卿は『塔の部屋』と呼ばれる特別の書斎で、夜おそく書きものをしておられた。レバースン氏はおそい時刻に掛け金の鍵を使って、その部屋にはいった。そして伯父上と口論したのを、塔の部屋の真下の部屋にいた執事が耳にしている。口論の末に、突然、椅子が倒れるような音がきこえ、おしころした叫び声がきこえた。

執事はおどろいて、様子をうかがいに上へ行ってみようと思ったが、数秒後、レバースン氏が陽気に口笛を吹きながら部屋を出て行ったので、これは行ってみることもなかろうと判断した。ところが、翌朝、ルーベン卿がデスクのかたわらで死んでいるのを、メイドが発見した。卿はなにかの鈍器によってなぐり倒されていた。執事はこの話をすぐ警察に報告したわけではないのでしょうね。そのほうが自然ですね、マドモアゼル？」

突然の質問に、リリー・マーグレイブはぴくっと動いた。

「は、自然とおっしゃいますと？」

「こういう事件の場合、だれしもどこかに人間味を求めるものじゃないでしょうか」と、小男は言った。「あなたのお話のなさり方は——非常におみごとというか、簡潔というか――とにかく登場人物がみんな――操り人形のように見えるのです。しかし、わたしは、つねに人間味を求めます。わたしの考えですと、その執事は――なんという名前でしたか」

「パースンズです」

「そう、そのパースンズという執事は、典型的なその階級の人間であって、警察には非常に強い反感を抱き、さしあたり最小限のことしか喋らなかったと思います。とくに、家族の一員に災いをおよぼしそうな事実は、絶対に口外するはずがない。物盗り、強盗、その線を執事はがんこに主張するでしょう。そう、使用人階級の忠義立てというものは、研究題目として非常に面白い」

　生き生きした表情になって、ポアロは椅子の背に寄りかかった。

「一方」と、探偵はことばをつづけた。「家族の人たちは、それぞれ彼または彼女の供述を行なっている。レバースン氏もその一人。夜おそく帰宅して、伯父上の顔も見ずにすぐ寝てしまった、というのでしたね」

「ええ、あの方はそう言いました」

「で、その話を疑うことのできる人は、だれもいない」と、ポアロは考えこんだ。「ただ、もちろん、パースンズは例外です。さて、スコットランド・ヤードから警部がやって来た。ミラー警部、とおっしゃいましたね。その人なら知っています。むかし一度か二度、逢ったことがある。いわゆる、切れる男です。白イタチのような人です。

　そう、彼ならわたしはよく知っていますよ！　で、その切れる男、ミラー警部は、田舎の警察官が見落としたことを見落とさなかった。つまり、パースンズの態度がどうも曖昧で、何か隠しているらしいということ。そこで、ミラー警部はパースンズをいささか締め上げて、知っていることをぜんぶ吐かせた。現在までに明らかになったのは、事件の夜、なんぴとも家に押し入らなかったということ。すなわち、犯人は、家の外部ではなく、内部にもとめられねばならないということ。パースンズは落胆もし、おびえてもいるが、それと同時に自分の秘めごとが明るみに出されたので、内心ほっとしているのでしょう。

　スキャンダルを避けるために全力をつくしたわけだが、ものには限度がありますからね。こうして、ミラー警部はパースンズの話を聞き、一つ二つ質問し、自分でもいろいろと捜査した。その結果、浮かびあがってきた事件の全貌は、単純なものです——非常に単純な事件です。

　塔の部屋の簞笥の角にだれかが血のついた指で触れている。その指紋は、チャールズ・レバースンの指紋だった。メイドは、犯罪の行なわれた翌朝、レバースン氏の部屋で血を洗ったらしい洗面器の水をとりかえたと証言している。レバースン氏は指を切ったのだとメイドに言いわけし、じっさい、レバースン氏の指には傷があったが、それはもうごく小さな切傷だった！　それから、シャツのカフスは洗われた形跡があり、コートの袖口には血痕が発見された。しかも、レバースン氏は金に困っていた。ルーベン卿が亡くなれば、遺産を相続できる。そう、まったく単純な事件ではありませんか、マドモアゼル」探偵は間をおいた。

「それなのに、あなたはここへご相談に来られたのですね」

リリー・マーグレイブは、華奢な肩をすくめた。

「さきほど申し上げましたとおり、アストウェル夫人のお言いつけでしたので」

「とおっしゃると、ご自分の意志ではなかったわけですね」

小男は、するどい視線を投げた。娘は返事をしない。

「わたしの質問に答えて下さらないのですか」

リリー・マーグレイブは、またもや手袋の皺をのばし始めた。

「わたくしの立場は微妙なのです、ポアロさん。アストウェル夫人にたいして義理のようなものがございますから。厳密に申しますと、わたくしは夫人にお金でやとわれた話し相手であるにすぎないのですけれど、夫人は、まるでご自分の娘か姪のように、わたくしを待遇してくださいます。今までも、たいそう親切にして下さって――それですから、奥様にどんな欠点があるにしろ、奥様の行動を批判するようなことは、したくありませんし――この事件を引き受けてはいけないというような先入観を、ポアロさんに植えつけたくはございません」

「エルキュール・ポアロに先入観を植えつけることは不可能です。そんなことはありえ《スラ・ヌ・ス・フ》ません《エ・パ》」と、小男は愉快そうに言い放った。「どうやら、お話の調子ですと、アストウェル夫人は若干あたまの具合が狂っているのですな。そういう意味でしょう？」

「そんなことは――」

「マドモアゼル、はっきりおっしゃって下さい」

「わたくしは、何もかもばかげていると思っております」

「それがあなたのご感想なのですね」

「アストウェル夫人にさからうようなことは申し上げたくないのですけれど――」

「わかります」と、ポアロはやさしくつぶやいた。「非常によくわかります」

探偵の目は、話のつづきをうながしていた。

「とてもいい方で、わたくしには、やさしくしてくださいます。ただ――どう言ったらいいかしら。あの方はインテリではないのです。ルーベン卿と結婚なさる以前は、舞台に立っておられたので、今でもいろいろな偏見や迷信をたくさん持っていらっしゃるのです。何事についても、ご自分の考え方が絶対で、理由も何もありません。ミラー警部の態度がよくなかったとおっしゃって、すっかり腹を立てておしまいになり、警察はとんでもない見当ちがいだ、レバースンさんを疑うなんてばかげている、もちろんチャールズは無実です、などとおっしゃるのですから」

「これという理由もなしに？」

「ええ、何一つ」

「なるほど！　そういうわけでしたか。それはどうも」

「わたくしは夫人に申し上げたのです」と、リリーは言った。「そんな他愛のないことをこちらへ持ちこんで、裏づけが何一つないのでは、わたくしが困りますって」

「そうおっしゃったのですか」と、ポアロは言った。「ほんとうに？　そりゃ面白い」

もう一度、容貌を確認するように、探偵はリリー・マーグレイブを眺めまわした。襟元に白いレースをあしらった、小ざっぱりした黒のスーツ。しゃれた小さな黒い帽子。しとやかな娘である。ちょっと顎のとがった、かわいい顔。ダーク・ブルーの、睫毛の長い目。ポアロの態度はわずかに変化した。事件そのものはさておき、目の前にいるこの娘に興味を引かれたのである。

のですな」

「アストウェル夫人は、察するところ、いくらかアンバランスでヒステリックな女性な

リリー・マーグレイブは、強くうなずいた。

「まさにそのとおりですわ。さっき申し上げたように、あの方はとても親切ですけれど、何かについて論理的に話し合うということが、おできにならないのです」

「では、たぶん、夫人には容疑者の心あたりがあるのでしょうね」と、ポアロは言った。

「だれか、とんでもない容疑者の」

「そうなのです」と、リリーは叫んだ。「ルーベン卿の秘書の方を、ひどく嫌っているのです。ぜったい確実だと夫人はおっしゃいますけれど、あのお気の毒なオーエン・トレファシスが犯人でありえないということは、もうはっきり結論が出ているのです」

「で、夫人には、これといった理由がない？」

「もちろん、ありません。ただもう直観だけなのです」

リリー・マーグレイブの声には、冷笑がこめられていた。

「マドモアゼル、あなたは」と、ポアロは微笑した。「直観を信用なさらないのですね」

「直観なんかナンセンスだと思います」と、リリーは答えた。

ポアロは椅子の背に寄りかかって、つぶやいた。

「女性《レ・ファム》はとかく、直観とは神の与え給うた特別な武器であると考えがちです。むろん、直観はときたま真理にみちびきますが、まあ十のうち九つは、われわれに道を誤らせるだけですね」

「ええ」とリリーは言った。「でも、アストウェル夫人のことは、いま申し上げたとおりです。議論をいっさい受けつけない方ですから」

「そこで、マドモアゼル、賢明で思慮ぶかいあなたは、命令どおり、ここへおいでになって、わたしを事情通《オ・クラン》にして下すったというわけですね」

その口調に気がついて、娘ははっと顔を上げた。

「もちろん、ポアロさんが」とリリーは言いわけした。「お忙しくていらっしゃることは承知しております」

「いや、それほどでもありませんが」と、ポアロは言った。「しかし、じつを申せば——そう、現在、手持ちの事件はたくさんありますよ」

「そうではないかと思っておりました」と、リリーは立ち上がった。「それでしたら、帰りまして、アストウェル夫人に——」

だが、ポアロは立ちあがらなかった。立ちあがるどころか、ゆったりとくつろいだ姿勢で椅子に掛けたまま、じっと娘を見上げた。

「そんなにお急ぎですか、マドモアゼル。まあお掛け下さいませんか、もうしばらく」

娘の顔に赤味がさし、それが消えた。ゆっくりと不承不承、娘はふたたび椅子に腰をおろした。

「マドモアゼルは、てきぱきしていらっしゃいますね」と、ポアロは言った。「申しわけありませんが、わたしのような老人は、決断力がおとろえています。あなたは誤解なさいました、マドモアゼル。アストウェル夫人のお宅へうかがいませんとは、申し上げなかったはずです」

「でしたら、いらしていただけます？」

娘のことばには抑揚が欠けていた。ポアロを見ずに顔を伏せているので、探偵の好奇心たっぷりの視線には気がついていない。

「お役に立ちたく思います。アストウェル夫人に、そうお伝え下さいませんか、マドモアゼル。お宅には——モン・ルポ荘でしたね——今日の午後うかがいます」

ポアロが立ち上がると、娘も同様に立ちあがった。

「そう申し——申し伝えます。いらしていただけると嬉しいですわ、ポアロさん。でも、雲をつかむような事件で、申しわけないのですけれど」

「そう、しかし、まだわかりませんよ」

固苦しいほど礼儀正しいしぐさで、娘がドアの外へ出て行くのを、ポアロは見送った。それから、額に皺を寄せて、居間へ戻った。一、二度、うなずいてから、ドアをあけ、従僕を呼んだ。

「ジョージ、たのむよ、旅行鞄の用意をしてくれ。今日の午後、田舎へ行く」

「かしこまりました」とジョージ。

典型的な英国人タイプである。背が高く、顔色は蒼く、感情を表に出さない。

「若い娘というものは、面白い現象だね、ジョージ」と、ふたたび肘掛け椅子に腰をおろし、細巻きのシガレットに火をつけながら、ポアロは言った。「とくに、あたまのいい娘は面白い。相手に、これこれのことをしてくれと頼みながら、同時に、そうさせないように持っていくのは、容易なこっちゃないよ。相当の技巧が必要だ。今の娘さんは非常に器用だった――そう、まったく器用だったが――エルキュール・ポアロのあたまのよさとなると、ジョージ、これはまったく例外的な現象だからね」

「いつかも、そうおっしゃいました」

「あの娘が考えている犯人は、秘書じゃない」と、ポアロはひとりごちた。「アストウェル夫人が秘書を犯人ときめつけたことを、あの娘はあからさまに冷笑していた。それでも、眠っている犬どもを起こしてほしくないというのが、あの娘の本音なんだ。ジョージ、わたしは犬どもを起こすよ。噛みあわせてやるよ！　モン・ルポ荘には、確かに、何やら劇的な雰囲気がある。ヒューマン・ドラマ。わくわくするねえ。あの娘は上手に立ち回ったが、わたしの目はごまかせない。一体――一体なんだろうね、モン・ルポ荘でわたしが見出すものは？」

劇的な間《ま》のなかへ、ジョージの声が申しわけなさそうに割りこんだ。

「お荷物に、お洋服の着替えも入れましょうか」

ポアロは悲しそうにジョージを見やった。

「いつも仕事のことしか念頭にないんだなあ。きみは、申し分ない使用人だよ、ジョージ」

2

アボッツ・クロス駅四時五十五分着の列車がとまると、エルキュール・ポアロがプラットホームにおりたった。ひどく身ぎれいな、にやけた感じである。口髭はワックスで固めて、ピンと立っている。切符を渡して、改札口を通ると、背の高い運転手が寄って来た。

「ポアロさんでいらっしゃいますか」

小男はにっこりした。

「わたしです」

「どうぞ、こちらへ」

運転手は、大型のロールス・ロイスのドアをあけた。

駅からほんの三分ほど走って、屋敷に着いた。ふたたび運転手は車をおりてドアをあけ、ポアロが外に出た。すでに執事が玄関のドアをあけて待っている。

玄関をはいる前に、ポアロは屋敷の外観を値ぶみするようにすばやく眺めた。大きな、頑丈そうな、赤煉瓦《れんが》の建物である。かくべつ美しいとは言えないが、どっしりと安定した感じはある。

ポアロはホールに歩み入った。執事は手早くポアロの帽子とコートを受け取り、最上級の使用人に独特の、うやうやしげな低い声でささやいた。

「奥様がお待ちかねでございます」

ポアロは執事のあとについて、やわらかいカーペットを敷いてある階段を上った。この男がパースンズにちがいない。よく訓練されて、感情を微塵も外へ出さぬ使用人。階段を上りきると、執事は右手の廊下を歩き出した。それから一つのドアをあけ、小さな控えの間にはいった。そこからさらに二つのドアが奥へ通じている。向かって左手のドアをあけた執事は、取り次いだ。

「ポアロ様でございます」

その部屋はさして広くなく、家具類と骨董品でごったがえしていた。黒い服の婦人がソファから立ちあがり、足早にポアロのほうへ近づいて来た。

「ようこそ」と、片手を差しのべて、婦人は言った。その目は、相手の粋な身なりをいちはやく捉えていた。小男が差しのべられた手の上にかがみこみ、「マダム」とつぶやくのを無視して、婦人はいきなり小男の手を元気よく握りしめ、それを放してから、大きな声で言った。

「わたくし、小柄な男の方は信用します！　小柄な方はあたまがいいんですもの」

「ミラー警部は、確か」とポアロはつぶやいた。「背が高かったと記憶していますが」

「あの人は、小生意気な、ばか者ですよ」と、アストウェル夫人は言った。「わたくしの横にお掛け下さいな、ポアロさん」

夫人はソファを指さし、ことばをつづけた。

「リリーは、あなたをお呼びしたくなかったようですけど、わたくしだってまるっきりの世間知らずじゃございませんものね」

「そうでしょうとも」と、夫人の横に腰掛けながら、ポアロは言った。

アストウェル夫人はクッションを何枚も引き寄せ、座り心地を確かめてからポアロのほうに向き直った。

「リリーはいい子です」とアストウェル夫人は言った。「でも、あの子は、自分はなんでも知っていると思っているわ。そういう人間は、わたくしの見聞きした範囲でも、しばしば過ちを犯していますわ。ポアロさん、わたくしは昔から、あたまはよくありません。でも、わたくし以上にあたまのわるい人間よりは、いくらかでも利口だと思いますよ。この事件の犯人がだれなのか、わたくしの考えをお聞きになりたい？　女の意見もわるくはないものよ、ポアロさん」

「ミス・マーグレイブは犯人を知っているのでしょうか」

「なんと言ってました、あの子は？」と、アストウェル夫人はするどく尋ねた。

「あの方は事実を列挙して下さっただけです」

「事実？　ああ、何から何までチャールズに不利な事実でしょう。でも、ポアロさん、チャールズは犯人ではありませんよ。それは確実です！」夫人は体を乗り出した。その熱心さには、おどろかさせるほどだった。

「アストウェル夫人、ずいぶん自信ありげにおっしゃいますね」

「ポアロさん、わたくしの夫を殺したのは、トレファシスです。まちがいございませんよ」

「その理由は？」

「トレファシスが夫を殺した理由ですか、それとも、わたくしがそう断言する理由ですか。どっちにしろ、確実ですよ、これは！　こういうこととなると、わたくしは少し変なの。出し抜けにこうだと思いこむと、もうほかのことが考えられなくなるのです」

「トレファシスさんは、ルーベン卿の死によって、何かえるところがありますか」

「あの人には遺産は一文も渡りません」と、アストウェル夫人は即答した。「それを見てもわかるでしょう。ルーベンはあの人を好いてもいなければ、信頼してもいなかったわ」

「かなり前からルーベン卿の秘書なのですね」

「かれこれ九年になるかしら」

「それは永い」と、ポアロは静かに言った。「一人の人に使われているには永すぎますね。そう、そのトレファシスさんは、ご主人を知りつくしていたにちがいありません」

アストウェル夫人は探偵を凝視した。

「それはどういう意味ですの。この事件となんの関係があるのでしょう」

「いや、ちょっと考えていることがありましてね」と、ポアロは言った。「つまらない考えですが、わたし独特のアイデアです。ほかの探偵ならばこんなことは考えますまい」

アストウェル夫人はまだポアロを凝視していた。

「あなたは利口な方ですってね」と、うさんくさそうに夫人は言った。「世間ではそう言っていますよ」

エルキュール・ポアロは笑った。

「マダム、おほめのことばは、今しばらく経ってから受けさせていただきます。この事件の動機にもどりましょう。このお屋敷にお住まいの方々のことを、教えて下さいませんか。悲劇の当日、どなたとどなたがここにおられました？」

「まず、もちろん、チャールズがいましたわ」

「ご主人の甥ごさんですね。あなたの甥ごさんではなくて」

「ええ、チャールズは、ルーベンの妹の一人息子です。父親は、かなりの財産家でしたけれども、株が大暴落したときに――ときどきありますわね――亡くなりました。そのとき母親も亡くなったものですから、チャールズをこの家に引き取ったのです。当時はまだ二十三でしてね。弁護士を志望していました。でも、ここへ来てからは、ルーベンに使われておりました」

「勤勉な方ですか、チャールズさんは」

「勘のするどい人は、わたくし好きですよ」と、我が意をえたとばかりに、アストウェル夫人は言った。「そう、それが問題でしてね。チャールズは勤勉ではないのです。いつも、なにかヘマをやりましてね、主人と喧嘩ばかりしていましたよ。ルーベンも、あまり気むずかしくなくはないほうでしたからね。あなた、ご自分が若い頃のことをおわすれになったの、なんて、わたくし言い言いしました。主人も若い頃とはすっかり変わりましたわ、ポアロさん」

　アストウェル夫人は、昔をなつかしむように、溜め息をついた。

「奥様、だれしも変わるものです」と、ポアロは言った。「それが自然の掟です」

「それにしても」と、アストウェル夫人は言った。「主人はわたくしに心から冷たくしたことは一度もございませんでしたよ。よしんば、多少冷たくしたとしても、あとでいつも後悔していました——かわいそうなルーベン」

「かなり気むずかしい方だったようですね」と、ポアロは言った。

「でも扱い方は、わたくし心得ていましたから」と、アストウェル夫人は猛獣使いのようなことを言った。「でも、使用人たちにカンシャク玉を破裂させたときは、ほんとうに困りました。使用人を叱るにも叱り方があります。ルーベンの叱り方はよくなかったわ」

「ルーベン卿の遺産は、どのように分配されるのでしょう」

「半分はわたくしに、半分はチャールズに行きます」と、アストウェル夫人はためらわずに答えた。「弁護士はそう単純には申しませんが、事実はそういうことです」

ポアロはうなずいた。

「なるほど——なるほど。ところで、アストウェル夫人、この屋敷の住人のお話をおつづけください。事件当日は、あなたと、ルーベン卿の甥ごのチャールズ・レバースン氏と、秘書のオーエン・トレファシス氏と、それからミス・リリー・マーグレイブがおられたのですね。あのお嬢さんのことをすこしお話し下さいませんか」

「リリーのことをお聞きになりたい？」

「ええ、こちらへ来てから、もうかなり永いのですか」

「一年ほどね。それまでにも、話し相手兼用の秘書は何人もやといましたが、みんなわたくしの神経にさわる。その点、リリーはちがいます。利口で、常識家で、おまけに美人ですしね。わたくし、きれいな子をそばに置くのが好きなのよ、ポアロさん。わたくしって妙な人間でしてね。好きと嫌いがはっきりしていますの。リリーを一目見たとき、『この子ならいい』と思ったわ」

「リリーさんがこちらへ見えたのは、お友だちの紹介か何かで？」

「広告を出したのだったかしら。そう——広告でした」

「あの方の家庭の事情とか、出身のことはご存じでしょうか」

「両親はインドにいるそうです。家庭の事情はよく知りませんが、リリーは上流家庭の娘さんですよ。一目でそれとおわかりになるでしょう、ポアロさん」

「ええ、わかりますとも、わかりますとも」

「むろん」と、アストウェル夫人は話をつづけた。「わたくしは上流家庭の出ではありません。それは自分でわかっています。使用人たちも知っています。でも、わたくし、心だけは卑しくないつもり。ほんとうのものは一目見ればわかります。リリーほどよくしてくれた人は、ほかにだれもおりませんよ。あの子はじつの娘のようなものね、ポアロさん、わたくし心底からそう思っています」

　ポアロの右手がのびて、テーブルの上の置き物の位置を直した。

「ルーベン卿も、そう思っておられたでしょうか」と、探偵は尋ねた。

探偵は置き物を眺めていたが、アストウェル夫人の返答に先立つわずかの間を見逃しはしなかった。

「男のひとは、またちがった考え方をしますからね。でも、もちろん、主人とあの子は――仲良くしていましたわ」

「ありがとうございました」とポアロはにっこりした。「事件当夜、この家におられた方は、それだけですね。もちろん、使用人をのぞいての話ですが」

「ああ、そのほかにビクターもいました」

「ビクター?」

「ええ、主人の弟です。共同経営者になっています」

「その方は、いつもこちらにおられるのですか」

「いいえ、ちょうど訪ねて来ていましてね。数年前から西アフリカに行っていましたのよ」

「西アフリカ」と、ポアロはつぶやいた。

アストウェル夫人は、こちらから質問しなくとも、時間さえあれば、ひとりで話題を発展させてくれる婦人である。ポアロはすでにそのことを見抜いていた。

「西アフリカはすてきな所だと言いますけど、わたくしの感じだと、男の人にはよくない影響をおよぼす土地ですね。あそこに行った人は、お酒を無茶飲みして、手がつけられなくなります。もともと、アストウェルの血統は、わりと気むずかしいのに、ビクターときたら、そんな所に行って来たものだから、ほんとうに手に負えなくなったのよ。わたくしも何度かこわい思いをさせられました」

「ミス・マーグレイブも、こわい思いをしたのでしょうね」と、ポアロは小声でつぶやいた。

「リリーが？　さあ、あの人はビクターとほとんど逢っていなかったんじゃないかしら」

ポアロは小さな手帳に何か書きこんだ。それから鉛筆をさしこみ、手帳をポケットにしまった。

「どうも、いろいろ、ありがとうございました。これから、お差しつかえなくば、パースンズさんと、お話ししたいのです」

「ここに呼びましょうね」

アストウェル夫人の手がベルのほうへ動いた。ポアロはすばやくその手を抑えた。

「いいえ、とんでもない、そんなことをなさってはいけません。わたしが階下《した》へまいりますから」

「そう、そのほうがよろしいのだったら――」

アストウェル夫人は、これからの尋問に立ち会えないのを明らかにくやしく思っているのだった。ポアロはすましている。

「ええ、ぜひそうさせていただきます」と、探偵は思わせぶりな声を出し、アストウェル夫人をのこして、その部屋を出た。

パースンズは食器室で銀器を磨いていた。ポアロは、例によってぴょこりと頭を下げ、尋問を始めた。

「自己紹介させてください」と、探偵は言った。「わたしは私立探偵です」

「さようでございますか」と、パースンズは言った。「だいたい想像はいたしておりました」いんぎんな口調だが、乙にすましている。

「アストウェル夫人のご依頼で、ここへうかがいました」と、ポアロはつづけた。「夫人は今度の事件の成り行きにご不満なのです。非常にご不満なのです」

「奥様が何度かそうおっしゃるのを、わたくしも耳にいたしました」と、パースンズは言った。

「あなたがすでにご存じのことを、繰り返しても仕方がありませんな。ええ？　それでは、無駄なやりとりはやめましょう。すみませんが、あなたの寝室へ案内して下さい。

殺人の行なわれた夜、あなたが聞かれた物音のことを、そこで説明して下さい」

　執事の部屋は一階の、召使たちの溜り場の隣りにあった。窓には鉄棒がはまっている。部屋の隅には、金庫がある。パースンズは、小さなベッドを指さした。

「わたくしは、午後十一時にお閑をいただきます。あの夜、ミス・マーグレイブはその前にお寝《やす》みになり、奥様はルーベン卿とご一緒に、塔の部屋におられました」

「アストウェル夫人は、ルーベン卿とご一緒だったのですか。ほう。つづけて下さい」

「塔の部屋は、ここの真上でございます。塔の部屋でどなたかがお話をなさいますと、声は小さく伝わってまいりますが、もちろん、お話の内容は聞きとれません。わたくしが眠りましたのは、十一時半頃でしたでしょうか。玄関のドアがばたんといったので目がさめ、レバースン様がお帰りになったなと思いましたのが、ちょうど十二時でした。まもなく、あたまの上に足音がきこえ、一、二分後、レバースン様のお声がルーベン卿に話しかけました。

　そのとき、すぐ思ったことですが、レバースン様は——酔っておられたかどうかはわかりませんが、確かにすこし慎しみをお忘れになり、騒々しくていらっしゃいました。大きな声で、伯父上に叫んでおられたのです。ときどき、ことばが聞きとれましたが、お話の内容がわかるほどでもございません。やがて、するどい叫び声がきこえ、どしんと音がしました」

　間をおいて、パースンズは最後のことばを繰り返した。

「どしんという重々しい音でございます」と、彼はさも重要そうに言った。

「わたしの記憶に誤りがなければ、たいていの小説には、鈍い音と書いてあるようだが」と、ポアロはつぶやいた。

「そうでございますか」と、パースンズは大まじめに言った。「わたくしが聞きましたのは、重々しい音でございました」

「どうも失礼」と、ポアロ。

「どういたしまして。その音のあと、しんといたしましたがレバースン様の声が、急にきこえました。『なんということだ』と、おっしゃったのでございます。『なんということだ』と、ただそれだけでございます」

　初めはしぶしぶ喋り出したパースンズは、今や完全に自分の語りを愉しんでいた。おのれの話術にいい気持ちになっているように見える。ポアロはつぶやいた。

「なんということだ《モン・デイユゥ》！　そのときのあなたは、気が気じゃなかっただろうね！」

「まったくでございます」と、パースンズは言った。「おっしゃるとおりでございます。その瞬間は、それほどおどろいたわけでもございませんが、ふっと気がつきまして、何事か起こったのならば、様子を見にあがってみなければと思いました。で、電灯をつけましたが、やはりあわてておりましたのか、椅子をひっくりかえしたりいたしました。ドアをあけ、使用人の溜り場を通り、廊下へ出るドアをあけました。そこから、二階へ通じる階段が始まっております。ちょっとためらっておりましたとき、レバースン様のお声が上からきこえてまいりました。愉快そうな明るいお声で、『怪我がなくて幸いでした。おやすみなさい』とおっしゃって、ご自分のお部屋のほうへ口笛を吹きながら、歩いて行かれた模様です。

むろん、わたくしはただちに部屋へ帰りました。何かが倒れた音だったのだろうと思いましてね。レバースン様がおやすみなさいとおっしゃったのですから、ルーベン卿が殺されたなどと、よもやわたくしが思うはずはございません。そうではありませんか」

「それは確かにレバースン氏の声だったのですね？」

パースンズは、小男のベルギー人を憐れむような目つきをした。事実か否かはさておき、その点についてパースンズの心が決まっていることは、明らかだった。

「ほかには何か、お話し申し上げることがございますでしょうか」

「一つだけあります」と、ポアロは言った。「あなたはレバースン氏が好きですか」

「は？　なんとおっしゃいました？」

「簡単な質問です。レバースン氏を、あなたは好いていますか」

初め度胆をぬかれたパースンズは、すぐ当惑したような色を見せた。

「使用人一同の一般的な意見といたしましては」と、執事は喋り出し、ことばを切った。

「かまいませんよ」と、ポアロ。「一般的な意見で結構ですから、聞かせて下さい」

「一般的な意見ですと、レバースン様は、気立てのいい青年紳士ということになっておりますが、ただ、なんと申しますか、それほど知的ではないという――」

「ああ！」と、ポアロは言った。「ふしぎだな、パースンズさん、わたしはまだレバースン氏に逢っていないが、おなじ意見ですよ」

「さようでございますか」

「ルーベン卿の秘書についての、あなたの――いや、失礼――使用人一同の意見は？」

「あの方はとてもおとなしい、我慢強い紳士でいらっしゃいます。いつもトラブルを恐れていらっしゃるような」

「なるほど《ヴレマン》」と、ポアロ。

執事は咳ばらいをした。

「奥様は」と、執事はつぶやいた。「どうも、すこし、判断を急がれるところがおありになります」

「というと、使用人一同の意見では、犯人はレバースン氏ですか」

「いえ、わたくしどもは、だれ一人、レバースン様が犯人であるとは考えたくございません」と、パースンズは言った。「わたくしどもは――はっきり申しまして、あの方がそんなことをなさるとは考えておりませんでした」

「しかし、レバースン氏は気性の激しい人物なのでしょう」と、ポアロは尋ねた。

パースンズはポアロに一歩近寄った。

「この家で、気性の一番激しい人物はだれかとおっしゃるのでしたら――」

ポアロは片手を上げた。

「ああ！　それを訊きたかったんじゃありません」と、探偵はものしずかに言った。

「むしろ気性の一番おだやかな人物はだれかと訊きたかったのですよ」

パースンズは、ぽかんと口をあけて、探偵の顔を見つめた。

3

ポアロはそれ以上、執事に時間をついやさなかった。またもや愛想よく――ポアロはいつも愛想がよかった――ぴょこりと頭を下げて部屋を出ると、モン・ルポ荘の広いホールにさまよい出た。そこで一、二分考えこんでから、かすかな音がきこえた方角につい と頭を曲げ、まるで駒鳥のようにそのまま立っていたが、やがて足音をしのばせ、一つのドアに近寄った。

戸口からその部屋をのぞきこんだ。そこは小さな書斎だった。部屋の奥の大きなデスクに向かって、顔色の青い、やせた青年が、書きものに没頭している。顎がくびれた顔である。鼻眼鏡をかけている。

数分間、観察してから、ポアロはひどくわざとらしい、芝居がかりの咳ばらいで、沈黙を破った。

デスクに向かっていた青年は、書きものの仕事を中断し、振り向いた。それほどぎょっとしたふうでもないが、ポアロの顔を見ると、青年はみるみる当惑した表情になった。

ポアロは進み出て、一礼した。

「失礼ですが、トレファシスさんでいらっしゃいますね。ああ！　わたしはポアロと申します。エルキュール・ポアロです。たぶんご存じと思いますが」

「ああ――ええ――存じ上げております」と、青年は言った。

ポアロはじっと青年を見た。

オーエン・トレファシスは、年頃は三十二、三だろうか。一目見たとたん、アストウェル夫人の判断をだれも支持しない理由がわかった、と探偵は思った。オーエン・トレファシスは、几帳面らしい、きわめてまともで、おとなしい感じの青年である。いつも他人にいじめられかねない、現にいじめられているといった印象を与える。恐らく、怒りを表に出したことは一度もないにちがいない。

「アストウェル夫人の依頼でおいでになった方ですね」と、秘書は言った。「調査をお願いすることは、夫人から聞いておりました。何かお役に立てることはございますか」

いんぎんで、しかも控え目な物言いである。ポアロはすすめられた椅子に掛け、小さな声で言った。

「アストウェル夫人から、何か容疑者の心あたりのようなことを言われませんでしたか」

オーエン・トレファシスは、ちょっと笑顔をみせた。

「そのことでしたら、夫人はわたしを疑っておられるようです。理不尽なことですが、確かに疑っておられます。ルーベン卿が亡くなられてから、わたしには口をききませんし、廊下ですれちがうと、壁に身を寄せてすくんでおられますから」

青年の態度はまったく自然で、その声には恨みよりはむしろ愉快そうな響きがあった。

ポアロは打ちとけた様子でうなずいてみせた。

「わたしにも、じつは、夫人はそうおっしゃいました。わたしは反対しなかった――信念の女性とは議論しないことにしておりますのでね。だいたい時間の浪費じゃありませんか」

「ほんとうに」

「わたしは、さようでございますか、マダム――まったくです、マダム――異議《ブレシゼ》ありません《マン》、マダム――そう言いました。どれもこれも無意味なことばですが、相手をなだめるには絶好のことばです。で、調査にとりかかったわけですが、まあ、いくら考えても、レバースン氏以外の方がこの犯罪を行なったとは、ちょっと考えられませんな。むろん、考えられないことがじっさいに起こるということは、ままあることですが」

「おっしゃることはよくわかります」と、秘書は言った。「どうぞ、なんなりと、お尋ねになって下さい」

「結構《ボン》」と、ポアロは言った。「われわれはお互いに了解がついたようですね。では、事件のあった夜のことをお話し下さい。夕食のあたりから始めていただきますか」

「すでにお調べかと思いますが、レバースンは夕食の席におりませんでした」と、秘書は言った。

「ルーベン卿と喧嘩したあげく、ゴルフ・クラブへ夕食をとりに行ったのです。ですから、ルーベン卿は非常にご機嫌ななめでした」

「ご老体《ムッシュー》は、かなり気むずかしい方だったようですね」と、ポアロは水を向けた。

トレファシスは笑った。

「ああ！　あの方は手に負えない方でした！　あの方のわるい癖を意識せずにすごした日は、この九年間に一日もありませんでしたね。異常に気むずかしい方だったのです、ポアロさん。まるで子供のように癇癪《かんしゃく》を起こし、そんなときは、だれかれの見さかいなく罵倒なさったものです。

わたしは、それにもすぐ馴れました。卿のおことばには、一切、注意を払わない習慣がつきました。根はわるくない方なのですが、ときどきひどくばかげた、猛り狂った振舞いをなさるのです。こちらは、口答えをしないだけで、精いっぱいでした」

「その点について、ほかの人たちはあなたのように賢明でしたか」

トレファシスは肩をすくめた。

「アストウェル夫人は、よくその点を指摘しておられましたね」と、秘書は言った。

「夫人だけは、ルーベン卿をこわがっておられなかったのです。そして、むろんわたしたちの前でではありませんが、卿をたしなめておられたようです。ルーベン卿も夫人だけは心から愛しておられたのです」

「殺人のあった夜に、ご夫妻は口論したのですか」

秘書は横目でちらとポアロの顔色をうかがい、ちょっとためらってから言った。

「口論なさったようです。どうしてそう思われました？」

「なに、ほんの思いつきです」

「わたしは、もちろん、よく知りませんが」と、秘書は説明した。「ご夫妻はいさかいをなさったような感じでした」

ポアロはその話題をそれ以上追及しなかった。

「夕食の席におられた方は、そのほかには？」

「ミス・マーグレイブと、ビクター・アストウェルさんと、わたしです」

「で、夕食のあとは？」

「居間へさがりました。ただ、ルーベン卿だけは、塔の部屋へおもどりになり、十分ほど経ってから、居間へ来られて、何か手紙のことで些細な手落ちがあったとおっしゃり、わたしをひどく叱責なさいました。わたしは卿と一緒に塔の部屋へあがり、その一件を片づけました。すると、ビクター・アストウェルさんがはいって来られて、お兄様と話したいことがあると言われましたので、わたしは階下《した》へおり、二人のご婦人のお相手をしておりました。

十五分ほどしますと、ルーベン卿のお部屋のベルが激しく鳴り出し、パースンズがやって来て、わたしに、すぐルーベン卿のお部屋へ行けと言います。わたしがお部屋へはいろうとすると、ビクター・アストウェルさんが出て来ました。わたしを突き飛ばしそうになりましてね。何かにひどく立腹しておられたようです。元来が気性の激しい方ですから。わたしの姿など目にはいらないほど怒っておられました」

「ルーベン卿は、そのことについて何かおっしゃいましたか」

「『ビクターは気が変だ。あんなふうに腹を立てているといつか、だれかを殺すぞ』とおっしゃいました」

「はあ！」と、ポアロは言った。「その口論の原因はなんだったか、あなたはご存じありませんか」

「いっこうに存じません」

ポアロはゆっくりと頭をまわして、秘書の顔を見た。今の最後のことばは、すこしばかりタイミングが早すぎたのである。トレファシスは確かに何か知っているにちがいない。それを喋りたくないのだ。しかし、またもやポアロはそれ以上押さなかった。

「で、それから？　どうぞ、つづけて下さい」

「約一時間ほど、ルーベン卿と一緒に仕事しました。十一時になりますと、アストウェル夫人がはいって来られ、ルーベン卿はわたしに、もう寝《やす》んでよろしいと言われました」

「で、あなたはさがったのですね」

「そうです」

「夫人が卿の部屋に何時頃までおられたか、ご存じですか」

「存じません。夫人のお部屋は二階にあり、わたしの部屋は三階ですので、夫人がお部屋へさがられる音はきこえません」

「なるほど」

ポアロは一、二度うなずいてから、にわかに立ちあがった。

「では、すみませんが、塔の部屋へ案内して下さいませんか」

秘書が先に立って、幅ひろい階段を上り、第一の踊り場へ出た。そこから、トレファシスは廊下に出て、突きあたりのラシャ張りのドアを通り、使用人専用の階段を上り、みじかい廊下を行くと、そこは一つのドアで行きどまりになっていた。そのドアをはいると、犯罪の現場である。

それは天井の高い部屋だった。ほかの部屋とくらべて二倍は高いだろうか。部屋ぜんたいは、およそ一辺三十フィートの正方形をかたちづくっている。たくさんの刀や投槍が壁を飾り、テーブルの上にも、アフリカ原住民の美術品が並べられている。部屋の奥、朝顔形に突出した窓の前には、大きな書物机がある。ポアロは部屋を横切ってそれに近づいた。

「ここですね、ルーベン卿が発見された場所は？」

トレファシスはうなずいた。

「うしろから、なぐられたのですね」

秘書はふたたびうなずいた。

「兇器は、原住民の棍棒です」と、秘書は説明した。「非常に固い棒ですから、ほとんど即死だったに相違ありません」

「とすると、この犯罪は計画的なものではなかったということになりますね。突発的な口論があって、犯人はほとんど無意識的に兇器を摑んだのでしょう」

「そうです。それでますますレバースン氏は不利になります」

「で、死体はデスクに突っ伏していたのですか」

「いいえ、デスクの脇の床へ倒れていました」

「ああ」と、ポアロ。「それは不思議だ」

「なぜでしょう」と、秘書が尋ねた。

「これがあるからです」

ポアロは、書物机の磨きあげた表面を指さした。不規則なかたちの斑点がある。

「トレファシスさん、これは血痕ですよ」

「飛び散ったんじゃないでしょうか」と、トレファシスが言った。「それとも、あとで死体を動かすときに、偶然くっついた血痕かもしれません」

「かもしれませんね。かもしれません」と、小男は言った。「この部屋のドアは一つだけですか」

「ここに階段があります」

トレファシスは、ドアに近い部屋の一隅のビロードのカーテンを引いた。小さな螺旋階段がある。

「この部屋は、もともと天文学者が設計したのです。その階段を上りますと、むかし望遠鏡が据えつけてあった塔へ出ます。ルーベン卿は、その塔を寝室に改造されて、ときどき、夜おそくまで仕事されたときは、そこへお寝《やす》みになりました」

ポアロは敏捷に階段を上った。円形の小さな部屋はごく質素な飾りつけをされていた。キャンプ・ベッドと、椅子一脚と、ドレッシング・テーブル。ほかに出入口がないのを確かめてから、ポアロはすぐ螺旋階段をおりた。トレファシスは立ったまま、待っていた。

「あなたは、レバースン氏がこの部屋にはいる音を聞きましたか」と、ポアロは尋ねた。

トレファシスはかぶりをふった。

「その時刻には、ぐっすり眠っていました」

ポアロはうなずいた。ゆっくりと部屋中を見まわした。

「なるほど《エー・ビアン》！」と、やがて探偵は言った。「もうこの部屋に用はないようです。ただ――

――ちょっとすみませんが、あそこのカーテンを引いて下さいませんか」

部屋の奥の窓の黒い重そうなカーテンを、トレファシスは言われたとおり引いた。ポアロは電灯のスイッチを入れた。電灯は天井から吊された大きなアラバスターの鉢のなかに隠れている。

「デスクにスタンドはありましたね」と、ポアロは尋ねた。

答える代わりに、秘書は、書物机の上の緑色のシェードの強力なハンド・ランプをつけた。ポアロは天井の電灯を消し、また点じ、また消した。

「結構《セ・ビアン》！　この部屋での用はもうすみました」

「夕食は七時半です」と、秘書はつぶやいた。

「どうも、トレファシスさん、いろいろご親切に、ありがとうございました」

「どういたしまして」

ポアロはじっと考えこんだ様子で、廊下を歩き、あてがわれた部屋へ行った。謎めいた従僕ジョージが、主人の品物を整理していた。

「ジョージ」と、探偵は言った。「一人、じつに興味津々たる人物がいるんだよ。その人に夕食の席で逢えるといいなあ。南方から帰って来た人でね。南方的な気性の持ち主だそうだ。パースンズがそのことを喋りかけ、リリー・マーグレイブがおくびにも出さなかった人物。ところで、ジョージ、亡くなられたルーベン卿も気性の激しい方だったとさ。そういう方が、それに輪をかけた気性の持ち主と衝突したら――どうなるね。火に石油を注ぐようなものじゃないか」

「『火に油』というのが正確な言いまわしでございます。それから、永い目で見ますと、そのような場合、必ず喧嘩になるとかぎったものでもございません」

「そうかね」

「はい。わたくしの伯母のジェミナといいますのが、非常に意地のわるい女でして、一緒に暮らしていた妹をいじめてばかりおりました。それが、殺しかねまじきいじめ方でございましてね。ところが、だれかもっと気の強い人物があらわれますと、伯母は案外おとなしいのです。つまり、伯母は、自分より弱い人間が我慢できないだけなのでした」

「なるほど！」と、ポアロは言った。「それは参考になるね」

ジョージは申しわけなさそうに咳ばらいした。

「ほかに何か」と、従僕はそっと尋ねた。「その――ええ――お役に立てることは、ございますでしょうか」

「あるよ」と、ポアロは元気よく言った。「問題の晩に、ミス・リリー・マーグレイブが着ていたイブニング・ドレスの色は何色だったか、それから、彼女の世話をしているのはどのメイドか、それだけ調べておいてくれないか」

ジョージは独特の無表情な顔で、うなずいた。

「かしこまりました。明朝までに調べておくことにいたします」

ポアロは椅子から立ちあがり、暖炉の火を見つめた。

「ジョージ、きみはじつに役に立つ人だ」と、探偵はつぶやいた。「さっきのジェミナ伯母さんの話はおぼえておこう」

4

結局、ポアロはその晩ビクター・アストウェルには逢えなかった。ビクターはロンドンに滞在するむね、電話連絡があったのである。

「ビクターさんは、亡くなられたご主人のお仕事を受け継いでおられるのですね」と、ポアロはアストウェル夫人に尋ねた。

「ビクターは共同経営者です」と、夫人は説明した。「鉱山の払い下げの件で、アフリカへ行ったのです。鉱山だったわね、リリー？」

「はい、奥様」

「金鉱だったかしら、それとも銅だった、錫だった？　あなた知ってるでしょ、リリー、ルーベンによく訊いていたじゃない。あ、気をつけなさい、その花瓶、ひっくり返しますよ！」

「火をたくと、この部屋、ずいぶん暑くなりますわ」と、娘は言った。「すこし――窓をあけましょうか」

「かまいませんよ、あけなさい」と、アストウェル夫人はしずかに言った。

娘が歩いて行って、窓をあけるのを、ポアロは見守っていた。娘はしばらく窓辺に立ち、冷たい夜の空気を吸っているように見えた。やがてもどって来て、自分の椅子に腰をおろした娘に、ポアロは丁寧な口調で尋ねた。

「では、マドモアゼルは、鉱山のことに興味がおありなのですね」

「いいえ、それほどでもありませんわ」と、娘はどっちつかずの調子で言った。「ルーベン卿のお話はよくうかがいましたけれど、ほんとうは何も知りませんの」

「じゃあ、あなたは無理していたのね」と、アストウェル夫人が言った。「あれだけいろんな質問をするからには、よほど何かの理由があって、鉱山のことを知りたいのだろうって、ルーベンは言っていましたよ」

小男の探偵の視線は暖炉の火にそそがれたままだったが、それでも、リリー・マーグレイブの顔をさっと焦《いら》だたしげな表情がかすめるのを見逃しはしなかった。探偵はすかさず話題を変えた。やがて、就寝時刻が近づき、ポアロは女主人に言った。

「ちょっとお話ししたいことがございます」

リリー・マーグレイブは席をはずした。アストウェル夫人は、何事ですかというように探偵を見つめた。

「あの夜、生きておられたルーベン卿を最後にごらんになったのは、奥様でしたね」

夫人はうなずいた。みるみる目に涙があふれ、夫人はあわてて黒い縁どりのあるハンカチを目にあてた。

「ああ、お嘆きにならないで下さい。お願いですから、お嘆きにならないで下さい」

「ええ、申しわけないわ、ポアロさん、でも涙がひとりでに出てきます」

「いけないことを申し上げましたね。わたしがばかでした」

「いいえ、いいえ、どうぞおっしゃって下さいな。何をお訊きになるおつもりでした？」

「奥様が塔の部屋へいらしたのは十一時頃で、そのときルーベン卿はトレファシスさんを退出させたのですね」

「そうだったと思います」

「奥様は、何時頃まで塔の部屋におられましたか」

「自分の部屋へ戻ったのが、ちょうど十二時十五分前でした。時計を見たから正確ですよ」

「アストウェル夫人、ご主人とのお話の内容を教えて下さいませんか」

アストウェル夫人はソファに突っ伏し、泣き出した。身も世もない取り乱し方である。

「わたくしたち――いさ――いさ――いさかいをしました」と、夫人はうめいた。

「なんのことで、いさかいを？」ポアロの声は子供をなだめすかすようだった。

「いろ、いろいろなことよ。はじ、はじめは、リリーのことから。ルーベンがあの子を嫌うんです——たいした理由もないのにね。書類をいじったから、クビにするなんて言い出して、わたくし、それに反対しました。あれはいい子だって言うと、ルーベンはお、お、大きな声でどなり始めたので、わたくし、主人のわるくちを言ってしまいました。でも、本気じゃなかったのよ、ポアロさん。だって、お前なんぞ貧民窟から拾って来て、結婚してやったんだ、なんて言われたから、わたくし、ついカッとして——ああ、でも、もうこんなことを言っても仕方ないわ。いけなかったのは、わたくしですもの。黙って我慢するよりは、ポンポン言いたいことを言ってしまえば、あとがさっぱりするというのが、わたくしの持論でしたけど、そのすぐあとで主人がだれかに殺されるなんて、思いもよらなかった。かわいそうなルーベン」

この爆発的な長ゼリフを、ポアロは気の毒そうにじっと聞いていた。

「いやなことを思い出させて申しわけございません」と、探偵は言った。「お詫びいたします。それでは、もっとビジネス・ライクに——もっと実際的なお話をいたしましょう。奥様は今でも、トレファシス氏がご主人を殺したのだとお考えですか」

アストウェル夫人は居ずまいを正して、おごそかな声で言った。

「ポアロさん、女の本能に狂いはございませんよ」

「ごもっともです」と、ポアロは言った。「しかし、としますと、犯行時刻は？」

「時刻？　もちろん、わたしが主人の部屋を出て行ったあとでしょう」

「奥様がルーベン卿の部屋を出られたのは、十二時十五分前でしたね。レバースン氏がおなじ部屋にはいって行ったのは、十二時五分前です。そのあいだの十分間に、あの秘書の方がやって来て、ご主人を殺したとおっしゃるのですか」

「できないことではないでしょう」

「むろん不可能なことはありません」と、ポアロは言った。「十分間でも充分に可能です。もちろんですとも！　しかし、事実はそうだったでしょうか」

「あの人はもちろん、その時刻にはぐっすり眠っていたと言うでしょうね」と、アストウェル夫人は言った。「でも、それがほんとうかどうか、だれにわかります？」

「彼の姿を見た人はいなかったのでしたね」と、ポアロが念を押した。

「みんな、それぞれの部屋で、ぐっすり眠っていましたからね」と、夫人は勝ち誇ったように言った。「そりゃあ、あの人の姿を見た人はいないのが道理ですよ」

「さあ、どうですか」と、ポアロはひとりごちた。

みじかい間。

「どうも《エー・ビアン》、アストウェル夫人、お邪魔いたしました。おやすみなさい」

5

　ジョージは主人のベッドの脇に、モーニング・コーヒーの盆を置いた。

「ミス・マーグレイブは、問題の夜は、うす緑色のシフォン・ドレスをお召しでした」

「ありがとう、ジョージ、きみは頼りになる人だ」

「ミス・マーグレイブの世話をしているメイドは、三番目のメイドです。名前はグラディスです」

「ありがとう、ジョージ。きみは、かけがえのない人だ」

「とんでもございません」

「いい朝だな」と、窓の外を眺めて、ポアロは言った。「まだだれも起き出す気づかいはない。どうだね、ジョージ、ひとつ、われわれで塔の部屋を占領して、ちょっとした実験をしてみようか」

「わたくしもまいりますのですか」

「痛くない実験だよ」と、ポアロ。

二人がはいって行くと、塔の部屋のカーテンはまだとじていた。引きあけようとするジョージを、ポアロがとめた。

「そのままでいい。デスク・ランプをつけてくれ」

従僕は言いつけにしたがった。

「それでは、ジョージ、その椅子に掛けてくれ。書きものをしている姿勢をとって。よ《トレ》ろしい《・ビアン》。わたしは棍棒を摑んで、こう、きみのうしろに忍び寄り、後頭部をなぐりつける」

「はい」と、ジョージ。

「ああ！」と、ポアロ。「なぐられたのに、まだ書きものをしている人がありますか。ほんとうに、なぐるわけにいかないからね。犯人がルーベン卿をなぐったのとおなじ強さで、きみをなぐったら問題じゃないか。そのところは、お芝居ですよ。あたまをなぐられたら、倒れる。腕をだらりとさせて、体をぐんにゃりさせて。こうだ。いかん、いかん、かたくなっちゃあ」

探偵はふうっと溜め息をついた。

「ジョージ、きみはズボンにアイロンをかけることは上手だが、想像力の持ちあわせはないんだなあ。さあ、立ちたまえ。わたしと役を交代しよう」

ポアロは自分で書物机の前に座った。

「わたしは書きものをしている。書きものに没頭している。きみは、うしろに忍び寄り、棍棒でわたしのあたまをなぐりつける。ぼいん！　わたしの指からペンが落ち、わたしは前に倒れるが、それほど前には行かない。椅子が低いし、デスクが高いし、しかもわたしは腕を突っ張っているからね。ジョージ、ちょっとドアの所へ行って、そこから何が見えるか言ってくれないか」

「えへん！」と、従僕は咳ばらいした。

「どうだ、ジョージ？」

「デスクにむかって掛けているあなた様が見えます」

「デスクにむかって掛けている？」

「距離が遠くて、よく見えないのです」と、ジョージは説明した。「ランプのシェードの色が濃すぎます。上の明かりをつけましょうか」

ジョージはスイッチに手をのばした。

「つけてはいけない」と、ポアロはするどく言った。「このままでいいのです。わたしはこうしてデスクに突っ伏している。きみは戸口に立っている。さあ、ジョージ、こっちへ歩いて来てくれないか。歩いて来て、わたしの肩に手をかけるんだ」

ジョージは命令にしたがった。

「あたりが暗いから、ジョージ、きみは思わずわたしの肩に手をかけて、すこし寄りかかる。そう！　それでよし《ヴォアラー》！」

エルキュール・ポアロのぐんにゃりした体が、デスクの脇にくずおれた。

「わたしは倒れる――こう、と！　ああ、やっぱり思ったとおりだ。それでは、もう一つ大事なことをしなきゃならん」

「なんでございますか」と、従僕は尋ねた。

「朝食だよ。大事なことじゃないか」

小男は自分の冗談に声をたてて笑った。

「胃というものを無視するわけにはいかんだろう、ジョージ」

ジョージは、むっとしたように黙っている。ポアロはくすくす笑いながら、階下へおりて行った。捜査の進行状態に、探偵は満足しているのである。朝食をすませてから、探偵は三人目の女中グラディスと話し合うことにした。メイドはこの犯罪について、どんな意見を聞かせてくれるだろうか。グラディスは、チャールズの犯行をあたまから信じていたが、しかしチャールズ本人には同情的だった。

「お気の毒ですわ。でも、あの方、酔っていらしたのはとても不利ですわね」

「ミス・マーグレイブとなら、似合いの夫婦になれただろうにね」と、ポアロはかまをかけた。「この家では、若い人といったら、あの二人だけだろう」

グラディスはかぶりをふった。

「いいえ、ミス・リリーは、あの方にはとても冷淡でした。あの方につけこまれる隙を見せないような様子でしたわ」

「彼はミス・マーグレイブが好きだったんだね」

「あら、ただ、からかってらしただけじゃないかしら。真剣じゃなかったとおもいますわ。ビクター・アストウェルさんは、ほんとうにミス・リリーを好きみたいですけど」

メイドはくすっと笑った。

「ああ、なあるほどね《ヴレマン》！」

グラディスはまた、くすっと笑った。

「ミス・リリーは、ほんとに百合《リリー》みたいな方でしょう？　背が高くって、金髪がとてもきれいで」

「緑色のイブニングを着たら、お似合いでしょうね」と、ポアロは言った。「きっと、一段と引き立って——」

「緑色のイブニングでしたら、お持ちですわ」とグラディスは言った。「今は喪中ですから、お召しになれませんけど、ルーベン卿がお亡くなりになった夜も、ちょうどそれを着てらしたんですよ」

「きっと、あまり濃くない、うす緑色のイブニングでしょうなあ」と、ポアロは言った。

「ええ、うす緑です。よろしかったらお見せしましょうか。ミス・リリーは犬を連れてお散歩中ですから」

ポアロはうなずいた。じつはグラディスに言われなくてもわかっていたのである。リリーが散歩に出るのを見とどけてから、メイドを探し始めたのだった。グラディスはそそくさと出て行ったが、まもなく、うす緑色のイブニング・ドレスを、ハンガーごと持って来た。

「秀逸《エクスキ》ですな！」と、両手をひろげて、ポアロは、つぶやいた。「ちょっと持たせて下さい。明かりにすかして見ますから」

探偵はグラディスからドレスを受け取ると、メイドに背中を向けて、窓ぎわに急いだ。そして、ちょっと体をかがめてから、腕いっぱいに捧げ持った。

「完璧です」と、ポアロは言った。「完璧な美しさです。わざわざお見せくださって、ほんとうにありがとうございました」

「どういたしまして」と、グラディスは言った。「フランスの方は、女性のドレスにお目が高くっていらっしゃるのね」

「いや、どうも」と、ポアロ。

メイドはドレスを持って出て行った。ポアロは自分の両手を見おろして、にっこりした。右手には小さな鋏があり、左手には切りとったシフォン・ドレスの一片がある。

「さて」と、探偵はつぶやいた。「今度はすこし痛い目を見なければ」

ポアロは自分の部屋に戻って、ジョージを呼んだ。

「ジョージ、ドレッシング・テーブルの上に金色のスカーフ・ピンがあるんだ」

「はい」

「それから、洗面所に石炭酸の瓶がある。頼むから、ピンの先を石炭酸につっこんでくれないか」

ジョージは命令にしたがった。主人の酔狂には、もう馴れっこになっている。

「お言いつけどおりにいたしました」

「結　構《トレ・ビアン》！　さあ、こっちへ来てくれ。わたしの人差し指をきみに預けるからね。ピンをそこに挿入してくれたまえ」

「失礼ですが、人差し指に突き刺せということでございますか」

「そのとおり。血を出してくれたまえ。あまり多量では困るけれども」

　ジョージは主人の人差し指を握った。ポアロは目をとじ、体を引いた。従僕はスカーフ・ピンをその指に突き刺し、ポアロは悲鳴を上げた。

「感謝するよ《ジュ・ヴ・ルメルシー》、ジョージ」と、探偵は言った。「きみはじつに親切な人だ」

　それから、緑色のシフォンの一片をポケットから出し、人差し指の血をそうっと拭きとった。

「手術の結果は奇蹟的だ」と、小さな布切れを見つめて、ポアロは言った。「ジョージ、きみには好奇心がないのか。こりゃあ、おどろくべきものじゃないかね！」

　従僕は、だが、窓の外をのぞいていたのだった。

「失礼ですが、大型の車で一人の紳士がおいでになりました」

「ああ！　ああ！」と、ポアロはあわただしく立ちあがった。「ビクター・アストウェル氏がついにご登場だな。階下《した》へおりて、さっそくお近づきにしていただこう」

　ビクター・アストウェルの声が姿よりも先に、ポアロの耳へ飛びこんできた。甲高い声がホールに響き渡ったのである。

「ばか、気をつけろ！　そのケースにはガラスがはいっているんだ。駄目だ、パースンズ、どきやがれ！　おろせってのに、ばか野郎！」

　ポアロはすばしこく階段をおりて行った。ビクター・アストウェルは大きな男だった。

ポアロは、いんぎんに頭を下げた。

「お前さんはどこのだれだ」と、大男はわめいた。

ポアロはまた頭を下げた。

「エルキュール・ポアロと申します」

「なんだ！」とビクター・アストウェルは言った。「じゃ、ナンシーはやっぱりあんたを呼び寄せたってわけか」

男はポアロの肩に手をかけ、探偵を書斎に連れこんだ。

「みんながあんなに大騒ぎしている名探偵てのは、あんたなのかい」と、ポアロを上から下までじろりと眺めて、男は言った。「乱暴なことばはごめんなさいよ。運転手の野郎があまり間抜けなんでね。それに、パースンズまでうろうろしやがって、あの老いぼれめ」

それから弁解するように言い足した。

「おれはばか者には我慢がならん性質《たち》でね。しかし、あんたはまさかばか者じゃあるまい、え、ポアロさん？」

男は元気よく笑った。

「自分はばかではないと思う人にかぎって、しばしばじつはばかであるのが世の常です」と、ポアロはしずかに言った。

「そういうものかな。それはそうと、じゃあ、やっぱりナンシーめ、わがままを通したな——秘書のことで、あたまがおかしくなったんだ。騒ぐことは何もないのにね。トレファシスは、ミルクみたいにおとなしい男で——ほんとうにミルクを飲んでるんじゃないのかな。禁酒主義者なんだ、奴は。あんたも、時間の無駄というものだよ」

「人間研究のチャンスが与えられれば、けっして時間の無駄とは申せません」と、ポアロは落ち着いて言った。

「ほう、人間研究か」

ビクター・アストウェルは、探偵の顔をじっと見つめ、それから椅子にどしんと腰をおろした。

「何かおれに用かね」

「ええ、あの晩、お兄様となんのことで口論なさったのか、教えて下さいませんか」

ビクター・アストウェルはかぶりをふった。

「事件とは関係ないことだ」と、男はきっぱり言った。

「それはまだわかりません」と、ポアロ。

「チャールズ・レバースンとは関係ないことだ」

「アストウェル夫人は、チャールズは殺人とは無関係だと考えておいでですよ」

「ああ、ナンシーはね！」

「あの夜、塔の部屋へ来たのは確かにチャールズ・レバースンだと、パースンズは言っていますが、姿は見なかったらしいのです。つまり、だれもチャールズの姿を見てはいないのです」

「話そうか。こういうわけだ。ルーベンはチャールズに腹を立てていたんだ——それも止むをえんことさ。そのあと、ルーベンはおれに鋒先《ほこさき》を向けてきた。で、おれは適当に兄貴をあしらってから、ひとつチャールズと話し合って、この家の情勢をとくと言い聞かせてやろうと決心した。だから、部屋に帰っても、すぐ寝ちまわないで、ドアをすこしあけて、タバコをふかして待ってたんだ。おれの部屋は三階でね、ポアロさん、チャールズの部屋はすぐ隣りなんだ」

「お話中、失礼ですが——トレファシス氏の部屋も、三階ですか」

アストウェルはうなずいた。

「そう、彼の部屋は、おれの部屋の並びだ」

「階段に近いほうですか」

「いや、反対側だ」

　ポアロの顔に好奇心の色があらわれたが、相手はそれに気づかず、話をつづけた。

「で、今言ったとおり、おれはチャールズを待っていた。十二時五分前だったか、玄関のドアがあく音がきこえたが、それから十分間ほど待っても、チャールズの姿は見えない。ようやく階段を上ってきた奴の姿を一目見て、ああ、こりゃ今晩話しても無駄なこったなと思った」

　男は意味ありげに眉を上げた。

「なるほど」と、ポアロはつぶやいた。

「野郎、もう千鳥足なのさ」とアストウェルは言った。「それに、真っ青な顔をしてやがる。そのときは、酒のせいだろうと思ったんだがね。今にして思えば、殺しの現場から帰って来たところだったんだな」

　ポアロがすばやく質問した。

「あなたは、塔の部屋の物音はお聞きにならなかったのですか」

「聞かなかった。ただ、おれの部屋はちょうど正反対の端っこだからね。壁は厚いし、あそこでピストルを射ったって、おれの部屋ではきこえないと思うよ」

　ポアロはうなずいた。

「大丈夫か、ベッドまで手を貸そうかと、おれは言ったんだ」と、アストウェルは話をつづけた。「奴は、心配するなと言って、自分の部屋にはいり、バタンとドアをしめた。おれは服をぬいで、寝た」

　ポアロはしばらくカーペットを見つめていたが、やがて言った。

「アストウェルさん、そのご証言がきわめて重要な意味を持っていることは、おわかりになりますか」

「そりゃ、そうだろうと思うが――いや、それはどういうことだい」

「玄関のドアがあく音がきこえてから、レバースン氏が階上にあらわれるまでに、十分経過していたという点です。レバースン氏自身は、家にはいってから、まっすぐ自室へ行ったと申し立てています。それだけではありません。秘書が犯人であるというアストウェル夫人のご意見は、たいそう根拠薄弱ですが、それでも現在までは、まったくありえないことと断定するわけにもいきませんでした。ところが、あなたの証言はアリバイを構成します」

「どうしてかな」

「アストウェル夫人は、ご主人の部屋を出たのは十二時十五分前だと言っておられます。一方、秘書が自室へさがったのは十一時でした。秘書がルーベン卿を殺したとすれば、それが可能である時間は、十二時十五分前から、チャールズ・レバースンの帰宅までです。ところで、あなたが今おっしゃったようにお部屋のドアをあけておいたとすれば、秘書はあなたに姿を見られずに部屋から出ることはできなかったはずです」

「そりゃそうだ」と、相手は同意した。

「ほかに階段はないのですか」

「ない。秘書が塔の部屋に行くとすれば、おれの部屋の前を通らなきゃならん。あのときは、確かに通らなかった。それに、ポアロさん、さっきも言ったとおり、あいつは牧師みたいにおとなしい男なんだ。それは保証するよ」

「ええ、ええ」と、ポアロはなだめるように言った。「それはよくわかります。で、ルーベン卿との口論の内容については、お話し下さらないのですか」

相手の顔は、どすぐろいほど赤くなった。

「あんたに喋る気はないね」

ポアロは天井を向いた。

「ご婦人に関することでしたら、わたしはけっして他言いたしませんよ」

ビクター・アストウェルは跳びあがった。

「ちくしょう、あんたはどうして——それはどういう意味だ」

「ご婦人と申したのは」と、ポアロは言った。「ミス・リリー・マーグレイブのことです」

　ビクター・アストウェルは、一、二分のあいだ、どっちつかずの感じで立っていたが、やがて静かに腰をおろした。

「あんたは利口な人だな、ポアロさん。そうなんだ。リリーのことで、兄貴と喧嘩したんだ。ルーベンは、彼女の弱点を摑んでいやがってね。ほうぼう探しまわったあげくに、ようやくホジクリ出したんだろう――リリーは経歴詐称だと言いやがるんだ。おれはそんなこと信用しちゃいないがね。

　それだけじゃない。兄貴は居丈高になって、余計なことを言い出した。彼女が夜こっそり家を抜け出して、男に逢いに行くと言いやがる。ふざけるな！　とおれは言った。お前さんよりえらい人でもな、それより程度のいいことを言っただけで、ばっさり殺《や》られてるのは珍らしくないんだぜ。そう言うと、兄貴は黙ったよ。ルーベンは前からおれを多少こわがっていたんだ」

「そうでしょうとも」と、ポアロはいんぎんにつぶやいた。

「おれはリリー・マーグレイブに惚れている」と、ビクターはがらりとちがう調子で言った。「あんなすばらしい娘は、どこを探したっていやしない」

　ポアロは返事をしなかった。瞑想にふけるように、じっと眼前の空間を見つめていた。

やがて頭脳の仕事は終わったと見え、ぴくりと体を動かした。

「すこし外を散歩してまいります。ここにはホテルがございますか」

「二軒ある」と、ビクター・アストウェルは言った。「ゴルフ場の脇のがゴルフ・ホテルで、駅のそばがマイター・ホテルだ」

「恐れ入ります」と、ポアロは言った。「そう、わたしはどうしてもこの際、散歩しなければなりません」

ゴルフ・ホテルは、その名のとおり、ゴルフ場のすぐ脇、ほとんどクラブ・ハウスとくっつくように建てられていた。「散歩」のコースとして、ポアロがまっさきに選んだのは、このホテルである。三分後、小男はゴルフ・ホテルにはいり、女主人のミス・ラングドンと会話をかわしていた。

「マドモアゼル、お邪魔して申しわけございません」と、ポアロは言った。「なにぶん、わたしの商売は探偵ですので」

ポアロは、率直をモットーとしていたのである。この場合も、それは多大の効果をおさめた。

「探偵さん！」と、ミス・ラングドンは叫び、うさんくさそうに小男を見た。

「ただし、スコットランド・ヤードの探偵ではありません」と、ポアロは言った。「じつは――もうおわかりでしょう？　わたしは英国人ではございません。ルーベン・アストウェル卿の死につきまして、とくに調査にまいりました私立探偵なのです」

「あら、まさか！」ミス・ラングドンは急に面白そうな目つきになって、小男をまじまじと眺めた。

「ほんとうです」と、ポアロはにっこり笑った。「相手があなたのような口のかたい方ででもなければ、こんなことは初めから申し上げないのですが。マドモアゼル、一つご協力をお願いしたいのです。殺人のあった夜にですね、ここにお泊まりの紳士で、どなたか、宵の内にお出かけになり、十二時か十二時半頃になって帰って来た方はいらっしゃいませんか」

ミス・ラングドンは目をまるくした。

「あなた、まさか――」彼女は息をついた。

「ここに殺人犯がいるとは、申し上げませんよ。わたしはただ、ここにお泊まりの方で、あの晩モン・ルポ荘の方角へ散歩にお出になった方があるとすれば、きっと何かを目撃なさったにちがいないと思うのです。その方には無意味に思えても、わたしにはたいそう役に立つ何かをです」

女主人は、探偵の仕事はよくわかっていますと言わんばかりの様子で、うなずいた。

「よくわかりましたわ。さあ、ちょっと待って下さい。ええと、どなただったかしら、あの晩のお泊まりは」

顔をしかめ、指折りかぞえながら、女主人は記憶のなかの宿帳をめくった。

「スウォン大尉、エルキンズ様、ブラント少佐、ベンスン様。そう、あの晩は、どなたも外出なさらなかったと思いますけれど」

「お客さまが外出するときは、あなたのお目にとまるわけですね」

「ええ、だって、珍らしいことですからね。みなさん、そりゃあ、夕食にはお出かけになったりなさいますけれど、夕食がすめば、どこへもいらっしゃいません。だって——出かける所もないんですもの」

アボッツ・クロスの娯楽といえば、ゴルフに始まりゴルフに終わるのである。

「それはそうですね」と、ポアロはうなずいた。「では、あなたのおぼえておられるかぎりでは、このホテルのお客はあの晩だれひとり外出しなかったのですな」

「イングランド大尉夫妻が、お食事に出かけられましたけれど」

ポアロは頭をふった。

「いや、それはいいんです。じゃあ、もう一軒のホテルを当たってみましょう。マイター・ホテルでしたね？」

「ああ、マイター」と、ミス・ラングドンは言った。「あそこのお客でしたら、ひょこひょこ外出なさっても不思議はありませんわ」

その軽蔑しきった口ぶりに、ポアロは潮時を察して、いちはやくホテルを逃げ出した。

6

十分後、探偵は似たような場面《シーン》を繰り返していた。今度の相手は、マイター・ホテルのぶっきらぼうな女主人、ミス・コールである。このホテルは駅の近所にあり、ゴルフ・ホテルよりは値段も安く、気どりもすくない宿だった。

「そうですねえ、あの夜は、確か、ずいぶんおそくなってから、十二時半頃でしたかしら、一人お帰りになった方がございましたよ。そんなにおそく散歩なさるなんて、変な習慣ですわねえ。前にも一度か二度そういうことをなさった方ですよ。ええと、お名前はなんとおっしゃったかしら、ちょっとお待ち下さい、調べてみますから」

大きな宿帳を引き寄せ、ページをめくり始めた。

「十九番、二十番、二十一番、二十二番。ああ、あったわ。ネイラーさんです。ハンフリー・ネイラー大尉」

「以前ここに泊まったことがあるのですね。よくご存じの方ですか」

「一度、お泊まりになったことがありますわ」と、ミス・コールは言った。「二週間ほど前でしたか。そのときも、そう、夜になってから外出なさったわ」

「ゴルフをしに来た人ですか」

「でしょうねえ」と、ミス・コール。「でなければ、みなさん、こんな所へはいらっしゃいませんからねえ」

「まったくですな」と、ポアロ。「では、マドモアゼル、いろいろありがとうございました。失礼させていただきます」

何か深く考えこみながら、探偵はモン・ルポ荘への帰途についた。一、二度、ポケットから何かを出して、じっと眺めた。

「やらなきゃなるまい」と、探偵はつぶやいた。「それも、なるべく早くだ。チャンスがあり次第ただちに」

モン・ルポ荘にはいると、まずパースンズをつかまえて、ミス・マーグレイブはどこにいるかと尋ねた。娘は小さな書斎で、アストウェル夫人の手紙を整理しているという返事である。ポアロは、好機到来といった表情になった。

小さな書斎はすぐ見つかった。リリー・マーグレイブは、窓ぎわの机にむかって、手紙を書いていた。リリー以外にはだれの姿も見えない。ポアロはそっとドアをしめ、娘に近寄った。

「申しわけありませんが、マドモアゼル、すこしお時間を拝借してよろしいでしょうか」

「どうぞ」

リリー・マーグレイブは、便箋を脇へ押しやり、探偵のほうに向き直った。

「どんなご用件でしょう」

「マドモアゼル、悲劇の夜のことですが、アストウェル夫人がご主人の部屋へ行かれたとき、あなたはすぐお寝《やす》みになったのでしたね」

リリー・マーグレイブはうなずいた。

「そのあと、何かのご用で、階下におりませんでしたか」

娘はかぶりをふった。

「マドモアゼル、あなたは確か、あの夜は塔の部屋へはおはいりにならなかった、とおっしゃいましたね」

「そう申し上げたかどうか、おぼえておりませんけれど、そのとおりですわ。あの夜、塔の部屋にはまいりませんでした」

ポアロは眉を上げた。

「どうしてですか」

「不思議です」と、探偵はつぶやいた。

「非常に不思議です」と、エルキュール・ポアロはまたつぶやいた。「だとすれば、このことは、どうお考えになりますか」

探偵はポケットから小さな緑色のシフォンの布切れを取り出し、娘の前に差し出した。

娘の表情は変化しなかったが、探偵には、はっと息をのむ音がきこえたような気がした。

「なんのことでしょう、ポアロさん」

「マドモアゼル、あなたはあの夜、緑色のシフォン・ドレスをお召しでしたね。これは――」探偵は布切れをはじいた。「――そのドレスの一部です」

「それが塔の部屋にあったのですか」と、娘はするどく尋ねた。「塔の部屋の、どの辺に？」

エルキュール・ポアロは天井を見た。

「今のところ、塔の部屋で発見した――とだけ申し上げておきましょうか」

まず、恐怖の色が娘の目に浮かんだ。娘は口をひらき、はっとしたように、口をつぐんだ。その小さな白い手が、机の端をしっかりと摑むのを、ポアロは見守っていた。

「あの夜、それでは、塔の部屋に行ったのかしら」と、しばらくしてから娘は言った。

「きっと、お夕食の前だったと思います。いえ、でも変ね。その布が塔の部屋にずうっと残っていたとすれば、警察に今まで発見されなかったのは、どうしてでしょう」

「警察は」と、小男は言った。「エルキュール・ポアロとはちがう考え方をいたします」

「お夕食の前に、ちょっと行ったのだったかしら」と、リリー・マーグレイブは考えこんだ。「それとも、その前の晩だったかしら。前の晩もおなじドレスを着ていたんです。そうだわ、たぶん前の晩に行ったのでした」

「わたしはそうは思いません」と、ポアロは抑揚のない声で言った。

「どうしてですの」

探偵は何も言わずに、ゆっくりと頭をふった。

「それはどういう意味ですの」と、娘がささやいた。

その顔は蒼白である。体を乗り出し、ポアロを凝視している。

「マドモアゼル、この布切れのしみがおわかりになりませんか。疑いもなく、これは人間の血なのですよ」

「とおっしゃると——」

「つまりですね、マドモアゼル、犯罪が行なわれた前ではなく後に、あなたは部屋におはいりになったということです。どうか、これ以上よくない事態が生じない前に、一部始終をわたしにお話し願えませんか」

小男は立ちあがっていた。まなざしに、きびしさがみなぎり、人差し指は責めるように娘を差している。

「どうしてわかりましたの」と、リリーは喘ぎ喘ぎ言った。

「それはどうでもよろしい。マドモアゼル、よろしいですか、エルキュール・ポアロは何一つ見逃さないのです。ハンフリー・ネイラー大尉のことも知っていますし、あなたがあの夜、大尉に逢いに出られたこともわかっています」

リリーは突然顔を覆って泣き出した。ポアロはすぐにきびしい態度をあらためた。

「さあ、さあ、お嬢さん」と、娘の肩を叩きながら、探偵はやさしく言った。「お嘆きになってはいけません。エルキュール・ポアロをだますことは不可能なのですから。それさえわかっていただければ、あなたの悩みはたちどころに解消します。さあ、何もかも話して下さいますね。このパパ・ポアロに話してくれますね？」

「でも、ポアロさんは、きっとちがうことを考えていらっしゃるのよ。ハンフリーは――わたくしの兄ですけど――あの人の髪の毛一本痛めなかったのよ」

「お兄さんですか」と、ポアロ。「ああ、そういう事情でしたか。そう、お兄さんの嫌疑を晴らしたいなら、今すぐ、何もかも打ち明けて下さい」

リリーは額の髪をかきあげながら、上半身を起こした。ややあってから、低い、澄んだ声で語り始めた。

「ほんとうのことをお話しします、ポアロさん。初めからこれを申し上げればよかったのね。わたくしの本名はリリー・ネイラーで、ハンフリーはたった一人の兄です。数年前、アフリカで、兄は金鉱を発見しました。金鉱というより、金のありかを発見したのです。わたくし、専門的なことは知りませんから、詳しくはお話しできないのですけれど、その後のことは、こんな次第なのです。

ハンフリーは、これは大きな金鉱になると思って、イギリスへ帰り、ルーベン・アストウェル卿に手紙を書き、どうか力をお貸し下さいと申し出ました。今でも真相はよくわからないのですが、ルーベン卿は専門家を現地に派遣なさったらしいのです。そのあと、ルーベン卿は、専門家の調査の結果はかんばしくなかった、あなたの発見はまちがいだったらしいと、兄におっしゃったのです。で、兄は奥地探険隊の一員として、またアフリカへ渡り、まもなく行方不明になりました。探険隊の一行は全員死亡したらしいという噂でした。

そのすぐあと、ムパーラ金鉱開発の話が始まったのです。無事にイギリスに帰ってきた兄は、それは、自分が発見した金鉱とおなじだということに、すぐ気がつきました。ルーベン・アストウェル卿は、その開発会社とはなんの関係もなかったのですから、もちろん金鉱は兄とは別個に発見されてしまったわけです。でも兄は満足しませんでした。きっとルーベン卿が兄をだましたのだと、信じこんでしまったのです。

そして、そのことについては、ますますくやしがり、落胆するばかりでした。ポアロさん、わたくしたちは広い世間に二人きりで、ほかに身寄り頼りはございませんし、それに経済的にも困ってきましたので、わたくしはこの家にはいりこみ、あんなに兄がくやしがっていることだから、ルーベン卿とムパーラ金鉱との関係がどんなものなのか、自分で調べてみようと思い立ちました。それで、本名を隠したのです。経歴詐称したことも事実です。何もかも申し上げてしまいますわ。

わたくしの競争相手はたくさんおりました。たいていの方が、わたくしより有利な条件の方でした。それで――ポアロさん、わたくし、パースシャ公爵夫人のお手紙を偽造しましたの。夫人はアメリカへお渡りになったばかりだということを、わたくし知っていました。その推薦状があれば、アストウェル夫人のお気に召すと思ったのです。計画は成功しました。奥様はわたくしをやとって下さいました。

それからというもの、スパイという汚らわしい仕事の毎日です。でも、最近まではなんの収穫もありませんでした。ルーベン卿は、仕事の秘密を洩らすような方ではございません。ただ、ビクター・アストウェルがアフリカから帰られてから、あの方はそれほど口がかたくない方ですので、だんだん事情がわかってきました。やはり、ハンフリーの思ったとおりの真相だったのです。殺人事件の二週間ほど前、兄はこの町へやって来まして、わたくしは、この家を夜おそく脱け出して、兄と逢いました。そして、ビクター・アストウェルの話を伝えますと、兄はひどく興奮して、もうすこし様子をさぐってくれと、わたくしに申しました。

でも、それから、すこし都合わるくなったのです。わたくしが家を脱け出すところを、だれか見ていて、ルーベン卿に告げ口したらしいのです。卿はわたくしの経歴を調べ、そのウソにお気づきになりました。そして、あの殺人の日に危機がまいりました。卿は、わたくしが奥様の宝石類を狙っているとお思いになったらしいのです。とにかく、その日の昼間、卿はわたくしをお呼びになって、経歴詐称のことは見逃してやるから、即刻モン・ルポ荘から出て行けとおっしゃいました。アストウェル夫人は終始わたくしの味方で、ずいぶんいろいろルーベン卿に弁解して下さったのです」

娘はことばを切った。ポアロはにこりともしなかった。

「さて、マドモアゼル、いよいよ殺人の夜が来たわけですね」

リリーはごくりと唾を呑み、うなずいた。

「まず申し上げておかなければならないのは、ポアロさん、兄がまたこの町に来ていて、ちょうどその晩、わたくしはまた家を脱け出して、兄と逢う約束をしていたということです。前に申し上げたとおり、わたくしは自分の部屋にあがりましたが、床にははいりませんでした。そして、みんなが寝てしまった頃を見はからって、そっと階下《した》におり、裏口から外に出ました。そしてハンフリーに逢い、昼間の出来事を大急ぎで話し、兄の欲しい証拠書類は、塔の部屋のなかのルーベン卿の金庫にはいっているらしいから、最後の冒険をしようと言いました。つまり、わたくしたちは、その晩のうちに、書類を持ち出そうと計画したのです。

わたくしが先に立って、忍びこむことにしました。教会の鐘が十二時を打つのを聞いてから、裏口をはいりました。塔の部屋に通じる階段を半分ほど上ったとき、どしんと何かが倒れる音がして、だれかが、『なんということだ！』と大声で言いました。一、二分後、塔の部屋のドアがあいて、チャールズ・レバースンが出て来ました。月の光でその顔がよく見えました。でも、わたくしは階段のくらがりにしゃがんでいましたから、チャールズのほうは、わたくしに気がつきません。

　チャールズは蒼い顔をして、ふらふら揺れながら、ドアの前にすこしのあいだ立っていました。耳をすましているように見えました。やがて、気をとりなおしたように、塔の部屋のドアをあけて、部屋のなかにむかって、怪我がなくてよかったというようなことを、大きな声で言いました。その声はたいそう快活でしたけれど、顔はほんとうに真っ青だったのです。さらに一分ほどそこに立っていてから、チャールズはゆっくり階段をおりて、姿を消しました。

　チャールズが消えると、わたくしは一、二分待ってから、塔の部屋のドアに忍び寄りました。なんとなく恐ろしいことが起こったという予感がしました。なかをのぞくと、天井の明かりは消えていましたが、デスク・ランプはついていて、ルーベン卿はデスクの脇の床に倒れていらっしゃるのです。今考えるとウソみたいですけれど、わたくしははいって行って、卿のそばにひざまずきました。手を取ってみますと、まだあたたかいのでした。うしろから何かで打たれたことも。お亡くなりになったことはすぐわかりました。とすると、たった今、殺されたのにちがいありません。わたくし、ぞうっとしました。ポアロさん、ほんとうに、ぞうっとしました！」

思い出すだに恐ろしいのか、娘は身ぶるいした。

「それから？」と、娘をするどく凝視しながら、ポアロは尋ねた。

リリー・マーグレイブはうなずいた。

「ええ、ポアロさんのお考えはわかります。なぜベルを鳴らして、家中の人を起こさなかったのかとお考えでしょう？　それはわかっておりました。でも、そうやって、卿のそばにひざまずいているうちに、ふと、ルーベン卿に昼間呼ばれたことを思い出しました。家を脱け出して、ハンフリーに逢いに行ったこと。そして、わたくしはもうこの家での仕事をクビになっていたこと。今みんなを呼んだら、わたくしがハンフリーを手引きして、ハンフリーが復讐のためにルーベン卿を殺したと解釈されるでしょう。チャールズ・レバースンが部屋を出るところを目撃したと言っても、だれも信じてくれないにちがいありません。

そのときの恐ろしさは、今思い出してもぞっとしますわ、ポアロさん！　ひざまずいたまま、考えに考えて、考えがまとまるどころか、気が狂いそうになってくるのです。ふと見ると、ルーベン卿が倒れたとき落ちたのか、鍵束が床にころがっていました。そのなかには金庫の鍵もまじっています。金庫の組み合わせ文字は、いつか奥様がおっしゃっていたので、おぼえていました。わたくしは金庫をあけて、なかの書類を探し始めました。

そしてようやく、望みのものが見つかりました。ハンフリーの思ったとおりだったのです。ルーベン卿は、ムパーラ金鉱の後援者で、ハンフリーはみごとにだまされたのでした。とすると、事態はますます不利になります。ハンフリーが卿を殺す動機が、これで立派に成立してしまうわけですから。わたくしは大急ぎで書類を金庫に戻し、鍵は金庫のドアに差しこんだままにして、まっすぐに自分の部屋に帰りました。そして翌朝、メイドが死体を発見したときは、みんなと一緒になって、おどろいたり、こわがったりしてみせたのです」

娘は話を終わり、哀れっぽくポアロの顔色をうかがった。

「わたくしの話を、信じてくださいますね、ポアロさん。ああ、信じるとおっしゃって下さい！」

「信じます、マドモアゼル」と、ポアロは言った。「今までわからなかったことが、あなたのお話で、はっきりしました。たとえば、あなたは、チャールズ・レバースンが犯人であることは確実だとおっしゃりながら、しかも、わたくしがこの家へ調査に来ることを、なんとかしてやめさせようとなさいましたね」

リリーはうなずいた。

「ポアロさんがこわかったのです」と、娘は正直に認めた。「アストウェル夫人は、チャールズが犯人だとはご存じないのですけれど、わたくしがまさかあの晩見たことを申し上げるわけにもいきません。ですから、ポアロさんが事件を引き受けて下さらなければいいと、辻褄の合わないことを考えていました」

「しかし、あなたがそう思っておられることがわかったので、わたくしは無理を押してお引き受けしたのです」と、ポアロはそっけなく言った。

リリーは探偵の顔をちらっとうかがい、くちびるをふるわせた。

「それで、ポアロさん、これから――どうなさいますの」

「マドモアゼル、あなたに関するかぎり、何もいたしません。あなたのお話は真実であると思います。わたくしは、ひとまずロンドンへ行って、ミラー警部に逢います」

「それから？」と、リリーが尋ねた。

「それからは」と、ポアロ。「まだわかりませんな」

書斎のドアをしめてから、探偵はもういちど、手にしていた緑色の小さなシフォンの布切れを眺めた。

「おどろくべきものだね」と、ポアロは満足そうにつぶやいた。「エルキュール・ポアロの才能は」

7

　ミラー警部は、エルキュール・ポアロをあまり好いてはいなかった。スコットランド・ヤード内には、この小男のベルギー人を歓迎する小さなグループが確かに存在していたが、警部は、たまたまそのグループには属していなかったのである。エルキュール・ポアロは買いかぶられているというのが、ミラー警部の持論だった。この事件でも警部は自信満々だったので、皮肉な顔でポアロを迎えた。

「アストウェル夫人の依頼ですか。いやあ、あの一件は、とんだくわせものでしたな」

「とおっしゃると、もう事件は解決したのですか」

　ミラーは片目をつぶってみせた。

「殺人犯がほとんど現行犯同様の状態で捕まれば、これ以上簡単な事件はありませんよ」

「レバースン氏は自供したのですか」

「いっそのこと黙秘していてくれればよかったとおもいますね」と、警部は言った。

「自分の部屋へまっすぐに行った、伯父の部屋へは行かなかったと、ばかの一つおぼえを繰り返すだけなのです。もう初めからネタが割れています」

「それは確かに証言と喰いちがいますね」と、ポアロはつぶやいた。「レバースンという青年の印象はどうです」

「あたまのわるい若者ですねえ」

「意志薄弱、ですか」

警部はうなずいた。

「そういうタイプの青年は、今度のような犯罪を行なうだけの——なんと言いますか——度胸がないというのが、一般の考え方ではないでしょうか」

「表面的には、そのとおりです」と、警部はうなずいた。「しかし、幸いなことに、わたしは似たような事件に何度もぶつかっていますのでね。ああいう意志薄弱な道楽息子を、すこし辛い立場に追いやって、酒でも飲ませてごらんなさい。たちまちにして、極悪非道の悪漢に姿を変えますから。絶体絶命の立場に追い込まれた弱い人間というものは、強い人間よりも何倍かこわいものです」

「それはそうですね。それは真理です」

ミラーはちょっと頭を下げてみせた。

「もちろん、ポアロさん、あなたはご自由にお仕事をなすってかまいませんよ。アストウェル夫人を満足させるような証拠を、どしどし発見なすってください。それで報酬をもらうのが、あなたのお仕事ですからな」

「ずいぶんわたしの仕事を理解して下さいますね」と、ポアロはつぶやき、さっさと外へ出た。

次にポアロが訪ねたのは、チャールズ・レバースンの弁護士だった。メイヒュー氏は、かわききった感じの、用心ぶかい、やせた紳士である。ポアロを迎え入れる態度も慎重そのものといったところだった。だが、ポアロは、こういう人物を打ちとけさせる手は心得たものである。十分も経たないうちに、二人の男はむつまじげに語り合っていた。

「おわかりかと思いますが」と、ポアロは言った。「わたしはこの事件では、もっぱらレバースン氏の利益のために働いております。つまり、それがアストウェル夫人のご意志なのでしてね。夫人は、レバースン氏の無実を確信しておられます」

「ええ、ええ、もっともなことです」と、メイヒュー氏は気がなさそうに言った。

ポアロの目がきらりと光った。

「あなたは、アストウェル夫人のご意見を、それほど重要視しておられないようにお見受けしますが」と、探偵は水を向けた。

「あしたになれば、レバースンが犯人だと言い出しかねない方ですのでね」と、弁護士はそっけなく言った。

「確かに、あの方の直観は、証拠にはなりませんな」と、ポアロはうなずいた。「一見したところ、この事件は、お気の毒なレバースン氏にはきわめて不利であるように見えますが」

「当夜の行動をありのまま警察に喋ったのが、たいへん不利な立場を作り出したのです」と、弁護士は言った。「あの話に固執することはなんの益にもなりません」

「あなたにたいしても、その話に固執するのですか」と、ポアロは尋ねた。

メイヒューはうなずいた。

「微塵も変化しません。まるでオウムのように、一つのことの繰り返しです」

「それで、あなたもレバースン氏を疑い始めたわけですな」と、探偵は言い、あわてて何か言い返そうとする相手を押しとどめた。「いや、いや、言いわけなさらなくとも、お気持ちはよくわかります。あなたは心の底では、レバースン氏が犯人だと思っておられる。しかし、まあ、すこしのあいだ、このエルキュール・ポアロの話をお聞き下さい。

一つの事件をお聞かせしますから。

この青年は、へべれけに酔って、帰宅しました。カクテルを飲み、カクテルを飲み、またもやカクテルを飲み、それからハイボールを何杯もあけ、といった調子です。あげくの果てに、なんというのでしたか、そうそう、オランダ人の勇気（酒でつけたから元気）がもりもり湧いてきて、その気分のまま、掛け金の鍵を使って家にはいり、おぼつかない足どりで、塔の部屋めざしてあがって行った。そしてドアからなかをのぞくと、伯父上は、ほのぐらい照明のなかで、デスクに向かっています。

今言ったとおり、レバースンはオランダ人の勇気に満ちあふれていました。そこで、ずかずかと部屋のなかにはいって行って、伯父上を罵倒し始めます。いくら侮辱し、罵倒し、汚ならしい悪口をならべても、相手がいっこうに返答しないので、青年はますます居丈高になり、おなじことを何度も何度も、ますます大きな声で繰り返します。しかし、やがて、相手があまり黙っているのが、ふと気になる。近寄って行って、伯父上の肩に手をかけます。伯父上の体は、どさりと床の上に倒れます。

とたんに、レバースン氏の酔いが、いっぺんにさめてしまう。どすんと音を立てて椅子が倒れ、青年はルーベン卿に折り重なって倒れます。はっとして両手を見ると、なまぬるい赤いものがいっぱい付着している。青年は思わず家中にひびきわたるような大声を上げ、次の瞬間、なんとかして今の失策を取り消したいと思う。反射的に椅子を起こし、急ぎ足でドアの外へ出て、耳をすまします。何か物音がきこえたような気がする。

そこで、これまた反射的に、あけっぱなしのドアをはさんで、伯父上と話をする真似をします。

もうなんの物音もきこえない。今のは空耳だったと、青年は思います。しんと静まり返った家のなかを、自分の部屋へ忍んで行きながら、ああ、今のウソの会話のようにこの事件ぜんたいをごまかしてしまえたら、どんなにいいだろうと、青年は思います。そこで、ウソの話を警察に話す。ご記憶のことと思いますが、パースンズは初めのうち、夜中の物音のことを喋りませんでした。そして、そのことを白状したとき、レバースンのほうは自分の話を変えるわけにいかない。ばかな青年は、ほかになすすべを知らないから、その話に固執します。どうでしょう、こんなふうにレバースンの一件を解釈してみては？」

「そうですね」と弁護士は言った。「今のお話のようだと、辻褄が合いますね」

ポアロは立ちあがった。

「レバースンにお逢いになったら、今の話をしてやって、これはほんとうかと訊いてみて下さい」

弁護士の事務所を出ると、ポアロはタクシーを呼び、運転手に行先を告げた。

「ハーレー街三四八番地（ハーレー街はロンドンの有名な医者町）」

8

ポアロがロンドンへ出かけたと聞いて、小男からなんの予告も受けていなかったアストウェル夫人は、びっくりした。ちょうど二十四時間経って帰って来たポアロは、アストウェル夫人が至急逢いたがっているむね、パースンズに早速言われたのである。ポアロが行ってみると、夫人は、寝室の長椅子に横たわり、クッションを枕にして、ひどく具合がわるそうに、やつれて見えた。ポアロが初めてこの家を訪れたときより、ずっと調子がよくなさそうである。

「やっと帰ってらしたのね、ポアロさん」

「帰ってまいりました、マダム」

「ロンドンへ行ってらしたのですか」

ポアロはうなずいた。

「なんの予告もして下さらなかったのね」と、アストウェル夫人はするどく言った。

「奥様、そのことは幾重にもお詫びいたします。わたしのまちがいでした。当然、お知らせして然るべきでした。今度《ラ・プロシェーヌ・フォア》そういうことになりました場合は――」

「おなじことをなさるでしょう」と、アストウェル夫人は皮肉にさえぎった。「まず行動して、説明はあとにまわす。それがあなたのモットーなのでしょう」

「ひょっとすると、それは奥様のモットーでもあるのではございませんか」探偵の目がきらりと光った。

「ときどきはね」と、夫人は折れた。「ロンドンへ何をしにいらしたのですか、ポアロさん。もう教えて下さってもいい頃よ」

「まずミラー警部と逢い、それからメイヒュー弁護士と逢いました」

アストウェル夫人の目は、探偵の表情を探っていた。

「で、その結果は――？」と、夫人はゆっくり言った。

ポアロは夫人をじっと見つめていた。

「チャールズ・レバースンの無実の可能性がございます」と探偵は重々しく言った。

「ああ！」アストウェル夫人は、クッションを二つ床に落として、いきなり上半身を起こした。「じゃあ、わたくしの思ったとおりだったのね！」

「いえ、マダム、わたしは今、可能性と申しました。それだけのことです」

その声の調子に、夫人ははたと当惑した。片肘をついて、きっと探偵を見上げた。

「で、わたくしになんのご用？」と、夫人は言った。

「はい」ポアロはうなずいた。「アストウェル夫人、あなたがオーエン・トレファシスを疑っておられる理由をおっしゃっていただきたいのです」

「それは、もう申し上げたわ。ただのわたくしの直観よ——それだけです」

「残念ですが、それだけでは不充分なのです」と、ポアロはそっけなく言った。「マダム、あの運命の夜の出来事を思い返して下さい。どんな小さなことでも、些細なことでも、思い返してください。秘書について、どんなことにお気づきでした？　このエルキュール・ポアロがお願いします。何かお気づきのことがあったはずです」

アストウェル夫人はかぶりをふった。

「あの晩は、トレファシスのことは気にかけていませんでしたよ」と、夫人は言った。

「あの人のことなんか忘れていたわ」

「何かほかのことに心を占められていた、とおっしゃるのですか」

「ええ」

「それは、ミス・リリー・マーグレイブにたいするご主人の悪意ですか」

「そのとおりです」と、アストウェル夫人はうなずいた。「ポアロさん、あなたは何もかもご存じのようね」

「わたしは何もかも知っております」と、小男は気取って答えた。「わたくしはリリーが好きです、ポアロさん。それはもうおわかりでしょう。ルーベンはあの子の経歴がどうのこうのと言い出しました。ことわっておきますが、あの子が経歴を詐称しなかったと言うのではないのよ。あの子は詐称しました。でも、わたくしだって、若いときには、それ以上のことをいくらもしましたよ。芝居のマネジャーをまるめこむには、それくらいのことは日常茶飯事です。わたくしが書いたり、言ったり、したりしたウソは、数知れないわ。もちろん、昔の話ですよ。

リリーは、ここの仕事をしたかったから、ほんのすこしばかり――ウソとは言えないくらいのことを書いた。それが、男のひとにはわからないのです。主人はリリーのことを、まるで、百万ポンド持ち逃げした銀行員か何かのように言うのですからね。まあ、たいていのことならば、ルーベンをうまくなだめる自信がありましたけど、今度ばかりは相当に強硬なので、わたくし一晩じゅうリリーのことが心配でした。ですから、秘書のことを考える余裕はなかったわ。トレファシスは普段からあまり人目に立つほうではありませんしね。ただそこにいる、といった感じの人だから」

「トレファシス氏のことは、わたしもそう思います」と、ポアロは言った。「あの方の性格は、人を押しのけるとか、人をぼかんとなぐり倒すとか、そういったものからはほど遠いですね」

「ええ」と、アストウェル夫人。「あの人はビクターとは正反対ね」

「ビクター・アストウェルさんの性格は、爆発的とでも申しますか」

「それはぴったりのことばですわね」と、アストウェル夫人は言った。「ビクターは家中、所きらわず爆発するわ。あのなんとかいう花火みたいに」

「激しい気性の持ち主ですね」と、ポアロは言った。

「ああ、でも、わたくしは、あの人なんかこわくありませんよ」と、アストウェル夫人は言った。「吠える犬は嚙みつかないというでしょう。ビクターはそれだわ」

ポアロは天井を向いた。

「で、あの晩の秘書のことは、何もおぼえておられないのですね」と、探偵はしずかにつぶやいた。

「ですから、ポアロさん、わたくしの勘よ。直観ですよ。女の直観というものは――」

「一人の人間を死刑にするには不充分です」と、ポアロは言った。「しかし、もっと肝心なこととしては、それは一人の人間を死刑から救うことができないのです。アストウェル夫人、もしレバースン氏の無実と、秘書が犯人であるという直観を、心の底から信じておられるのでしたら、一つ、簡単な実験に同意して下さいますか」

「どんな実験でしょう」と、アストウェル夫人はうさんくさそうに尋ねた。

「ご自分が催眠状態に陥ることに同意して下さいますか」

「一体なんのために」

ポアロは膝を乗り出した。

「マダム、もしもわたしが、奥様の直観なるものは、無意識的に心に記録されたある種の事実にもとづくものである、などと申し上げれば、かえってお疑いでしょうね。ですから、わたしはたんにこう申しましょう。この小さな実験は、あの不幸な青年、チャールズ・レバースンを救うために、ぜひとも必要なのです。おことわりにはなりますまいね？」

「わたくしを催眠術にかけるのは、どこのどんな方？」と、アストウェル夫人は不安そうに尋ねた。「あなたですの」

「わたしの耳に誤りがなければ、わたしの友人がちょうど到着したところです。外に車の音がきこえます」

「それはどなた？」

「ハーレー街に住むドクター・カザレです」

「その方——大丈夫？」と、アストウェル夫人はこわそうに尋ねた。

「ヤブ医者ではありませんから、ご心配なく。充分に信頼していただける人物です」

「そう」と、アストウェル夫人は溜め息をついた。「どうせインチキだとは思うけれど、やっていただいてもかまいませんよ。あとで、あなたの邪魔をしたと言われたくありませんからね」

「幾重にも感謝いたします、マダム」

ポアロは急ぎ足で部屋から出て行った。数分経ち、探偵は丸顔の快活そうな小男をともなって、帰って来た。それは、アストウェル夫人が予想していた催眠術師のイメージとはまったくかけはなれていた。ポアロは、小男を夫人にひきあわせた。

「さて」と、アストウェル夫人は面白そうに言った。「お芝居は、どう始めますの」

「簡単です、アストウェル夫人、簡単です」と、小男の医者は言った。「ただ横になるだけでよろしいのです。はい、結構です。固くならずに」

「ちっとも固くなっていませんよ」と、アストウェル夫人は言った。「わたくしがほんとうに催眠術にかかるかどうか、ちょっと面白い見ものね」

ドクター・カザレはにっこりした。

「はい。しかし、同意してくださった以上、無理に催眠術をおかけするのではございません」と、医者は明るく言った。「はい、それで結構です。あの電灯を消していただけますか、ポアロさん。さあ、そのまま、ようくお眠り下さい、アストウェル夫人」

医者はちょっと体の位置を変えた。

「さあ、時刻もおそくなりました。だんだん――だんだん眠くなります。まぶたが重くなりますね。さあ、だんだん目がとじてきます――だんだん――だんだん。さあ、ずうっとそのまま、お眠りなさい……」

医者の声は、低く、眠たげに、単調に、やわらかくつづいた。まもなく、医者はかがみこんで、アストウェル夫人の右のまぶたを、ちょっとめくってみた。それから、ポアロにむかって満足そうにうなずいた。

「これでよし。つづけますか」彼は小声で言った。

「頼む」

医者は突然重々しい声で、はっきりと発音した。

「アストウェル夫人、眠っていても、わたしの声はきこえますね。わたしの質問に答えて下さい」

ソファの上の夫人は、体を動かさず、まぶたも動かさずに、低い単調な声で答えた。

「きこえます。質問に答えます」

「アストウェル夫人、あなたのご主人が殺された夜に戻って下さい。あの夜のことをおぼえていますね」

「はい」

「あなたは夕食の席についていています。見たり感じたりしたことを説明して下さい」

夫人はちょっと心許なげに体を動かした。

「わたしはとても悲しいのです。リリーのことが心配です」

「それはわかりました。何が見えるか言って下さい」

「ビクターは、塩づけのアーモンドをみんな食べてしまいます。食いしん坊です。あした、パースンズに言いつけましょう。ビクターの前には、アーモンドのお皿を置くなって」

「それから」

「ルーベンは今晩、不機嫌です。リリーのことばかりではなさそうです。何か仕事のことがあるのです。ビクターが妙な目つきでルーベンを見ています」

「トレファシスのことを話して下さい」

「シャツの左袖がほころびています。あたまにポマードを使いすぎます。男の人があまりポマードをつけると、居間の椅子のカバーが汚れて困ります」

カザレはポアロの顔を見た。ポアロは、つづけてくれと、あたまで合図をした。

「夕食はすみました、アストウェル夫人、今あなたはコーヒーを飲んでいます。その様子を話して下さい」

「今晩のコーヒーはおいしいわ。日によってずいぶんちがいます。料理人が下手でしてね。リリーは窓の外ばかり見ています。どうしてかしら。ルーベンがはいって来ました。今日はほんとに不機嫌で、トレファシスをひどく叱りつけています。トレファシスはペーパー・ナイフを握っています。ほんとうのナイフみたいに刃のするどい大きなナイフです。それを、関節が白くなるほど、ぎゅっと摑んでいるわ。ほら、先がテーブルに喰いこんでいる。テーブルクロスに穴があかないかしら。まるで、これから人を刺すために、短剣を摑んでいるような感じ。あ、トレファシスとルーベンは、部屋を出て行きました。リリーは緑色のイブニングを着ています。緑色の服を着るとかわいいわ。ほんとに百合《リリー》みたい。長椅子のカバーは来週お洗濯させなくちゃ」

「ちょっと待って下さい、アストウェル夫人」

医者はポアロに顔を寄せた。

「とうとう出ましたね」と医者はささやいた。「ペーパー・ナイフの件ですよ。それで秘書が犯人だと思いこんでいるのです」

「じゃあ、塔の部屋に場面を移して下さい」

医者はうなずき、ふたたび重々しい口調でアストウェル夫人に質問し始めた。

「夜がふけました。あなたはご主人と一緒に塔の部屋にいます。あなた方は喧嘩しましたね」

またもや夫人は不安そうに体を動かした。

「ええ――ひどい喧嘩をしました。わたくしも、主人も――二人ともひどいことを言い合いました」

「それはよくわかりました。今、部屋はよく見えていますね。カーテンがとじています。明かりがついていますか」

「天井の明かりはついていないわ。デスク・ランプだけ」

「あなたは部屋を出ていくところです。ご主人におやすみなさいと言います」

「いいえ、わたくし怒っていましたから」

「ご主人を見たのは、それが最後です。まもなくご主人は殺されます。その犯人をご存じですか、アストウェル夫人」

「ええ。トレファシスです」

「どうしてですか」

「どうしてって、ふくらんで――カーテンがふくらんでいるから」

「カーテンがふくらんでいたのですか」

「ええ」

「それを見たのですね」

「ええ。さわりそうになりました」

「そこに人が――トレファシスが隠れていたのですか」

「ええ」

「どうしてわかります」

ここで初めて、夫人の単調な声が、落ち着きを失った。

「わたくし――だって――ペーパー・ナイフが」

ポアロと医者は、すばやく視線をかわした。

「わかりませんね、アストウェル夫人。カーテンがふくらんでいたのでしょう？　だれかがそこに隠れていたのですね？　その人を見たのですか」

「いいえ」

「さっきのペーパー・ナイフの握り方で、それはトレファシスだと思ったのですね？」

「ええ」

「でも、トレファシスはもうとっくに自分の部屋へ帰ったのでしょう」

「ええ――そうです、もうとっくに部屋へ帰りました」

「それでは、カーテンのかげに隠れていたはずはありませんね」

「ええ――ええ、もちろん、いませんでした」

「トレファシスは、ご主人に挨拶をして、出て行ったのでしょう」

「ええ」

「それからあとは、トレファシスの姿を見なかったのですね」

「ええ」

夫人は、かすかに呻き声を上げ、しきりに体を動かしていた。

「意識が戻るところです」と、医者は言った。「さて、これで、もう聞きたいことはお終いですね」

ポアロはうなずいた。医者はアストウェル夫人にかがみこんだ。

「さあ、目がさめますよ」と、医者はやさしい声でささやいた。「さあ、だんだん目がさめてきました。そら、もうじき、目があきますよ」

二人の男が待っていると、まもなく、アストウェル夫人は上半身を起こし、二人をしげしげと見つめた。

「ちょっと、うたた寝をしたようだわ」

「そうです、アストウェル夫人、ほんのちょっと、うたた寝をなさいました」と、医者は言った。

夫人は医者の顔を見つめた。

「何かおまじないをかけたのね」

「気分はおわるくありませんか」と、医者は尋ねた。

アストウェル夫人はあくびをした。

「ちょっと疲れたような、ぐったりした感じね」

医者は立ちあがった。

「コーヒーをおいれするように申しつけましょう」と、医者は言った。「これで、わたしどもは一応、失礼させていただきます」

「わたくし——何か言いました」と、出て行きかけた二人の男に、アストウェル夫人が尋ねた。

ポアロはにっこりした。

「たいしたことはおっしゃいませんでした。居間の長椅子のカバーを洗濯しなければいけない、とおっしゃっていました」

「そうなのよ」と、アストウェル夫人は言った。「それを言わせるためなら、催眠術をかける必要はございませんでしたよ」夫人は面白そうに笑った。「何かほかのことは？」

「あの晩トレファシスが、居間でペーパー・ナイフをいじっていたのを、おぼえていらっしゃいますか」と、ポアロが尋ねた。

「さあ、どうだったかしら」とアストウェル夫人は言った。「いじっていたかもしれませんね」

「カーテンがふくらんでいた、と言われて、何か思いあたることがありますか」

アストウェル夫人は顔をしかめた。

「思いあたるような気もするし――」と、夫人はゆっくり言った。「いいえ――おぼえはないわ――でも――」

「よろしいのです、アストウェル夫人」とポアロは言った。「たいしたことではありません――なんの意味もございません」

医者は、ポアロの部屋へ案内された。

「さて」と、カザレは言った。「これで事態はかなりはっきりしてきたようだね。ルーベン卿が秘書を叱りつけていたとき、秘書がペーパー・ナイフを握りしめていたことは、うたがう余地がない。よほど我慢して、口答えしなかったのだろう。アストウェル夫人の目ざめた意識は、ほとんど完全にリリー・マーグレイブの問題でいっぱいだったが、夫人の潜在意識は、秘書の行為を記録し、それに解釈を加えていたわけだ。

トレファシスがルーベン卿を殺したということは、夫人の心にはっきりと植えつけられた。ところで、カーテンがふくらんでいたとは、面白いね。きみの話だと、塔の部屋のデスクは、窓のすぐそばだったたね。その窓には、もちろん、カーテンがあるんだろうな」

「あるとも、きみ《モナミ》、黒いビロードのカーテンだ」

「その窓の朝顔形の部分には、人が隠れるくらいの余地はあるかね」

「ちょうどそれくらいの余裕があったと思うな」

「とすると、すくなくとも可能性として」と、医者はゆっくり言った。「だれかがそこに隠れていたということは、考えられるね。しかし、そうだとすると、それは秘書じゃない。秘書が部屋を出て行くのは、夫妻ともに見ているのだから。それから、ビクター・アストウェルでもない。トレファシスが、ビクターの出て行くところは、見ているからね。それから、リリー・マーグレイブでもありえない。まあ、そこに隠れていたのが、だれであるにせよ、その人物は、ルーベン卿がその夜部屋にはいる以前に忍びこんだということになるな。きみが話してくれた、例のネイラー大尉はどうだい。カーテンのかげにいたのは、その男じゃないだろうか」

「可能性はある」と、ポアロは認めた。「彼はホテルで食事をしたことは確かだが、そのあと、どれくらい経ってから外出したのかは、確かめられない。ホテルに帰ったのは十二時半頃だそうだ」

「じゃあ、その男かもしれない」と、医者は言った。「だとすれば、その男が犯人だね。動機もあるし、兇器も手近なところにあった。しかし、きみはご不満らしいな」

「わたしは、ほかのことを考えていた」と、ポアロは素直に認めた。「ひとつ、きみ《ドクトウール》、教えてくれないか。もしもアストウェル夫人が犯人だと仮定した場合、催眠術にかけられて必ず事実を語るものだろうか」

　医者は、ひゅうと口笛を吹いた。

「そんなことを考えていたのか。アストウェル夫人が犯人だって？　むろん、可能性はある。ぼくは今の今まで、そんなことは考えもしなかったがね。生きている卿を最後に見たのは、夫人だ。そのあとは、だれも卿の姿を見ていない。今のきみの質問についていえば、ぼくの考えとしては——ノーだね。アストウェル夫人は、おなじ催眠術にかかるにしても、犯罪における自分の役割だけは語るまいという、強い精神的抑制を持つはずだ。ぼくの質問にウソの答えはしないとしても、一点については沈黙を守るだろう。

しかし、それだとすればトレファシス犯人説にあれほど固執したのは妙だよ」

「なるほど」と、ポアロは言った。「しかし、アストウェル夫人が犯人だと言いやしなかったぜ。ただの仮定だ」

「面白い事件だね」と、ややあって、医者が言った。「チャールズ・レバースンが無実だとしても、ほかに容疑者候補は大勢いる。ハンフリー・ネイラー、アストウェル夫人、それにリリー・マーグレイブだってそうだ」

「もう一人、きみの言わなかった人がいる」と、ポアロは静かに言った。「ビクター・アストウェルだ。彼自身の申し立てによれば、ドアをあけて、チャールズ・レバースンの帰りを待っていたというんだが、それはあくまでも彼自身の申し立てなんだ」

「それは気性の激しい男だったね」と、医者は尋ねた。「きみが言っていた、例の？」

「そうだ」と、ポアロはうなずいた。

医者は立ちあがった。

「さて、そろそろロンドンへ帰るとしよう。この事件の顚末《てんまつ》は教えてくれるね」

医者が出て行くと、ポアロはベルを鳴らして、ジョージを呼んだ。

「ジョージ、ハーブティーを一杯頼むよ。神経がくたびれた」

「かしこまりました」と、ジョージが言った。「すぐお作りいたします」

十分後に運ばれて来た、湯気の立つハーブティーを飲みながら、ポアロはひとりごとを言った。

「相手変われば、狩りの仕方も変わる。キツネを捕えるには、犬を連れて永いこと馬で駆けなきゃならん。どなって、走る。スピードの問題だ。わたしは鹿狩りに行ったことはないが、鹿となると、永い時間、もっぱら匍匐《ほふく》前進だそうだ。友だちのヘイスティングズがそう言っていたよ。ねえ、ジョージ、この事件の場合、どちらの方法も役に立たんな。猫のことを思い出してみよう。猫は永いあいだ、一つの穴を見つめて身動きもしない。けっしてエネルギーを外にあらわさないが、かといって――あきらめもしない」

探偵は溜め息をついて、空の茶碗を受け皿に置いた。

「われわれは二、三日の予定だったね。ジョージ、あしたロンドンに行って、二、三週間ここに滞在する支度をしてきてくれないか」

「かしこまりました」と、ジョージは言った。例によって感情はすこしも表に出さない。

エルキュール・ポアロの滞在が長びくように見えたので、モン・ルポ荘の住人たちは、さまざまな反応を示した。ビクター・アストウェルも兄嫁にこう言った。

「結構なことさ、ナンシー。ああいう類いの人間を、ねえさんは知らないんだ。ここが居心地がいいもんだから、奴は一《ひと》月でも二《ふた》月でも居座る気だぜ。その間、ねえさんの金を使ってさ」

わたしのことは放っておいてちょうだいというのが、アストウェル夫人の答えだった。

リリー・マーグレイブは、懸命に動揺を外にあらわすまいとしていた。初めのうち、ポアロは娘の話を信じてくれたように見えた。しかし、今では、どうなのだろうか。

ポアロは、ひそかに計画を進めているというふうにも見えなかった。滞在五日目の夕食の時に、ポアロは指紋帖を持って来た。一同の指紋を集めるやり方としては、きわめて拙劣で、見えすいた方法ではないか。それでも、一同はおとなしく指紋を押したのだった。小男が寝室にひきあげてから、ビクター・アストウェルが意見を述べた。

「わかるか、ナンシー、奴の心づもりが。おれたちのなかのだれかを狙ってるんだ」

「ばかなことを言わないで、ビクター」

「だって、あの下らない指紋帖とやらに、ほかにどんな意味があるんだね」

「ポアロさんは何もかも心得ているのよ」と、アストウェル夫人は満足そうに言い、意味ありげにオーエン・トレファシスの顔を見つめた。

また別の日に、ポアロは、紙の上でする足跡ゲームというのを、一同に教えた。その次の日の朝、探偵が忍び足で書斎にはいって行くと、オーエン・トレファシスは、まるで拳銃ででも射たれたように椅子から跳びあがった。

「どうも失礼いたしました、ポアロさん」と、秘書は几帳面にあやまった。「でも、びっくりしました。あなたのおかげで、わたしどもはみんな神経質になっております」

「そうですか。それはまた、なぜ」と、小男は無邪気に尋ねた。

「正直を申しますと」と、秘書は言った。「チャールズ・レバースンが犯人だということは、ほとんど確実だと思っていたのです。でも、ポアロさんはそう思っていらっしゃらないのですね」

窓から外を眺めていたポアロは、突然振り向いた。

「トレファシスさん、内緒で教えて上げましょうか」

「は？」

ポアロはそこで間をおいた。やがて喋り出したその声は、何かを内緒で教えるにしては、大きすぎる声だった。ちょうどそのとき、玄関からだれかがはいって来て、その足音とポアロの声とが入れまじった。

「トレファシスさん、とくに内緒でお教えしましょう。あたらしい証拠が見つかったのです。それによりますと、チャールズ・レバースンがあの夜、塔の部屋にはいって行ったとき、ルーベン卿はすでにお亡くなりになっていたんです」

秘書はポアロの顔を見つめた。

「でも、どんな証拠なのでしょう。わたくしたちは聞いておりませんが」

「今に聞きますよ」と、小男は意味ありげに言った。「それまでは、だれにも言わないで下さいね」

そしてすばやく部屋を跳び出した探偵は、ドアの外であやうくビクター・アストウェルと鉢合わせしそうになった。

「おや、今おもどりですか」

アストウェルはうなずき、息を切らして言った。

「今日は外はいかんよ。寒くて、風が強い」

「ああ」と、ポアロは言った。「こんな日は、わたしは散歩をいたしません。猫のように炉ばたで丸くなっていますよ」

「うまくいくぞ、ジョージ」と、その晩、両手をにぎりしめて、探偵は忠実な従僕に言った。「みんなそろそろ気をもみ始めた。猫の真似《サ・マルシュ》は辛いがね、ジョージ、じっと待っていれば、それだけの成果はあがる。あしたは、もっと面白いことをするぞ」

翌日、トレファシスは、ロンドンへ行く用事があり、ビクター・アストウェルとおなじ列車で出かけて行った。二人の姿が消えるや否や、ポアロは、ただちに猛烈な活動を開始した。

「さあ、ジョージ、急いで仕事にかかろう。メイドが部屋に近づいたら、きみが喰い止めてくれ。当たらずさわらずのお世辞でも言って、廊下に釘づけにしておくんだ」

探偵はまず秘書の部屋を、隅から隅まで探した。引き出し一つ、棚一つといえども、見逃されはしなかった。それから、大急ぎですべての品物を元の場所にもどし、仕事はすんだよと従僕に言った。戸口で見張りに立っていたジョージは、咳ばらいした。

「失礼ですが――」

「なんだいジョージ」

「靴でございます。茶色の二足の靴は、二番目の棚で、エナメル靴はその下の棚にありました。それが今は逆になっております」

「きみはすばらしい！」と、ポアロは両手を上げて叫んだ。「しかし、それは心配しなくてもいいんだ。ほんとに、そんなことはどうでもいいんだよ、ジョージ。そんなつまらんことは、トレファシスさんも気がつくまいよ」

「それでしたら結構ですが」と、ジョージ。

「きみが気がつくのは、まったくおみごとというほかない」と、ポアロははげますように従僕の肩を叩いた。「たいした人だ」

従僕はそれには答えず、そのあと、おなじような捜索がアストウェル氏の部屋でも繰り返され、引き出しのなかの下着が元どおりに入れられなかったときは、もう何も批評しなかった。だが、すくなくとも、この二番目の場合にかぎっていえば、従僕は正しく、ポアロはまちがっていたのである。その夜、ビクター・アストウェルが居間にどなりこんできた。

「おい、ベルギーの探偵君よ、お前さんはどういうつもりでおれの部屋をひっかきまわしたんだ。一体全体、何を見つけ出すつもりだったんだ。おれは、お前さんの欲しいものなんぞ、持っちゃいないぜ。家んなかに、スパイ野郎を入れておくと、これだからいやになるんだ」

ポアロは両手をひろげ、雄弁にあやまりはじめた。まことに、まことに、まことに申しわけございません。わたくしはとんだぶざまな、けしからぬことをいたしました。あなた様の人権を侵害したと言われましても、返すことばもございません。そんな詫びことばがつづくうちに、憤然たるビクター・アストウェルも不承不承鎮まったのである。

そして、その夜、ハーブティーをすすりながら、ポアロはジョージにつぶやいた。

「うまくいくぞ、ジョージ。いや、まったく――うまくいくぞ」

「金曜日だ」とエルキュール・ポアロはしみじみと言った。「わたしの好運の日だ」

「さようでございますか」

「ジョージ、きみは迷信をかつがないほうかい」

「食卓で十三人目の席に座らないとか、梯子の下をくぐらないとか、そういうことは気をつけますが、金曜日の迷信は存じません」

「それはよかった」と、ポアロは言った。「今日はわれわれのワーテルローだからな」

「さようでございますか」

「ジョージ、きみは興奮のあまり、今日は何をするのだと訊きもしないんだね」

「今日は何をするのでございますか」

「今日はね、ジョージ、最終的に塔の部屋を徹底的に探してみるのだ」

なるほど、朝食のあと、ポアロはアストウェル夫人の許可をえて、犯罪の現場へ行った。そこで、午前中いっぱいかかって、探偵が四つん這いになって床を調べ、黒いビロードのカーテンを隅から隅まで撫で、足長の椅子に乗って壁の額縁を叩いているのを、この家の住人たちは横目で眺めていた。最初に不安を表明したのは、アストウェル夫人だった。

「正直言って、あの人のやり方は、そろそろ神経にさわってきたわ。何かわたしたちに隠しているらしいけれど、それがなんだかわからない。ああやって犬みたいに這いずりまわっているのを見ると、ぞっとしてくる。一体何を探しているのかしら。リリー、ちょっと行って、様子を見て来てくれない？　いや、でも、あなたはここにいてくれたほうがいいわ」

「わたくしが見てまいりましょうか、奥様」と、秘書がデスクから立ちあがった。

「じゃ頼むわ、トレファシス」

オーエン・トレファシスは部屋を出て、塔の部屋に通じる階段を上った。のぞきこむと、塔の部屋にはだれもいない。エルキュール・ポアロの影も形もない。帰ろうとすると、物音がきこえた。小男は、上の寝室に通じる螺旋階段の中途にいたのである。

探偵は階段に両膝をついていた。左手に小さなポケット・レンズをかまえ、階段の敷物の脇の木の枠を、しきりにのぞきこんでいる。

秘書が眺めていると、探偵は突然唸り声を発し、レンズをポケットにしまった。そして何かを人差し指と親指で、つまんで立ちあがった。その瞬間、秘書の姿が目にはいったらしい。

「ああ！　トレファシスさん、気がつきませんでした」

そのときの探偵はまるで別人だった。勝利の喜びが満面にみなぎっている。トレファシスはおどろいて、ポアロを凝視した。

「どうなさいました、ポアロさん。ずいぶんうれしそうですね」

　小男は胸をふくらませた。

「うれしいですとも。だって、前々から探していたものが、今ようやく見つかったのですからね。この人差し指と親指のあいだにはさんでいるのは、犯人を指名するのになくてはならぬものです」

「とおっしゃると」と、秘書は眉を上げた。「犯人はやはりチャールズ・レバースンではなかったのですね」

「チャールズ・レバースンではありませんでした」と、ポアロは言った。「今、この瞬間まで、犯人はわかっていたことはいたのですが、それを名指す自信がなかった。しかし、ついに何もかも明白となりました」

　探偵は螺旋階段をおりて来て、秘書の肩を叩いた。

「わたしはすぐロンドンへ帰らねばなりません。アストウェル夫人によろしく。今晩九時に、この塔の部屋に、みなさん集まっていただきたいのです。それを夫人にお願いして下さいませんか。わたしも九時にはここへ来て、真相を発表します。ああ、なんという晴れやかな気分だろう」

そして妙な踊りをおどりながら、探偵は塔の部屋を出て行った。トレファシスはぽかんとして、その後ろ姿を見送った。

数分後、ポアロは書斎にあらわれ、だれか小さなボール紙の箱を持っていませんかと言った。

「残念ながら、わたしはボール紙の箱を持っていないのです」と、探偵は言いわけした。「非常に大切なものを入れておきたいのですが」

デスクの引き出しから、トレファシスが小さな箱を出してやった。ポアロはうれしそうに何度も礼を言った。

それから、その箱をかかえて階上にあがり、踊り場に出て来たジョージに、それを手渡した。

「このなかには、非常に大事なものがはいっている。わたしのドレッシング・テーブルの、上から二番目の引き出しに入れておいてくれ。真珠のカフスを入れた宝石箱の脇にね」

「かしこまりました」と、ジョージは言った。

「こわさないようにね」と、ポアロ。「気をつけるんだよ。この箱のなかにあるものが、一人の人間を死刑にするんだから」

「ほんとうでございますか」と、ジョージ。

ポアロはまた階段をおり、帽子をかぶるや否や、一目散に飛び出して行った。

9

帰りはひどく静かだった。忠実なジョージが、命じられたとおり、裏口から探偵をなかに入れた。

「みんな塔の部屋に集まったね」と、ポアロは訊いた。

「はい、集まっておられます」

さらに二こと、三こと、低い声でやりとりがあってから、ポアロは足どりも誇らしげに、つい一月《ひと》ほど前に殺人のあった部屋へと上って行った。そこには一同が集まっていた。アストウェル夫人、ビクター・アストウェル、リリー・マーグレイブ、秘書、それから執事のパースンズ。執事は戸口で不安そうに立ちすくんでいた。

「ジョージが、わたしにもここにいろと言いましたので」と、ポアロの姿を見るとパースンズは言った。「いてもよろしいのでございましょうか」

「いいとも」と、ポアロ。「ぜひ、ここにいて下さい」

探偵は部屋の中央に進み出た。

「この事件は非常に興味ぶかい事件でした」と、ポアロはゆっくりと、思いにふけるように喋り出した。「興味ぶかいと申しますのは、ルーベン・アストウェル卿を殺す動機をみなさんが持っておられたからです。卿の財産を相続するのは？　チャールズ・レバースンと、アストウェル夫人です。あの夜、最後まで卿と一緒におられたのは？　アストウェル夫人です。卿と激しい口論をなさったのは？　これまたアストウェル夫人です」

「あなた、何をおっしゃるのです」と、アストウェル夫人が叫んだ。「わけがわからないわ。わたくしは——」

「しかし、ほかの方もルーベン卿と口論なさいました」と、ポアロは静かにつづけた。「あの夜、激怒して、この部屋を出ていかれた方は、ほかにもおります。アストウェル夫人があの夜の十二時十五分前に、生きておられた卿をあとに残して、この部屋を出ていかれたとすれば、チャールズ・レバースン氏が帰って来た時刻までに、十分間の時間があきます。その十分間のうちに、だれかが三階からおりて来て、殺人を行ない、ふたたび部屋へ戻ることとは、けっして不可能とはいえません」

ビクター・アストウェルが叫び声を上げて、椅子から立ちあがった。

「一体なんの――？」と、ビクターは、怒りに声をつまらせた。

「アストウェルさん、あなたは、かつて西アフリカで激怒のあまり人をひとり殺しましたね」

「ウソだわ」と、リリー・マーグレイブが叫んだ。

娘は両手を握りしめ、頬を紅潮させて立ちあがっている。

「ウソだわ」と、娘は繰り返し、ビクター・アストウェルに近寄った。

「ほんとうなんだ、リリー」とアストウェルが言った。「ただし、この野郎のおそらく知らないことがある。おれが殺した男は、あの辺の妖術使で、子供を十五人も殺したんだ。それでおれの申し開きも立つと思う」

リリーはポアロに近寄った。

「ポアロさん」と、娘は熱をこめて言った。「あなたはまちがっていらっしゃるわ。気性が激しいというだけで、ときどきカッとすると乱暴なことばを使うというだけで、その人を殺人犯人だと決めてしまうわけにはいきません、アストウェルさんは絶対に――そう、絶対に、そんなことのできる方ではないんです」

ポアロは面白そうな微笑を浮かべて、娘の顔を見つめた。それから、しずかに娘の手をとり、そっと言った。

「なるほど、マドモアゼル、あなたも直観を信じ、アストウェルさんを信じておられるのですね」

リリーはしずかに言った。

「アストウェルさんは、正直な、いい方です。この方は、ムパーラ金鉱の内幕とはなんの関係もなかったのです。こんないい方は、どこを探したっていやしません。わたくし――この人と結婚の約束をしました」

ビクター・アストウェルが娘に近寄り、その手を握りしめた。

「ポアロさん、誓って言うが、おれは、兄貴を殺さなかったよ」

「それはわかっています」と、ポアロは言った。

そして部屋中を見まわした。

「みなさん、よくお聞きください、アストウェル夫人は、催眠術にかかっていただいたとき、あの夜、カーテンがふくらんでいたのを見たとおっしゃいました」

一同の視線が窓にそそがれた。

「じゃあ、そこに泥棒が隠れていたってのかね」と、ビクター・アストウェルが叫んだ。

「なんておみごとな解決だ！」

「ああ！」と、ポアロはしずかに言った。「でも、その、カーテンではないのです」

探偵はくるりと体の向きを変え、小さな螺旋階段を隠しているカーテンを指さした。

「ルーベン卿は、事件の前夜、上の寝台をお使いになりました。そして翌朝の食事をベッドでとりながら、トレファシスさんをそこへ呼び、いろいろ指示を与えました。その際、品物がなんであったかはわかりませんが、とにかく、トレファシスさんは何かをそこに忘れて来たのです。その日の夜、ルーベン卿とアストウェル夫人に挨拶をして退出するとき、トレファシスさんはそのことを思い出し、螺旋階段を上って、その品物を取りに行きました。アストウェルご夫妻は、すでに激しい口論を始めておられたので、トレファシスさんの行方には気がつかなかった。その喧嘩のさいちゅうに、トレファシスさんは螺旋階段をおりて来たのです。

そのときのご夫妻の口論の内容が、ごく内輪の、私的なものであっただけに、トレファシスさんはきわめてまずい立場に立たされました。お二人が、秘書はすでに部屋の外へ出て行ったと思っておられたことは、トレファシスさんにもよくわかりました。これが知れたら、ルーベン卿はどんなに立腹されるかもしれない。止むをえないから、このままここにしばらくいて、あとでこっそり脱け出そう。トレファシスさんはそう決心して、カーテンのかげに立っていたわけですが、アストウェル夫人はそのあと部屋を出て行かれるとき、無意識的にカーテンのふくらみをごらんになっていたのです。

アストウェル夫人が部屋を出て行かれたあと、トレファシスさんはこっそり脱け出そうとしましたが、ルーベン卿が偶然うしろを向いたので、たちまち見つかってしまいました。すでにご機嫌ななめだったルーベン卿は、ここで猛烈にトレファシスさんを叱責し、立ち聞きをしていたのだ、スパイだと言って、責めさいなみました。

みなさん、わたしはいささか心理学を学んだ者です。この事件の初めから、わたしが求めていたのは、たんに気性の激しい男あるいは女ではありませんでした。気性の激しさは、それ自体、一種の安全弁となります。吠える犬は嚙みつきません。そう、わたしが探していたのは、気性のおだやかな人間でした。忍耐づよく、自制心に富み、九年間も負け犬の役を演じつづけてきた人間です。長期間にわたる忍耐ほど大きな緊張というものは、ほかにございません。徐々に積み重ねられた恨みほど強い恨みは、ほかに考えられません。

九年間というもの、ルーベン卿は秘書をいじめにいじめぬき、九年間というもの、その人は黙って耐えてきました。しかし、ある日、とうとう緊張がその極度に達します。何かがぷつりと切れます！　あの夜がまさにそれでした。ルーベン卿はさんざん叱ってから、ふたたびデスクに向かいました。だが秘書は、おとなしく戸口から出て行く代わりに、重い棍棒をふりかざし、恨み重なる男の脳天をなぐりつけたのです」

探偵はトレファシスのほうに向きを変えた。トレファシスは石化したように、身動きもせず、探偵の顔を凝視している。

「きみのアリバイは簡単に成立した。アストウェルさんは、きみは部屋にいると思っておられたが、きみが部屋に帰るのを見た人はいないのだからね。ルーベン卿をなぐり倒してから、逃げ出そうとすると、足音がきこえたので、きみはまたもやカーテンのかげに隠れた。そしてチャールズ・レバースンが来たときも、リリー・マーグレイブが来たときも、きみはずうっとカーテンのうしろにいたのだ。そのあと、しばらく経ってから、静まり返った家のなかを、足音を忍ばせて、自分の部屋に帰ったのだ。どうだ、ちがうかね」

トレファシスはどもった。

「わた――わたくしはけっして――」

「ああ！　お終いに言っておこう。二週間前から、わたしは喜劇を演じつづけてきた。きみを捕える網が徐々に締まっていくのを、わざときみに見せつけた。指紋帖、足跡ゲーム、わざと元どおりにしておかない家宅捜査。そういうことを積み重ねて、きみに恐怖を吹きこんだ。あの部屋に指紋を残さなかったか、どこかに足跡を残さなかったかと、きみは夜な夜な思い悩み、恐怖にふるえたにちがいない。

おそらく、あの夜にしたこと、あるいは、しなかったことを、きみは何度も何度も思い出し、確かめ、それを繰り返した。今日わたしが、きみがあの夜隠れていた階段のあたりから、なにかを拾い上げたとき、きみの目にははっきり恐怖の色が浮かんだ。そこで、わたしはその物を小さな箱に入れ、わざと大っぴらにジョージに預け、外出したのです」

ポアロはドアにむかって言った。

「ジョージ」

「ここにおります」

従僕がはいって来た。

「みなさんに、わたしの計略をお話ししなさい」

「わたしは言いつけられたとおりの場所にボール紙の箱を置いてから、ポアロ様の部屋の洋服簞笥のなかに隠れました。午後三時半になりますと、トレファシス様がおいでになって、引き出しをあけ、問題の箱を持って行ってしまわれました」

「その箱のなかには」と、ポアロがあとをつづけた。「普通のピンが一本はいっていました。わたしはウソをけっして申しません。今朝方、あの螺旋階段で、ほんとうにピンを拾ったのです。英国の諺で、『ピンを拾えば、その日はきっといいことがある』と申すではありませんか。わたしにも、いいことがありました。殺人犯を発見しました」

ポアロは秘書のほうに向き直って、やさしい声で言った。

「わかったね？　きみはもう自白したも同然なのだ」

突然、トレファシスの緊張がほどけた。両手で顔を覆い、すすり泣きながら、椅子にふらりと腰をおろした。

「わたしは、気が変になっていた」と、トレファシスは呻いた。「気が変になっていたのです。でも、ああ、あの方は、わたしをいじめて、いじめて、いじめぬいた。気が変になるほど。何年も前から、わたしは憎んでいた。あの方を呪っていた」

「やっぱり！」と、アストウェル夫人が叫んだ。

そして残忍な喜びに頬をほてらせ、椅子から立ちあがった。

「やっぱりこの人が犯人だったわ」

残忍に、勝ち誇ったように、夫人は突っ立っていた。

「おっしゃったとおりでした」と、ポアロは言った。「いろいろなことが、いろいろな名称で呼ばれますが、事実はあくまでも事実です。アストウェル夫人、あなたの〈直観〉が正しかったことは証明されました。おめでとうございます」


（小笠原豊樹訳）

二十四羽の黒つぐみ

Four-and-Twenty Blackbirds

エルキュール・ポアロはチェルシーのキングズ・ロードにある料理店〈ギャラント・エンデヴァ〉で、友人のヘンリ・ボニントンと食事をしていた。

ボニントン氏はギャラント・エンデヴァがごひいきなのだ。ゆったりした雰囲気と、〝あっさり〟した〝英国風〟の〝ごてごてしない〟料理がお気に召していた。それにまた食事の相手に、そこはオーガスタス・ジョンがよく座っていた場所だと教えてやったり、常連名簿に記された著名な芸術家たちの名前に相手の目を向けさせたりするのが、大好きだった。ボニントン氏その人はおよそ芸術とは縁遠い人種だが――他人の芸術活動にある種の誇りを感じていた。

ものわかりのいいウェイトレスのモリイがボニントン氏に旧知のごとく挨拶した。彼女は客の食べ物の好き嫌いをおぼえているのがご自慢だった。

「いらっしゃいませ」とモリイは、隅のテーブルに腰をおろした二人の紳士に言った。「今日はご運がよろしゅうございます——七面鳥の栗の実詰め——たしかお好きでいらっしゃいましたね？　それからとてもよろしいスティルトン・チーズがございます！　最初はスープになさいます？　それともお魚に？」

ボニントン氏は思案した。そしてメニューを眺めているポアロに向かって、警告するように言った。

「フランス風の凝った料理なんぞありゃせんよ。念入りに調理した英国風の料理だけだ」

「いや、あなた」エルキュール・ポアロは手を振った。「それでじゅうぶんだとも！　万事そちらにお任せしますよ」

「ああ——えへん——ええ——ふむ」とボニントン氏は答えて、あたえられた課題を慎重に検討した。

これらの重大問題とワインの選定が落着すると、ボニントン氏はほっと溜め息をつき、椅子の背にもたれかかってナプキンをひろげ、モリイは足早に立ちさった。

「いい子だ、あれは！」彼は満足そうに言った。「昔は、たいした美人だった——画家たちがモデルにしたものだ。料理のこともよく知っておる——こちらのほうがずっと大事なことでね。女なんて料理についてはいいかげんだからねえ。好きな男と食事に出ても——食っているものには無頓着な女が多いよ。最初に目にはいった料理を注文するんだからな」

　エルキュール・ポアロはかぶりを振った。「ひどいものだね《セ・テリブル》」

「男はそんなことはないからな、ありがたいことだ！」ボニントン氏は満足そうに言った。

「そうかな？」エルキュール・ポアロの目がくるりと動く。

「まあ、ごく若いうちは別だよ」ボニントン氏は認めた。「若造どもはね！　近頃の若いもんはおしなべて——度胸もなければ——意気地もない。ぼくはやつらに用はないし、やつらはやつらで——」と彼は厳正公平に付け加えた——「ぼくに用はない。まあそうだろうよ！　だが一部の若いもんの話を聞いていると、人間は六十すぎたら生きている権利がないんじゃないかという気がしてくる！　年寄りの身内をあの世に送るのにもっとたくさんの若ものが手を貸しているんじゃないのかねえ」

「それぐらいやっているかもしれない」エルキュール・ポアロは言った。

「なかなかいい頭をしているな、きみは。警察の仕事なんぞにかかわっているから、あたら理想もくずれてしまうんだねえ」

エルキュール・ポアロは微笑した。

「いずれにしても《トゥ・ド・メーム》」と彼は言った。「六十歳以上のお年寄りの事故死の一覧表を作成してみるのも興味深いだろうね。あなたの好奇心をかきたてること請け合いだ」

「きみの困ったところは、みずから犯罪をつつき出そうとするところだな――犯罪がむこうからやってくるのを待たないで」

「いや、すまない」とポアロは言った。「いわゆる、ところかまわず仕事の話なんぞしてすまなかったね。どうか、わが友、そちらの話を聞かせてくれたまえ。そちらの世情はいかがなものですかね？」

「なんともかんとも！」ボニントン氏は言った。「昨今の世のなかときたら、いやもうめちゃめちゃ。そして美辞麗句の氾濫。その美辞麗句が世間の混乱をかくしているんだな。風味のいいソースで、魚のまずいのをごまかすようなものだ！　ごてごてしたソースなんぞかかっていないひらめの切り身そのものが欲しいよ」

　まさにそのときそれがモリイによって運ばれてきたので、彼はわが意をえたりとばかり鼻を鳴らした。

「ぼくの好みをよく心得ているね、きみは」と彼は言った。

「あら、ちょくちょくおいで下さいますから。お好みを存じ上げるぐらい当たり前です」

　エルキュール・ポアロが言った。

「すると人の好みはいつも同じなのかな！　たまには変えたくはないものだろうか？」

「殿方はお変えになりませんです。ご婦人方は、いろいろちがったものがお好きですが――殿方はいつも同じものを召しあがります」

「ぼくがさっきなんと言った？」ボニントンが不平がましく言った。「女というものはこと食いものにはまったくいいかげんなのさ！」

　彼はレストランのなかを見わたした。

「世間って、おかしなもんだな。あの隅にいる奇妙な風体《ふうてい》の髭の老人を見たまえ。モリイの話じゃ、火曜日と木曜日の夜は必ず現われるんだそうだ。もうかれこれ十年近く通っているだろう――いわばここの主《ぬし》だ。ところがだれ一人彼の名前も住んでいる場所も職業も知らないんだからね。考えてみればおかしな話じゃないか」

　ウェイトレスが七面鳥を運んでくると、彼は言った。

「あそこの古時計さんはまだ来ているんだね？」

「そうなんですよ。火曜日と木曜日ときまっておりますんです。ところが先週は月曜日、にお出でになりましてねえ！　ほんとうにあわててしまいました！　こちらで日日《ひにち》を間違えていてほんとうは火曜なのかしらと思ったくらいです。でも次の晩もお見えになりましたから――月曜日はいわば臨時というわけだったんでしょう」

「習慣からの不可思議な逸脱」ポアロは呟いた。「その理由はなんだったのだろう？」

「そうですね、考えますに、何か心配事でもおありになったんでしょう」

「なぜそう思った？　そぶりで？」

「いいえ――そぶりというのじゃありません。いつものように落ち着いていらっしゃいましたよ。いらしたときとお帰りになるときご挨拶なさるほかは、いつもあまりお口をおききになりません。ええ、変わってましたのは、ご注文なんですよ」

「注文？」

「みなさまきっとお笑いになるかもしれませんが」モリイは頬を染めた。「殿方が十年もここへお通いになれば、おのずからお好みもわかってまいります。あの方は、キドニー・プディングや黒いちごはお嫌いですし、ポタージュは召しあがりません――ところがあの月曜日の晩にかぎって、トマトのポタージュとビーフステーキとキドニー・プディング、おまけに黒いちごのタルトをご注文になったんです！　なにを注文したのかわの空というふうに見えました！」

「ほほう」とエルキュール・ポアロは言った。「それはなかなか興味深い」

モリイは嬉しそうな顔をして立ち去った。

「さあ、ポアロ」ヘンリ・ボニントンはくすくす笑いながら言った。「きみの推理を拝聴しようじゃないか。みごとなお手の内をな」

「あなたのほうから先に聞かせてくれたまえ」

「ぼくがワトスンというわけかな、ええ？　そう、きっとあのじいさん、医者へ行って、医者から食餌を変えるように命じられたんだ」

「トマトのポタージュとステーキとキドニー・プディングと黒いちごのタルトに？　そんな処方を出す医者がいるとは思えない」

「とんでもないよ、きみ。医者なんてなにを処方するかわかったもんじゃない」

「あなたが思いついた推理は、そんなところですか？」

ヘンリ・ボニントンは言った。

「いや、真面目に考えれば、解釈はたった一つだ。その身元不明の紳士はある種の強烈な精神的動揺をうけておった。あまり取り乱していたために、文字どおり、自分がなにを注文したかも気がつかなかったというわけだ」

彼はしばし口をつぐんでから、言葉をついだ。

「と言うときみはすぐに、彼がなにを考えておったかわかると言うだろう、やつは人殺しをする肚をきめておったのだとでも言うんだろうね」

ボニントン氏は自分の言葉に大声で笑った。

エルキュール・ポアロは笑わなかった。

そのとき彼は本気で心を痛めていたのである。今にして思えば、あのとき起こりうる事態に気づかなかったのは迂闊《うかつ》だった。

友人たちは、そんな考えはいかにもばかげていると言うのだが。


それから三週間ほど経ったある日、エルキュール・ポアロはまたボニントンに出会った——今度は地下鉄のなかだった。

二人は近くの吊り革にぶらさがって揺られながら、互いにうなずき交した。やがて、ピカデリー・サーカスでどっと人が降りると、二人は車両の前のほうに空席を見つけた——そこは人が乗りおりしないので静かな場所だった。

「ここならいい」ボニントン氏は言った。「自分勝手なものだ、人類というのは。どんなにたのんだって、電車をやりすごすようなことはしないんだから！」

エルキュール・ポアロは肩をすくめた。

「あなたならそうしますかね？」と彼は言った。「人生なんてあてになりませんよ」

「まったくだ。今日あったかとおもえば明日はない」ボニントン氏は陰鬱そうな面持ちで言った。「それなんだがね、〈ギャラント・エンデヴァ〉で見かけたじいさん、憶えているかね？　あの世へ行っちまったと言ってもおどろかないね。まる一週間あそこに姿を現わさないんだよ。モリイがたいそう気に病んでいる」

エルキュール・ポアロはほっとしたように背を伸ばした。緑色の目がきらりと光った。

「ほんとうに？」と彼は言った。「ほんとうに？」

ボニントンが言った。

「あの時ぼくがこう言ったのを憶えているかい、きっと、じいさん、医者のところへ行って、食餌を制限されたんだと？　食餌制限なんてくだらんが――医者に診てもらいに行ったのは事実で、そこでちょっとショックなことを言われたんじゃないかな。とすれば、彼が茫然自失して、メニューにあるものを片端から注文していたという説明もつくわけだ。受けたショックが、寿命をちぢめたのだと考えられないこともないな。医者というものは、患者にあたえる言葉には気をつけるべきだよ」

「ふつう気をつけるもんだが」とエルキュール・ポアロは言った。

「や、ここで降りるんだ」ボニントン氏は言った。「失敬。あのじいさんの正体は永久にわかるまい――名前なんぞなおさらだ。まったくおかしな世のなかだよ！」

彼はそそくさと電車を降りた。

眉をひそめているエルキュール・ポアロは、世のなかはそれほどおかしくはないというような顔つきだった。

彼は帰宅すると、忠実な執事ジョージに、ある仕事を命じた。


エルキュール・ポアロは名前がずらりと並んでいるリストに指を走らせていた。それはさる地域の死亡記録だった。

ポアロの指がはたと止まった。

「ヘンリ・ガスコイン。六十九歳か。まずこれに当たってみよう」

その日の午後、エルキュール・ポアロは、キングズ・ロードからちょっと入ったマカンドリュウ医院の診察室に座っていた。マカンドリュウは、長身で赤毛のスコットランド人、知的な風貌だった。

「ガスコイン?」と彼は言った。「ああ、そうです。風変わりなおじいさんでしたよ。モダンなアパートを新築するというんで取りこわし中の空家にひとりで住んでましてね。診察したことはなかったが、よく見かけましたし、どこのだれかも知っていましたよ。最初に気づいたのは牛乳屋でした。牛乳壜が表にたまりはじめましてね。結局隣りの人が警察に届けたんです。それからドアを壊してはいって、彼を発見したんですよ。階段からまっさかさまに落ちて、首の骨を折ってました。ぼろぼろの紐のついた古ぼけたガウンを着ていましたがね——あれならかんたんに足をとられるでしょう」

「なるほど」エルキュール・ポアロは言った。「きわめて単純な——事故ですな」

「そうです」

「親類縁者はいたのですか？」

「甥が一人います。一月に一回は、会いにきていたようです。ロリマー、彼の名ですが、ジョージ・ロリマーといいます。医者でね。ウィンブルドンに住んでます」

「老人の死を聞いて取り乱していましたか？」

「取り乱していたというんでしょうかねえ。つまり、彼はあの老人に親しみは感じてはいたが、長いつきあいというわけじゃありませんからね」

「ガスコイン氏が発見されたときは、死後どのくらい経過していましたか？」

「ああ！」とマカンドリュウ医師は言った。「これは公式発表ですが。死後四十八時間から七十二時間です。発見されたのは六日の朝。じっさいには、時間はもっとはっきりしましたがね。ガウンのポケットのなかに手紙がはいっていたんです——三日の日に書かれて——その日の午後ウィンブルドンで投函され——九時二十分前後に配達されていた。つまりこれで死亡時刻は三日の午後九時二十分以後ということになる。これはまた胃の内容物と消化状態とも一致しました。彼は死ぬ二時間前に食事をしています。ぼくは六日の朝、検死しましたが、死体の状態は、死後六十時間経過した場合の状態とまったく一致していました――つまり死亡推定時刻は三日の午後十時前後ということになります」

「なるほど矛盾はなさそうだ。彼が生きている姿を最後に見かけたのはいつですか？」

「死亡した日の三日、木曜日の夜七時頃にキングズ・ロードで見かけたものがおり、七時半には〈ギャラント・エンデヴァ〉で食事をしています。彼は毎木曜日には必ずあそこで食事をしていたらしい。芸術家気どりで暮していましたからね。それもひどい貧乏ぐらしの」

「ほかに親類はいませんでしたか？　その甥がひとりだけ？」

「双児の兄さんがいたんです。これがなかなか奇妙な話で。長いあいだ疎遠になっていたらしい。兄のアンソニイ・ガスコインは金持ちの女と結婚して、絵を捨てた――そのことで兄弟は争った。それ以来会ったことがなかったらしいんです。ところが不思議なことがあればあるもので、二人は同じ日に死んでいるんですよ。兄のほうは三日の午後三時に死亡している。双児が同じ日に――ちがう土地で――死んだという事件には一度だけ出くわしたことがありますよ！　おそらく偶然の一致でしょう――だがじっさいそれが起こったんです」

「兄さんの奥さんというのは生きているんですか？」

「いや数年前に死んでいます」

「アンソニイ・ガスコインはどこに住んでいましたか？」

「キングストン・ヒルに邸をかまえていました。ロリマー氏の話では、まったくの世捨て人だったらしい」

エルキュール・ポアロは考えこむようにうなずいた。

スコットランド人は鋭く彼を見つめた。

「いったい何を考えていらっしゃるんです、ポアロさん？」彼はぶっきらぼうに尋ねた。

「ぼくはあなたの質問にお答えしました――あなたがお持ちになった証明書を見て、ぼくの義務だと感じましたから。だがこの事件がいったいどういうものなのかさっぱりわかりません」

ポアロはゆっくりと言った。

「きわめて単純な事故死、とあなたはおっしゃった。わたしが考えておるのも同じく単純なことです――単純なひと押し」

マカンドリュウ医師は驚いた顔をした。

「言いかえれば、殺人ですか！　何か根拠がおありなんですか？」

「いや」ポアロは言った。「たんなる推測です」

「いや何かあるにちがいない――」相手は主張した。

ポアロは口を開かなかった。マカンドリュウが言った。

「もしあなたが疑っているのが、甥のロリマーだったら、即座に申し上げますが、それはまったく見当ちがいですよ。ロリマーは八時三十分から真夜中までウィンブルドンでブリッジをやっていた。これは検死審問で判明した事実です」

ポアロは低い声でつぶやいた。

「おそらく確かめたんでしょうな。警察は慎重だから」

医師は言った。

「きっと彼に不利なことをご存じなんでしょう？」

「あなたからうかがうまで、そういう人物がいることさえ知りませんでしたよ」

「それじゃあ、だれかほかの人物を疑っているんですか？」

「いやいや。そうじゃありません。これは人間という動物の日常の習慣にかかわる問題です。これは非常に重要なことです。ところが亡きムッシュー・ガスコインは、それに当てはまらない。いやまったくおかしいのです」

「なんのことやらさっぱりわかりませんね」

　エルキュール・ポアロはつぶやくように言った。「困ったことに、まずい魚にソースがごてごてかかりすぎていましてね」

「なんですと？」

　エルキュール・ポアロは微笑した。

「こんなことを申し上げると、すぐさま気が変になったといって拘禁されてしまいそうですな、ムッシュー・ル・ドクトゥール。しかしわたしはけっして精神病患者ではない——たんに整然たる秩序を好み、それに適合しない事実に直面した場合、いたく頭を悩ませる人間にすぎないのです。どうもいろいろとお手数をおかけして申しわけありません」

　彼が立ち上がると、医師も立ち上がった。

「ぼくとしては」とマカンドリュウは言った。「正直なところ、ヘンリ・ガスコインの死因にはいささかの疑惑も持っておりません。ぼくは誤って落ちたと言い——あなたはだれかが突きおとしたのだとおっしゃる。すべて——なんというか——はっきりしません」

エルキュール・ポアロは吐息をついた。

「そうです」と彼は言った。「なかなかたいした手並です。だれかがうまくやったのですよ！」

「まだそんなことを――？」

小柄な男は両手を拡げた。

「わたしは強情な人間で――ちょっとした考えもある――ところが、それを裏づけるものは何もないときているのです！　ところで、ヘンリ・ガスコインは入歯でしたか？」

「いや自分の歯で、しっかりしたものでした。あの年じゃ、賞讃に価いします」

「よく手入れをしたんでしょう――真白に磨いてありましたか？」

「ええ、それはとくに気がついたんです。歯というものは年をとるにつれ、黄ばんでくるものですが、彼の歯はきれいでしたから」

「いずれにしても変色していなかったわけですね？」

「ええ、彼は喫煙者ではなかったと思います。そういうことでしたら？」

「いやいや、そうじゃないんです――一《いち》か八《ばち》かの賭で――おそらく当たりはしますまいが！　では失礼します、マカンドリュウ先生。ご親切にありがとうございました」

彼は医師と握手を交し、そこを辞し去った。

「さてと」と彼は言った。「一か八かの大穴狙いだぞ」

〈ギャラント・エンデヴァ〉へはいると、ボニントンと食事をしたときと同じテーブルに腰をおろした。給仕をしてくれた娘はモリイではなかった。モリイは休暇ということだった。

まだ七時をまわったばかりだったので、娘にガスコイン老の話を持ち出すのは造作なかった。

「ええ」と彼女は言った。「何年も通っていらっしゃいましたよ。でもあたしたち、だれもお名前は知りませんでした。新聞で検死審問の模様を読みました。あの方の写真が出ていました。『ほら』とあたしモリイに言ったんですよ。『きっとあの古時計さんだわ』って。あたしたちあの方をそう呼んでましたから」

「彼は死んだ晩にここで食事をしたんですね？」

「そうなんです。三日の木曜日でした。ここへはいつも木曜日にいらっしゃいました。火曜と木曜――時計みたいに正確なんですよ」

「ところで、彼が何を食べたか憶えていますか？」

「ええと、ああ、鶏肉入りのカレースープでした、そうです、それからビーフステーキ

・プディング、あら、マトンだったかしら――プディングじゃなかったわ、そうそう、それから黒いちごとりんご入りのパイとチーズ。あれから、お家にかえって、その晩に階段からころげおちたなんて。ぼろぼろのガウンの紐がひっかかったとかですってね。ええもちろん、着ている物ときたら、いつもちょっとひどいものでした――流行おくれなのをだらしなく着ていて、それがぼろぼろなんですよ。それなのにまるで何さまかというようなふるまいで、一種の風格がありましたっけ！　ええ、いろいろ面白いお客様がお見えになりますよ」

彼女は立ち去った。

エルキュール・ポアロはひらめの切り身を食べた。その目はいきいきと輝いている。「おかしなものだな」と彼はひとりごちた。「どんな利口な人間でもわずかなことでつまずくものだ。ボニントンが面白がるだろう」

だがボニントンとくつろいで議論をたたかわすにはまだ早すぎる。

エルキュール・ポアロは、ある有力な筋からの紹介状をたずさえていったので、管轄区の検死官にわけなく話を通じることができた。

「不思議な人物でしたよ、あの死んだガスコインは」と彼は言った。「孤独な、風変わりなじいさんで。だが彼の死にえらい興味をお持ちのようですね」

喋りながら彼は、好奇心に燃えた目で訪問者を見つめた。

エルキュール・ポアロは慎重に言葉を選んだ。

「それに関連する事柄がありまして、ムッシュー、調査が望ましいのです」

「で、どうすればよろしいんです？」

「法廷に提出された書類を破棄するか、あるいは押収するか——表現はあなたにおまかせしますが——それを命ずるのは、あなたの権限だったと思いますが。ある手紙がヘンリ・ガスコインのガウンのポケットから発見されましたね？」

「そうです」

「甥のジョージ・ロリマーからの手紙でしたね？」

「まさにそのとおりです。手紙は検死審問において、死亡時刻を決定する参考物件として提出されました」

「それは医師の証言によって確証されたわけですね？」

「そうです」

「その手紙はまだあるのですか？」

エルキュール・ポアロは不安げに返事を待ち受けていた。

手紙があると聞いて、彼は安堵の溜め息をついた。

ようやく手紙が持ち出されると、ポアロはかなり入念にそれを調べた。スタイログラフのペンを使って、ややぎごちない筆跡で書いてあった。

文面は次のとおりである。

ヘンリ叔父上

アンソニイ伯父上の件、ご期待にそえず申しわけありません。叔父上が会いにいくという話にもなんら熱意を示さず、昔のことは水に流そうという叔父上の申し出に対しても返事をしてくれませんでした。伯父上は、むろんかなり重態で、頭もすこしぼんやりしています。死期が迫っているのではないかと思います。叔父上のことも思い出せないようでした。

お役に立てず、ほんとうに申しわけありませんが、ぼくとしてはできるかぎりのことをしたつもりです。

あなたの親愛なる甥

ジョージ・ロリマー

手紙の日付けは十一月三日になっていた。ポアロは封筒の消印をちらりと眺めた——十一月三日、午後四時三十分となっていた。

彼はつぶやいた。

「見事に符合しますな？」

キングストン・ヒルが次の目標だった。少しばかり骨が折れたが、愛想をふりまきながらの押しの一手で、まんまとアメリア・ヒルすなわち故アンソニイ・ガスコインの家政婦との面談に成功した。

ミセス・ヒルははじめのうちは疑い深い目でかたく口を閉ざしていたが、この奇妙な風体の外国人の温情に石のような心もほだされた。ミセス・ヒルは次第に打ちとけはじめた。

彼女もまた、ポアロが今までに会ってきた女たちの例にもれず、自身の悩みを、真情あふれる聴き手に矢つぎばやに打ち明けたのだった。

十四年間、ガスコイン家の家政をきりまわしてきたが——容易な仕事ではなかった！ええ、まったくの話が！　自分が背負ってきたような重荷には、たいがいの女ならまいってしまうところだ！　あの方は変わっていた。それは否定できない。感心するほどお金にしがみついていた――一種の守銭奴ではあるまいか――大金持ちの紳士のくせに！　だがミセス・ヒルは忠実に勤めにはげみ、彼のしうちに我慢もしてきたので、当然いくらかのお形見を期待していた。ところが――びた一文残してはくれなかった！　全財産は妻に、妻が先立った場合は、弟のヘンリにあたえるという古い遺言書があっただけだ。遺言書は数年前に作成されたものだ。こんなのは、公平だとは思えない！

エルキュール・ポアロは徐々に彼女をその満たされぬ欲望の本題から引きはなしていった。それはまことに薄情で不公平なしうちだ！　ミセス・ヒルが傷つけられ、驚きあきれるのも無理はない。ガスコイン氏が無類の吝嗇家なのは有名である。故人はたった一人の弟の援助さえ拒絶したそうではないか。ミセス・ヒルはおそらくそれについて知っているだろう。

「ロリマー先生がお見えになったことでございますか？」とミセス・ヒルは訊いた。「あれは弟さんのお使いでいらしたのですが、ただ弟さんが仲直りしたいというお話だったと思います。ずっと昔に仲違《なかたが》いをなさっていらしたんです」

「だが」とポアロは言った。「ガスコイン氏はきっぱりと拒絶したんでしょう？」

「そうなんでございますよ」ミセス・ヒルはうなずいた。「『ヘンリ？』とご主人は弱々しそうにおっしゃいました。『ヘンリがどうしたんだね？　もう長いあいだ会った

 こともないし、会いたいとも思わん。喧嘩っ早いんじゃ、ヘンリというやつは』それだけでございます」

そこでまた話は、ミセス・ヒル自身の不満と故ガスコイン氏の弁護士の冷酷なしうちに立ち戻った。

エルキュール・ポアロは、いささか苦心の末、話の腰を急に折らないよう巧みに暇を告げたのだった。

それからちょうど夕食が終わった頃に、ウィンブルドンのドーセット・ロード、エルムクレストにある、ジョージ・ロリマーの住居《すまい》を訪れた。

ロリマー医師は在宅していた。エルキュール・ポアロは診察室へ案内された。ほどなく、ジョージ・ロリマーが、夕食の卓から立ってきたばかりという様子で、はいってきた。

「わたしは患者ではありませんで、先生」エルキュール・ポアロは言った。「こちらへお邪魔したのは、少々無作法にすぎたかもしれませんが――何せ年寄りのことですし、単刀直入な行動をよしとしているものですから。弁護士も、あのまわりくどいやり方も好まないので」

ロリマーの興味をかきたてたのは明らかだった。髭をきれいに剃りあげた、中肉中背の男である。髪は褐色だが、睫《まつげ》はほとんど白に近く、眼球が白くゆだったように見える。物腰はきびきびとして、まったく不機嫌というわけでもなかった。

「弁護士？」彼は眉をつり上げた。「いまいましい連中ですよ！　なんだか面白そうなお話ですね。まあ、おかけ下さい」

ポアロはその言葉に従い、職業用の名刺を取り出すと、医師に差し出した。

ジョージ・ロリマーの白い睫がまたたいた。

ポアロは秘密めかしく前にのり出した。「わたしの依頼人の大部分はご婦人でして」と彼は言った。

「当然でしょう」ジョージ・ロリマー医師はかすかに目を光らせた。

「おっしゃるとおり、当然です」ポアロは同意した。「ご婦人方は警察を信用しません。私立探偵のほうがお好きらしい。トラブルを明るみに出したくないのですな。つい二、三日前も、年輩の婦人が相談に見えまして。この婦人は、ずっと昔喧嘩別れしたご主人のことで不運な目にあっておりまして。その連れ合いというのが、あなたの叔父上の故ガスコイン氏なんです」ジョージ・ロリマーの顔が紫色になった。

「伯父だって？　ばかな！　奥さんはとっくの昔に死にましたよ」

「その伯父上、アンソニイ・ガスコイン氏ではありません。ヘンリ・ガスコイン氏ですよ」

「ヘンリ叔父ですって？　しかし彼は結婚なんかしてませんでしたよ」

「ああ、それが結婚していたんです」エルキュール・ポアロはぬけぬけと嘘をついた。

「それは疑いありません。夫人は結婚証明書まで持参してきたのです」

「嘘だ！」ジョージ・ロリマーは叫んだ。その顔はいまやプラムのような濃い紫色になった。「そんなことがあるもんか。あんたはずうずうしい嘘つきだ」

「お気の毒でしたな」ポアロは言った。「あなたは無益な殺人を犯したわけだ」

「殺人だって？」ロリマーの声がわなないた。青白い目が恐怖に脹らんだ。

「ところで」とポアロは言った。「あなたはまた黒いちごのタルトを食べていましたね。愚かな習慣だ。黒いちごはビタミンが豊富だといわれるが、一方では命とりになる場合もある。今度の場合は、黒いちごが、ある男の首に綱を巻きつける手伝いをしたようですな——あなたの首にですよ、ロリマー先生」


「ねえ、あなた《モナミ》、そもそもの誤りは、あなたの根本的な仮説にあるんだよ」エルキュール・ポアロは晴れやかな微笑をテーブルの向こうの友人に投げながら、なだめるように手を振った。「ひどいストレスに見まわれている人間は、ふだんしたこともない振舞いはしないものだ。反射作用というものは、最も抵抗の少ないものに従うんですよ。何かで取り乱している人間が、パジャマのまま夕食の席に着くということは大いにありうることだが――そのパジャマは、自分のパジャマで――けっして他人のパジャマではない。

ポタージュやキドニー・プディングや黒いちごの嫌いな人間が、ある晩その三つをいっぺんに注文した。あなたは、その男が何か他のことに心を奪われていたからだと言う。だがわたしに言わせれば、他のことに心を奪われている人間は、無意識にふだんよく注文する料理を注文するものなのだ。

だとすれば、よろしいか《エ・ビヤン》、ほかにどんな解釈があるだろうか？　わたしには適当な解釈を思いつけなかった。それでわたしは頭を悩ましていた！　あの一件はどうもおかしかった。どうも辻褄があわない。わたしは几帳面な性格で物事がしっくりいかないと気がすまない。だからガスコイン氏の夕食の注文の話が気になって仕方がなかった。

すると彼が姿を現わさなくなったと、あなたから聞かされた。数年来はじめて、火曜日と木曜日に現われなかったという。わたしにはこれがますます気に入らなかった。そこで奇妙な仮説がふっと頭に浮かんだ。もしそれが正しければ、その男は死んだのだ。わたしは調べてみた。男は死んでいた。しかもきわめて手ぎわよく死んだ。言いかえれば、まずい魚にソースがかかっていたというわけだ！

キングズ・ロードで七時頃彼を見かけたものがいる。彼は七時半にここで夕食をとった――死ぬ二時間前に。何もかも辻褄があう――胃の内容物の証拠といい、手紙の証拠といいね。あまりにもソースが多すぎる！　魚がちっとも見えないじゃないか！

献身的な甥が手紙を書いた。愛情深い甥は死亡時刻に立派なアリバイがある。死因はきわめて単純――階段から墜落した。たんなる事故死か？　単純なる殺人か？　だれもが前者だと言う。

献身的な甥が唯一の生き残った縁者だ。愛情深い甥が相続する――だが何を相続するというのか？　彼の叔父は有名な貧乏だった。

だがその叔父には兄がいる。しかもその兄は若い頃金持ちの女と結婚した。そしてキングストン・ヒルの豪勢な邸に住んでいる。どうやら金持ちの細君が彼に全財産を残したらしい。こうくれば論理の筋道はおわかりだろう――金持ちの細君がアンソニイに遺産を残し、アンソニイはヘンリに遺産を残し、ヘンリの遺産はジョージのところへ行く――完全な鎖だよ」

「理論としてはなかなかみごとだ」ボニントンは言った。「それであんたはどうしたんだ？」

「わかったとなれば――望むものはつねに手にはいるものです。ヘンリは食事をしてから二時間後に死亡した——検死審問で注目されたのはこの点だ。だがその食事が夕食ではなく、昼食だとしたら。ジョージの立場に立ってみたまえ。ジョージは金が欲しい——ひどく欲しい。アンソニイ・ガスコインは死にかかっている——だが彼が死んでも何もならない。彼の遺産はヘンリのところへいってしまう。ヘンリ・ガスコインはこれから何年も生きのびるかもしれない。そこでヘンリにも死んでもらわなくてはならない——それは早ければ早いほどよい——だがその死はアンソニイの死後でなければならないし、同時に、ジョージはアリバイを持たなければならない。週に二晩、きまってレストランで食事をするというヘンリの習慣はジョージのアリバイに役立つかもしれない。彼は用心深い男だから、まずテストをしてみる。叔父に変装して、月曜日の晩、件《くだん》のレストランへ行く。これはうまくいった。そこの人たちはみんなジョージをヘンリ叔父だと思った。結果は上々だ。あとはただアンソニイ伯父が臨終の徴候をはっきり示す時を待つばかり。やがてその時がやってくる。十一月二日の午後、三日の日付けで叔父に手紙を書いて出す。三日の午後町へやってきて、叔父を訪れ、計画を実行する。思いきり突きとばすと、ヘンリ叔父は階段からころげおちて死ぬ。ジョージは前日出した手紙を捜し出し、叔父のガウンのポケットにねじこんでおく。七時半、あご髭と毛虫のような眉毛をたくみに付けて、〈ギャラント・エンデヴァ〉に姿を現わす。これで疑いもなくへンリ・ガスコイン氏は、七時三十分に生きていたことになる。それから、大急ぎで化粧室で変装をとり、フルスピードで車をウィンブルドンへ飛ばし、夜っぴてブリッジをする。完全なアリバイですな」

ボニントン氏は彼を見つめた。

「しかし手紙の消印は？」

「ああ、あれはごく簡単だね。消印は不鮮明だった。なぜだろう？　十一月二日を十一月三日に油煙で書きかえたのだよ。よくよく見ないかぎり、気がつかないだろう。で、最後に黒つぐみのご登場だ」

「黒つぐみ？」

「二十と四羽の黒つぐみのパイ！　いや、正確に言うなら、黒いちごだが！　ジョージは、結局それほどの名優ではなかったのだね。オセロを演ずるために体じゅう黒く塗る役者がいるだろう？　犯罪にはここまでやる役者が必要なのだ。ジョージは叔父さんそっくりの風采で、叔父さんそっくりに歩いて、喋って、叔父さんと同じ髭と眉毛を付けたが、叔父さんと同じように食べるのを忘れてしまった。彼は無意識に自分の好きな料理を注文したんですよ。黒いちごを食べると歯が紫色に染まるが死体の歯は染まっていなかった。にもかかわらずヘンリ・ガスコインは、その晩〈ギャラント・エンデヴァ〉

で黒いちごを食べている。だが彼の胃のなかには黒いちごはなかった。わたしは今朝それを確認した。しかもジョージは愚かなことに、付け髭やその他の化粧品を始末するのを忘れていたのだ。ああ！　いったん探すとなれば証拠なんぞ山ほどある。わたしはジョージを訪ねて、驚かしてやった。それで一件落着だ！　彼はまたもや黒いちごを食べていたよ。食い意地のはったやつだ――食物のことばかり考えている。よろしいか《エ・ビヤン》、その食い意地が、わたしのえらい間違いでなければ、彼の首を絞めることになるんだよ」

ウェイトレスが黒いちごとりんご入りのタルトを二皿運んできた。

「そいつは下げてくれ」ボニントン氏が言った。「なんでも用心するにこしたことはないからな。サゴやしのプディングをほんの少したのむ」

（小尾芙佐訳）

夢

The Dream

1

エルキュール・ポアロは品さだめでもするような目をジッと目ざす家に向けた。が、一瞬その目は周囲の建物に移って、店や、右手の大きな工場の建物や、向かい側のいく棟かある安アパートを見た。

それからまた視線はノースウェイ館にもどった。その昔――とりすまして傲然《ごうぜん》とかまえたこの建物の周囲に青野原がひろがり、場所と時間のゆとりがたっぷりあった時代――の遺物だ。今はもう時代おくれな建物となって、近代都市ロンドンの逆まく荒波に洗われ忘れられて、五十人のうちだれ一人、その所在すら知らないだろう。

そればかりではない。この家の所有者の名は、かつては世界有数の分限者《ぶげん》として知られていたであろうが、今はだれがこの建物の持ち主か知るものもほとんどあるまい。富は世評を高めもするが、弱めることもできる。一風変わった百万長者ベネディクト・ファーリーは、自分の豪華な邸宅を吹聴したがらなかった。彼自身めったに外出せず、公《おおやけ》の席に姿を見せることもほとんどなかった。重役会議にはときどき顔を出したが、居ならぶ重役たちは、彼の痩軀とカギ鼻としわがれ声に他愛なく牛耳られた。が、それは別としても、彼はまさに音にきこえたいわくつきの人物なのだ。二十八年も着古したという評判の、有名なつぎはぎだらけのガウン、十年一日のごとくかわらないキャベツ・スープとキャビアの食事、大の猫ぎらい——といった、どうでもいいような個人的な事柄ばかりでなく、彼の一風変わった下品さや、途方もなく太っ腹なことなど。そうしたことはすべて世人周知のことだった。

それはエルキュール・ポアロも知っていた。が、彼がこれから訪ねようという人物について知っているのはそれだけで、上着のポケットに入れてある手紙を読んでも、それ以上のことはほとんどわからなかった。

この過ぎさった時代の陰気な目じるしとも言うべき建物を、黙ったまま一、二分じっくり眺めてから、彼は段をのぼると、玄関のドアに歩みよって、ベルを押しながら恰好のいい腕時計にチラッと目をやった。それは以前愛用していたばかでかい懐中時計がだめになったので、ついに換えざるをえなかったものだ。九時半かっきり。例によってポアロは時間にはきちょうめんだった。

ドアは頃合いの間《ま》をおいてあけられた。典型的な執事タイプの男が、明かりのついたホールを背に輪郭を浮かばせて立った。

「ベネディクト・ファーリーさんのお宅ですね？」と、ポアロが尋ねた。

無表情な目が、失礼に当たらない程度にぬけ目なく、彼を頭から爪先まですばやく見まわした。

万事ぬかりなく《アン・グロ・エ・タン・デタイユ》ってやつだな、ポアロはそれと察して胸のなかでつぶやいた。

「お約束でございましたか？」声はいんぎんだ。

「そうです」

「お名前は？」

「エルキュール・ポアロです」

執事は頭をさげて後ろへさがる。ポアロがなかにはいると、男はあとからドアをしめた。

しかし、男のものなれた手が帽子やステッキを受け取る前に、訪問者はもう一つ念を押された。

「失礼でございますが、お手紙をお見せいただくようにと申しつけられておりますので」

ポアロは折りたたんだ手紙をゆっくりポケットから出してわたした。男はチラッと見ただけで、すぐお辞儀をして返してよこした。ポアロはそれをもう一度ポケットにしまった。手紙の文面は簡単なものだった。

拝啓

ベネディクト・ファーリー氏が貴殿にご相談申し上げたいことがございますので、ご多忙中恐縮ながら明日（木曜日）午後九時三十分に、左記の場所においでいただければ幸甚に存じます。

敬具

西区八番地、ノースウェイ館

ヒューゴー・コーンウォージィ

（秘書）

エルキュール・ポアロ殿

追伸。おいでの節はこの書状をご持参ください。

執事は手ぎわよくポアロの帽子とステッキを受け取り、オーバーをぬがせた。

「どうぞ。コーンウォージィさんのお部屋へご案内いたします」

彼は先に立って広い階段をのぼって行く。ポアロは豪華なけばけばしい美術品にいちいち目をとめるようにしながらついて行った。彼の美術品に対する好みは、いつもいくぶんブルジョア趣味なのだ。

二階にあがると、執事はとあるドアをノックした。

ポアロはおどろいたようにかすかに眉を上げた。これがまずおかしなことだった。行きとどいた執事はノックなどしないものだし、この男はどう見ても一流の執事だったからだ。

言わば百万長者の風変わりなやり方を、これでちょっぴりのぞいたような気がした。

室内から何か言っている声がする。執事はドアを押しあけた。

「お待ちかねの方がお見えになりました」

彼はそう言って取りついだ——が、それを聞いてポアロはこれまた念の入った変わりようだと思った。

ポアロは部屋にはいった。手ぎわよく、しごくあっさりと家具をしつらえた、かなり広い部屋だ。書類整理用のキャビネット、参考書の類いに、安楽椅子が二つ。それから、きちんと分類札のついた書類が載っている大きなどっしりしたデスクが一つ。明かりは、一脚の安楽椅子の腕木のそばに置かれた小さな脇机の上の、大きな緑色のシェードのついた電気スタンドしかないので、部屋の四隅はうす暗い。その電気スタンドはドアからはいってくる者をまともに照らすように置かれてあった。ポアロはちょっと目をパチパチさせながら、この電球はすくなくとも百五十ワットはあると思った。安楽椅子には、つぎはぎだらけのガウンをきた痩せた男が座っていた――ベネディクト・ファーリーだ。頭をちょっと妙な具合に前へ突き出し、カギ鼻が小鳥のくちばしのようにとび出ている。額の上には白髪がおうむのとさかのように逆立ち、度のつよい眼鏡の奥で訪問者をうかがい見るようにして、目がキラッと光った。

「やあ」やっと彼は口をあけた――その声はかすれ気味で甲高くぎすぎすしている。「きみがエルキュール・ポアロかね？」

「ご用がおありとかで」ポアロは片手を椅子の背もたれにかけたまま、いんぎんな口調で言って頭をさげた。

「かけたまえ……かけたまえ」と老人はせっかちに言った。

ポアロは腰をおろした。スタンドの明かりがまともにくるのでまぶしい。その光のかげから老人は仔細に彼を観察しているらしい。

「しかし、どうしてきみがエルキュール・ポアロだってことがわかる……うん？」いらいらした口調だ。「どうだな……うん？」

ポアロはもう一度ポケットから手紙を出してわたした。

「ふーん」百万長者は不承不承うなずく。「なるほど。わしがコーンウォージィに書かせたやつだ」彼は手紙をたたむと、ぽいっと投げ返した。「で、きみはその本人かね？」

片手をちょっと振るようにしてポアロは言った。

「嘘もかくしもございませんよ！」

ファーリーはいきなりクスクス笑った。

「手品師が帽子のなかから金魚を出してみせる前に言うせりふだ！　そう言うこと自体がトリックのうちにはいっとるんだろうて」

ポアロは返事をしなかった。と、ファーリーがいきなり切り出した。

「いやに疑ぐりぶかいじじいだ、と思っとるんだろう、うん？　そのとおりさ。人を信ずるなかれ！　これがわしのモットーだ。金持ちは人が信じられぬものでな。そうとも、そうとも、信じられるもんか」

「何かわたしにご相談があるということでしたが……？」とポアロがおだやかに言った。

老人はうなずいた。

「専門家に聞け、金おしみするな、これがわしのモットーでな。ポアロさん、わしが料金を訊かなかったことは、きみもお気づきだろう。訊くつもりもない！　あとで請求書を出しなさい……わしはとやかく言いはしない。酪農場のばか野郎ども、市場で二シリング七ペンスの卵を、二シリング九ペンスだと吹っかけおった……インチキ野郎どもめ！　だまされてたまるもんか。しかし、一流の人間は別だ。それはそれだけの値打ちがある。このわしだって一流だから……な」

ポアロは返事をしなかった。首をちょっとかしげたままジッと聞いている。

が、さりげなくよそおっているものの、内心はがっかりしたような気持ちだった。これとはっきり言える気持ちではない。ベネディクト・ファーリーはこれまでにそういう人柄が本性になってしまったのかもしれない……つまり、俗物根性が身についてしまったのだ。が、それにしても──ポアロは失望せざるをえなかった。

「この男はぺてん師だ……くだらんぺてん師にすぎない！」虫ずのはしるような思いで彼は内心つぶやいた。

彼はほかにも風変わりな金満家を幾人も知っている。が、ほとんど十人が十人まで、どこかしら威厳があった。敬意を払わずにおれない精神力といったものを感じた。たとえ彼らがつぎはぎだらけのガウンを着ていても、望んで着ていることがわかった。しかし、ファーリーのガウン――とポアロに思われたもの――は、どう見ても芝居の衣裳だった。しかもそれを着ている本人自体が、どう見ても芝居がかっている。彼の喋る言葉の一つ一つがポアロには、効果をねらって言っているとしか思えなかった。

彼はもう一度さりげなく繰り返して言った。「わたしに何かご相談があるということでしたが、ファーリーさん？」

百万長者の態度が突然変わった。

からだを乗り出し、声もつぶやくように低くなった。

「そう。そうだった……きみの意見を聞こうと思ってな……きみの考えをだ……なんでも一流を……これがわしのやり方だ！　一流の医者……一流の探偵……相談ごとってのは、この両方にまたがっとるんだ」

「それだけではわかりかねますが」

「当たり前だ」ファーリーは叩きつけるように言う。「まだ話しちゃおらんのだからな」

彼はもう一度乗り出すようにすると、突拍子もないことを訊いた。

「ポアロさん、きみは夢をどう思うな?」

小男はびっくりして眉を上げた。予期していたとは言え、これはまた意外だった。

「ファーリーさん、それならナポレオンの『夢の話』をお読みになるか……ハーレー街に最近開業した心理学者をお呼びになることをおすすめします」

ファーリーはきまじめな口調だ。「もう両方とも当たってみたんだが……」

ちょっと沈黙が流れた。やがて彼はまた口をあけたが、はじめはほとんどささやくような小声だったのが、次第に声高になった。

「同じ夢なんだ……毎晩毎晩。で、わしも恐ろしくなった……いや恐ろしい……いつも同じ夢だからな。わしはこの隣りの自分の部屋で……デスクに向かって書きものをしている。時計が置いてあるんだが、目を上げて時間を見ると……きまって三時二十八分かっきりなんだ。いつも一分一秒ちがわんのだよ。

それにポアロさん、時間を見ると、どうしても、やらずにおれなくなるんだ。やりたくないのにだ……したくなんかありゃしない……が、せずにおれなくなる……」

彼の声はキンキンするほど甲高くなった。

ポアロは落ち着きはらって言った。「で、何をせずにおれなくなるんです?」

「三時二十八分になると」ファーリーはしわがれ声で言った。「わしはデスクの右袖の二番目の引き出しをあけて、そこにしまってあるピストルを出して弾丸《たま》をこめると、窓のところへ歩いていく。そして、それから……それから……」

「で？」

ファーリーはささやくように言った。

「それから、それで自分を撃つ……」

沈黙。

やがてポアロが言った。「そういう夢なんですね？」

「うん」

「それが毎晩同じなんですね？」

「うん」

「ピストル自殺をとげたあとはどうなるんです？」

「目がさめる」

ポアロは思案顔でゆっくりうなずいた。「これはちょっと面白い点だと思うんですが、ピストルはその引き出しにしか入れてないんですか？」

「うん」

「どうしてです？」

「いつもそうしとる。用心のようなもんだよ」

「何の用心です？」

ファーリーはいらだたしそうに言った。「わしのような身分の者は、用心しないといかんのだ。金持ってものは敵が大勢いるからな」

ポアロはその点はそれ以上突っこんで訊かなかった。それから一、二分だまったあとで言った。

「選りに選ってわたしをお呼びになったのは？」

「それは今から話すよ。まず最初わしは医者に相談した……はっきり言うと三人だ」

「で？」

「最初の医者は何もかも食べもののせいだと言った。年輩の男だ。二番目のやつは近代派の若造でな。子供の頃、その特定の時間……つまり三時二十八分に何かあったせいにちがいないと言うんだ。彼の説によれば、わしががんこで、どうしてもその事件を思い出そうとしないから、それが自殺という形で出てきたことになる。彼はそう説明しとるわけさ」

「で、三番目の医者は？」

ファーリーの声は怒ったように甲高くなった。

「そいつも若造だ。こいつは、途方もないことを言いおった！　このわしがこの世に生きることに飽きたにちがいない……人生が煩わしすぎるので、どうしてもおさらばがしたくなったにちがいないと言うんだ！　しかし、そうと気づくことは、結局わしが敗残者だとみとめることになるもんだから、起きとるときはその事実から顔をそむけとる。が、眠っとるあいだは、そうした拘束がなくなるから、ほんとにしたいと思っとることをやる。つまり、自殺することになると言うんだ」

「彼の解釈は、つまり、あなたは意識してないが、ほんとは自殺したがってるんだというんですね？」

ファーリーは甲高い声を張り上げた。

「が、そんなはずはない……あるもんか！　わしはすこぶる幸せだ！　なんだって望みどおりなんだ……金で買えんものなんかありゃしない！　根も葉もないことだ……そんなことを言うなんて、嘘っぱちだ！」

ポアロは興味深げに相手を眺めていた。おののいている手を見、甲高いふるえ声を聞いているうちに、相手の打ち消しようがあまりひどいので、かえってそうして頑張ること自体が疑わしく思えてきた。が、彼はあっさりこう言っただけだった――

「で、わたしにどうしろとおっしゃるんです、ファーリーさん？」

ファーリーは急に落ち着きをとりもどした。かたわらのテーブルをコツンと指で強く叩くと、

「も一つ考えられることがあるんだ。そして、もしそれが当たっとれば、それがわかるのはきみしかない！　きみは有名で、まるで夢みたいな、嘘みたいな事件も……さんざん手がけとるからな。わかるとしたら、きみしかないだろう」

「何がわかるとおっしゃるんです？」

ファーリーの声がささやくように低くなった。

「もしだれかがわしを殺したいと思っとるとしたらじゃ……が、こんな方法で殺せるもんだろうか？　わしに毎晩毎晩、同じ夢を見させることができるだろうか？」

「催眠術でとおっしゃるんですね？」

「そうだ」

ポアロはちょっと考えこんだ。やがて、

「できないこともないでしょうね。これはむしろ医者の領分ですな」

「きみの経験では、こんな事件はなかったと言うんだな？」

「そういうことだけとなると……ま、ありませんね」

「わしの言うとることはおわかりだろう？　わしは毎晩毎晩、同じ夢を見させられとる

……このままだと……そのうちにわしは暗示に負けて……やっちまうかもしれん。いやになるほど夢に見たことをな……自殺をだ！」

　ポアロはゆっくり首を横に振った。

「そんなはずはないと言うのか？」とファーリー。

「はずですって？」ポアロはそう言うと首を横に振った。「そういう言葉は使いたくありませんな」

「だってきみは、そんなことはありそうにないと思っとるんじゃないか？」

「だんぜんありそうにありませんよ」

　ファーリーはつぶやくように言った。「医者もそう言っていた……」それからまた金切り声を張り上げて、「しかし、どうしてあんな夢を見るんだろう？　どうして……どうしてだろうな？」

　ポアロは首を横に振った。と、ファーリーが出しぬけに、「きみの経験したところじゃ、一度もこんなことがないってのはほんとうなのか？」

「ほんとうですとも」

「わしが訊きたかったのは、そこなんだ」

　ポアロは軽く咳ばらいをして言った。

「一つお訊きしたいことがあるんですがね？」

「なんだ？　え、なんだ？　なんでも訊くがいい」

「あなたを殺したがってるのは、だれだと思ってらっしゃるんですか？」

ファーリーは叩きつけるように、「だれも。ぜんぜんだれもおらん」

「でも、そうお思いになったんでしょう？」ポアロは繰り返し訊いた。

「わしは知りたいんだ……そんなことがあるとしたらな」

「わたしの経験から申しますと、ありませんね。それはそうと、あなたは催眠術をかけられたことがおありですか？」

「むろんない。わしがそんなばかばかしいことをさせると思うかね？」

「それならあなたのおっしゃるようなことは、まず絶対に起こらないと申せましょうな」

「だって夢だぞ。ばかだなあ、きみは。夢じゃないか」

「その夢はたしかに変わってます」ポアロは思案顔だ。それからちょっと口をつぐんで、また言いはじめた。「その夢に出てきた場所を一つ拝見したいもんですな……デスクだとか、時計だとか、ピストルだとかを」

「いいとも、隣りへご案内しよう」

老人はガウンの前を合わせながら、椅子から立ちあがりかけた。が、ふと何か思いついたふうに、また腰をおろした。

「いや、別にお見せするものはない。お話ししなけりゃならんことは、もうすっかり話したから」

「しかし、この目ではっきり見たいのですが……」

「それにはおよばん」きめつけるような口調だった。「きみの意見も聞いたし。それでもういい」

ポアロは肩をすくめた。「では結構です」そう言って立ちあがった。「どうもなんのお役にも立ちませんで失礼いたしました、ファーリーさん」

ファーリーはジッと前を見つめたきりだ。

「変に勘ぐらないでもらいたいな」どなるような声だった。「わしはありのままを話した……が、きみにはいっこう通じない。それじゃ話にならん。相談料のつけは送ってよこしなさい」

「そうさせていただきます」探偵はそっけなく言うと、ドアのほうへ歩いて行った。

「ちょっと待て」金満家は彼を呼びもどす。「あの手紙を……返してくれ」

「秘書の手紙ですか？」

「そうじゃ」

ポアロはおどろいて目をみはった。それからポケットに手を突っこんで、たたんだ紙を取り出すと、それを老人に渡した。老人はあけて見てから、こっくりうなずいて脇のテーブルに置いた。

ポアロはもう一度ドアのほうへ歩いて行った。彼は当惑していた。今聞かされた話を、頭のなかでしきりに考えめぐらしてみたが、そうして考えている途中で、なにかへまをやったような気がして仕様がなかった。それもファーリーではなく――自分がやったへまだった。

ドアの把手に手をかけたとき、やっと思いあたった。エルキュール・ポアロともあろうものが、なんたるへまだ！　彼はもういちど部屋のなかへ引き返した。

「いやはや失礼いたしました！　あなたのお話に気をとられて、ついへまをやってしまいました！　いまお渡しした手紙ですがね……左なのに、うっかり右のポケットへ手を入れてしまって……」

「何が？　どうしたって言うんだ？」

「いまお渡しした手紙ですよ……あれはクリーニング屋のおかみさんが、わたしのカラーのことでよこした詫びの手紙でして」ポアロは恐縮したように微笑を浮かべながら、左のポケットに手を突っこんだ。「こっちのほうでした」

ファーリーはふんだくるようにそれを受け取ると、ぶつぶつ言った。「まったくうっかりしとるな」

ポアロはクリーニング屋のおかみがよこした手紙を受け取ると、もう一度ていねいに詫びてから部屋を出た。

彼は部屋の外の踊り場でちょっと足をとめた。そこはかなり広く、彼のすぐ前には、大きな樫の古めかしい長椅子と長方形のテーブルが置かれ、テーブルには雑誌類がのっていた。ほかにも肘かけ椅子が二脚に、花瓶ののったテーブルが一つあって、それを見ると彼は歯科医院の待合室を思い出した。

下のホールにおりてみると、執事が彼を送り出そうと待っていた。

「タクシーをお呼びいたしましょうか？」

「いや、ありがとう。気持ちのいい晩だから、歩いていくことにするよ」

歩道に出ると、ポアロはちょっと車のとだえるのを待ってから、あわただしい通りを横断した。

額のしわが深くなった。

「いや、さっぱりわからん」独りごとだ。「ちんぷんかんぷんだ。というのも癪《しゃく》だが、さすがのエルキュール・ポアロも完全にお手あげだな」

いわば、これが芝居の第一幕だった。第二幕は一週間後だった。幕は医学博士ジョン・スティリングフリートの電話であいた。

彼の口調には医者らしい気取りがぜんぜんない。

「やあ、ポアロのご老体かね？　スティリングフリートだよ」

「やあきみか。なんだい？」

「ノースウェイ館からかけてるんだよ……ベネディクト・ファーリーの」

「ふーん。で？」ポアロの声が急に乗り気になった。「どうしたんだ……ファーリーさんが何か？」

「ファーリーが死んだんだ。今日の午後ピストル自殺をしたんだよ」

ちょっと話がとぎれてからポアロが言った。

「そうか……」

「あんまりおどろいていないようだな。ご老体、何か知ってるな？」

「どうしてわかる？」

「いや、カンがいいんでもないし、以心伝心なんてものでもない。じつは、ファーリーが一週間ばかり前にきみに出した、約束の手紙を見つけたのさ」

「そうだったのか」

「おとなしい警部さんはきてるんだけどね……ああいう金持ち野郎が自殺したとなると、慎重にやらなくちゃならんので。きみに知恵を貸してもらえないかと思ってさ。よかったらきてくれないか？」

「すぐ行くよ」

「そいつはありがたい。往来を横断するときは気をつけて……な？」

ポアロはもう一度すぐ行くと繰り返しただけだった。

「電話じゃ大事な話もできんからね？　たのむよ。じゃ」

十五分後ポアロは書斎に座っていた。そこはノースウェイ館の裏庭に面した天井の低い細長い部屋だ。なかにはほかに五人いる。バーネット警部、スティリングフリート医師、故人の妻ファーリー夫人、一人娘のジョアンナ・ファーリー、そして故人の秘書だったヒューゴー・コーンウォージィの五人だ。

そのなかで、バーネット警部は思慮ぶかげな軍人タイプ。スティリングフリート医師は電話の応対ぶりから想像されるのとは正反対な、いかにも医者らしい物腰の、背が高くて面《おも》ながな三十年輩の青年だ。ファーリー夫人は見るからに夫よりもだいぶ若い。黒みがかった髪の美人だ。口もとはキリッとしまって、黒い目にはぜんぜん感情が現われていない。いかにも落ち着きはらった感じだ。ジョアンナ・ファーリーは髪が美しく、顔にそばかすがある。鼻が高く、顎の張っているところは、明らかに父親ゆずりだ。目は利口そうですするどい。ヒューゴー・コーンウォージィは美青年で身だしなみがいい。彼も利口で気転がききそうだ。

挨拶や紹介がすむと、ポアロは前の訪問のいきさつと、ベネディクト・ファーリーから聞いた話を簡単明瞭に説明した。場所が場所だけに、くだらない話だったとも言えない。

「そんな妙な話は聞いたことがありませんなあ！」と警部。「夢だって？　それについて何かご存じでしたか、ファーリー夫人？」

彼女はうなずいた。

「夫が話してくれましたから。とても気持ちが転倒しているようでございました。わたくし……わたくし消化不良のせいだと申したのです……彼のお食事はとても変わってましたから……それからわたくし、スティリングフリート先生に診《み》ていただくようにって、すすめたんですけど」

若い医者は首を横にふった。

「うちには見えませんでしたよ。ポアロさんの話からすると、ハーレー街へいらっしゃったんじゃないでしょうか」

「その点について、ひとつあなたのご意見をうけたまわりたいんですがね、先生」とポアロ。「ファーリーさんは三人の専門家に診てもらったと言っておられました。その人たちの診断をどうお思いです？」

スティリングフリートは顔をしかめた。

「ちょっと言いにくいですな。ファーリーさんが話したことは、医者たちが話したとおりじゃないってことをお含みいただかないとまずいですよ。ファーリーさんの言ったのは素人考えですからね」

「言葉の意味をとりちがえたんだと言うんですな？」

「と言うわけでもありませんがね。つまり、彼らは学術語をつかって言ったでしょうし、彼はその意味をすこしまげて、自分の言葉にしてあなたに話したわけです」

「すると、彼の言ったことと医者の言ったこととは、必ずしも一致しないと言うわけですな」

「ま、そういうことにもなりますね。わたしの言う意味はおわかりでしょうが、彼は全体にちょっとばかり勘ちがいしたわけです」

ポアロは思案顔でうなずいた。「診てもらった医者がだれか、おわかりでしょうか？」


ファーリー夫人が首を横にふると、ジョアンナが口をはさんだ。

「診てなどもらわなかったんだと思います」

「彼はあなたにも夢の話をしたんですか？」とポアロ。

女は首を横にふった。

「で、あなたには？　コーンウォージィさん」

「いえ、何もおっしゃいませんでした。わたしは彼の言葉を書き取ってあなたにお手紙しただけで、なぜ彼があなたにご相談なさるのか、ぜんぜんわかりませんでした。わたしは事業上の不法行為かなにかで相談なさるのかもしれないと思っていたのです」

ポアロは話題をかえて言った。「さて今度はファーリー氏が亡くなったときの状況についてなんですが？」

バーネット警部は問いかけるような目をファーリー夫人とスティリングフリート医師に向けてから、みんなに代わって説明した。

「ファーリー氏はいつも午後は二階の自室で仕事をする習慣でした。何か有望な事業上の大きな合併問題があったそうで……」

そう言いかけてコーンウォージィを見たので、コーンウォージィは言った。「合同バス会社のことです」

バーネット警部はつづけた。「そのことでファーリー氏は新聞記者二人とインタヴューすることになっていました。そんなことはめったになく……五年ぶりだったんだそうです。で、連合報道協会から一人と合同通信の記者が一人、約束どおり三時十五分に訪ねてきた。彼らは二階にあるファーリー氏の部屋の外で待ちました……ファーリー氏に会う約束で来た人たちは、いつもそこで待つことになってるのです。三時二十分に合同バス会社の事務所から、使いのものが何か至急の書類を持ってきた。彼はファーリー氏の部屋に通されて、書類をじかに手渡しております。ファーリー氏は彼を部屋の入り口まで送り出すと、そこから記者たちに、こう言って声をかけています――『どうもお待たせしてすまんが、ちょっと火急の用事ができたもんで。できるだけ大急ぎで片づけるから』って。

アダムズ氏とストッダート氏の二人は、お手すきになるまでお待ちしてますからと言いました。彼は部屋に引っこんでドアをしめました……が、彼の生きた姿を見たのは、それが最後だったわけです」

「つづけてください」とポアロ。

「四時をちょっとまわってから、ここにいるコーンウォージィ氏が、ファーリー氏の部屋の隣りの自室から出てきて、二人の記者がまだ待ってるのを見ておどろいた。何通かの手紙にファーリー氏の署名をもらわなければならなかったし、ついでにこの二人が待ってることも言ったほうがいいと思ったので、ファーリー氏の部屋にはいっていきました。が、おどろいたことに、はじめファーリー氏の姿が見えないので、だれもいないのだと思ったそうです。ところがデスク……これは窓の前に置かれてあるのですが……そのデスクのかげから靴の突き出ているのが見えました。で、急いで行ってみると、ファーリー氏は倒れたまま死んでおり、そばにピストルがころがっていたそうです。

コーンウォージィ氏はあわてて部屋をとび出すと、執事にスティリングフリート先生を、電話で呼ぶように言いつけました。それから先生に注意されて、警察にも届けたんだそうです」

「ピストルの音は聞こえなかったんですか？」とポアロ。

「ええ。踊り場の窓があいてると、ここは往来の音がとてもひどいんです。トラックの騒音や乗用車の警笛で、聞こえるってことはまずなかったでしょう」

ポアロは思案顔でうなずいた。「死亡時間は？」

するとスティリングフリートが言った。

「ここにくるとすぐ調べたんだが……つまり、四時三十二分にね。すくなくとも死後一時間だった」

　ポアロの顔がひどく引きしまった。

「すると、彼が言った時間に死んだことになりそうだな……つまり、三時二十八分にね」

「なるほど」とスティリングフリート。

「ピストルの指紋は？」

「あった。彼のだ」

「で、そのピストルというのは？」

　警部が引きとって答えた。

「あなたがお聞きになったとおり、デスクの右袖の二番目の引き出しにしまってあったやつです。ファーリー夫人の証言では、絶対まちがいないそうです。それにあの部屋は入り口が一つしかなく、それを出ると踊り場ですからね。二人の新聞記者はそのドアのまん前に座ってたんだし、彼らはファーリー氏が声をかけたときから、コーンウォージィ氏が四時ちょっとすぎにはいるまで、そこからはいったものはだれもいないと断言しています」

「すると、どう見てもファーリー氏は自殺したと推測されるわけですな」

バーネット警部はかるい微笑を見せて言った。

「たった一つの点をのぞけば、ぜんぜん疑問の余地がありませんな」

「と言うと?」

「あなたに出した手紙です」

ポアロも微笑した。

「なるほど! エルキュール・ポアロの関するところ……たちまちにして他殺容疑の事件おこる、ですか!」

「確かにそうなんだから」警部の口調はそっけなかった。「しかし、こうして、あなたに状況を整理していただいてみると……」

ポアロがさえぎって言った。「ちょっと、ちょっと」そう言うとファーリー夫人のほうに向いて、「ご主人は催眠術にかかったことがおありですか?」

「いいえ、一度も」

「ご主人は催眠術の問題を研究なさったことがおありですか? その問題に興味をお持ちだったんでしょうか?」

彼女は首を横にふった。「そんなことはなかったと思いますけど」

が、突然彼女は感情がおさえきれなくなったようだった。「あんなおそろしい夢を見るなんて! うす気味のわるい! それも……毎晩毎晩見るなんて……そしてとうとう……まるで……追いつめられて死んだみたいですわ!」

ポアロはベネディクト・ファーリーが言った言葉を思い出した―― 〝ほんとにしたいと思っとることをやる。自殺することになると言うんだ〟

「ご主人が自殺するような気持ちになるかもしれない、という予感がしたことはありませんか?」

「いいえ……すくなくとも……ただ、ときどきとても様子がおかしいので……」

いきなり横からジョアンナ・ファーリーがずけずけと、ばかにしたような口調で言った。「父が自殺したりするもんですか。人一倍からだには気をつけてたんですもの」

「自殺しそうな連中が自殺するとはかぎりませんよ、お嬢さん。だから、どうして自殺したのかわけがわからないことがあるんです」とスティリングフリート。

ポアロは立ちあがった。「現場を見せていただいてよろしいでしょうか?」

「ええ、どうぞ。スティリングフリート先生が……」

医者がポアロと連れだって二階へあがった。

ベネディクト・ファーリーの部屋は、隣りの秘書の部屋よりずっと広かった。深々とした革張りの肘かけ椅子、けばだった厚い絨毯、立派な特大の書きもの机といった豪華さだ。

ポアロはデスクの後ろをまわって、窓のすぐ前の、絨毯にどす黒いしみのついたところへ行った。彼は金満家の言葉を思い出していた。〝三時二十八分になると、わしはデスクの右袖の二番目の引き出しをあけて、そこにしまってあるピストルを出して弾丸《たま》をこめると、窓のところへ歩いていくんだ。そしてそれから……そしてそれから、それで自分を撃つ……〟

彼はゆっくりうなずいて言った。

「窓はこんなふうにあいてたんだね？」

「うん。そこからはだれもはいってこれやしないよ」

ポアロは首を出して見た。窓敷居も手すりもなく、雨樋《あまどい》も近くにはついてなかった。窓側からは猫一匹やってこれるはずがない。向かい側には工場の殺風景な壁がそびえている。窓一つない、がらんとした壁だ。

「外があれじゃ、金持ちが私室とするにはパッとしないね。まるで監獄の塀でも見てるようじゃないか」とスティリングフリート。

「うん」とポアロは言うと首を引っこめて、かたい煉瓦《れんが》塀をジッと見つめた。「あの塀が問題だって気がするな」

スティリングフリートはけげんそうに彼を見た。「というと……心理学的にかね？」

そのときポアロはデスクのところにきていた。さりげなく……いや、そう見える手つきで、ふつう伸縮自在ばさみと呼ばれているものを手にとった。握りを抑えると、はさみが一杯にひらく。ポアロは椅子から五、六フィートはなれたところに落ちている燃えのこりのマッチの軸をそれでソッとつまむと、気をつけて屑かごへ運んで捨てた。

「仕事がすんだら、話があるんだがね」スティリングフリートがいらいらして言った。

「うまいものを発明したもんだ」ポアロはつぶやくように言うと、はさみを書きものの机の上にきちんと戻した。そして、「ファーリー夫人と令嬢はどこにいたんだね……その……問題の時刻に……？」

「ファーリー夫人はこの上の自分の部屋で休んでいたし、ファーリー嬢のほうはいちばん上のアトリエで絵を描いてた」

ポアロは一、二分なんということなくテーブルを指でコツコツやる。それから言った。

「ファーリー嬢に会ってみたいな。一、二分でいいからここへきてくれないか訊いてみてくれないか？」

「訊いてやってもいいよ」

スティリングフリートはけげんそうな目をチラッと彼に向けてから部屋を出た。一、二分すると、ドアがあいてジョアンナ・ファーリーがはいってきた。

「二つ三つお尋ねしてもよろしいですか、お嬢さん？」

彼女は彼の視線を冷たくはねかえして、「なんでもお訊きください」

「あなたはお父さまが机のなかにピストルをしまってるのをご存じでしたか？」

「いいえ」

「あなたとお母さまはどこにいらっしゃいましたか？……お母さまというのは、正しく言えば義理のお母さまでしょうけど……」

「ええ、ルイズは父の後妻ですからね。あたしと八つしかちがいませんの。あなたがお訊きになったのは……？」

「あなたと彼女は、先週の木曜日はどこにいらっしゃったんです？　つまり、木曜の晩のことですが……」

彼女は一、二分考える。

「木曜日ですか？　ええっと。あ、そうそう、あたしたち劇場へまいりました。《小犬が笑った》を観に」

「お父さまは、一緒に行こうとおっしゃらなかったんですね？」

「父は一度も芝居を観にいったことがありません」

「晩はいつもどうしておられました？」

「ここに座って本をよんでました」

「あんまり交際好きじゃなかったんですね？」

女はまっすぐ彼を見た。「父はとてもいやな性格でした。彼の身近かにくらしてる者はだれだって、とても彼を好きになれっこありません」

「いやどうも、はっきりおっしゃいますね、お嬢さん」

「あなたにお手間をかけないようにお話ししたんですわ、ポアロさん。あなたがお訊きになりたがってることとなんか、ちゃんとわかりますもの。あの母は財産目あてで父と結婚したんですす。あたしはよそに住みたくても、お金がないからここに住んでるだけですわ。あたし、一緒になりたい人がいるんですけど……貧乏なんです。父は手をまわして、彼を失職させちゃいました。父はあたしを相当なところへ嫁《かた》づけたかったんです……あたしが跡をとらなくちゃならないんですから、そのほうが手っとり早いんでしょう」

「お父さんの財産はあなたのものになるんですね？」

「ええ。つまり、母のルイズにも税ぬきで二十五万ポンド遺《のこ》されたし、ほかにも譲られる遺産がありますけど、あとはみんなあたしのものになるんです」そう言って、ふと微笑を浮かべる。「となると、あたしが父の死をのぞむのは当たり前ってみたいね、ポアロさん」

「あなたはお父さまの頭のいいところも受けついだようですな、お嬢さん」

彼女は考え考え言った。「父は利口でした……だれでも彼と一緒にいると……力を……推進力みたいなものを感じました……でも、それが気むずかしく……意地わるに変わっちゃうんです……ぜんぜん人情味がなくて……」

「やれやれ！　わたしはまったくトンマだなあ……」とポアロはつぶやくように言った。

ジョアンナ・ファーリー《グラン・デュー》はドアのほうへ行きかけて、「何かほかに……？」

「あと二つだけちょっと。このはさみですがね」とポアロは伸縮自在ばさみを取り上げて、「いつもこのデスクにのってましたか？」

「ええ。物を拾うのに父がつかってました。かがむのがいやなもんですから」

「もう一つ。お父さまの目はよかったのですか？」

彼女はあきれたように彼を見つめた。

「いいえ……まるきり見えませんでした……眼鏡をかけないとってことですけど。目は子供のときからわるかったんです」

「でも、眼鏡をかければ……？」

「ええ、そりゃもちろんよく見えましたわ」

「新聞や、こまかい字なんかも読めたんですね？」

「ええ、読めました」

「どうもありがとうございました、お嬢さん」

彼女は部屋を出た。

ポアロはつぶやいた。「わたしは抜けてるなあ。何もかも一目瞭然だったのに。灯台もと暗しだ」

それからもういちど窓から外をのぞいた。ずっと下の、こちらの建物と工場のあいだの狭い空き地に小さな黒いものが見えた。

ポアロはうなずくと、得心したらしく階下におりた。

ほかの人たちはまだ書斎にいた。ポアロは秘書に声をかけた。

「コーンウォージィさん、ひとつファーリー氏がわたしを呼んだときの正確ないきさつを、詳しくお話し願いたいんですがね。たとえば、いつファーリー氏はあの手紙を口述したんでしょう？」

「水曜の午後……たしか五時半でした」

「投函については、何か特別な指示があったんですか？」

「わたしが自分で投函するようにというお話でした」

「で、そうしたんですね？」

「ええ」

「わたしの迎え方については、何か特別な指示でも？」

「ありました。ホームズに……ホームズというのは執事ですが……九時半に来客があることを伝えるようにとお話がありました。来客の名前を訊くこと。それから手紙を見せてもらうようにとのことでした」

「どうもいやに用心ぶかいようですね？」

コーンウォージィは肩をすくめると、言葉づかいに気をつけながら言った。

「ご主人さまはだいぶ変わったお方でしたので」

「ほかに言いつけられたことは？」

「ありました。夜は暇をやるからとのことでした」

「で、そうしたんですか？」

「ええ。夕食後すぐ映画に出かけました」

「いつお帰りでした？」

「帰ってきたのは、十一時十五分頃でした」

「そのあとでファーリー氏にお会いになりましたか？」

「いいえ」

「で、そのあくる朝、彼はそのことについては何も言わなかったんですね？」

「ええ」

ポアロはちょっと間《ま》を置いてから、また話しはじめた。「わたしがうかがったとき、ファーリー氏の部屋には通されませんでしたが」

「ええ。わたしの部屋へご案内するように、ホームズに伝えておけとのことでしたから」

「どうしてでしょう？　おわかりですか？」

コーンウォージィは首を横にふった。「ご主人さまのお言いつけは、お尋ねしないことにしてましたので」とそっけなく言った。「そんなことをしたら、ご立腹なさいます」

「いつもは来客を自分の部屋に通したんですか？」

「いつもとはかぎりません。わたしの部屋でお会いになることもございました」

「何かわけがあったのですか？」

コーンウォージィは考えこんだ。

「いいえ……どうも思いあたりません……そんなこと、ほんとに考えてみたことがありませんので」

ポアロは今度はファーリー夫人に向かって訊いた。

「執事を呼んでもよろしいですか？」

「よろしいですとも、ポアロさん」

呼鈴に応じて、ホームズがすこぶるいんぎん丁重な物腰で現われた。

「お呼びでございますか、奥さま？」

ファーリー夫人はしぐさでポアロだと教える。ホームズはていねいにポアロのほうに向いた。「なんでございますか、お客さま？」

「ホームズ、木曜の晩わたしがここにうかがったとき、きみはどういうふうに言いつけられていたのかね？」

ホームズは咳ばらいをしてから言った。

「夕食後コーンウォージィさんから、九時半に、エルキュール・ポアロさまが旦那さまを訪ねていらっしゃるからとお話がございました。お客さまのお名前をたしかめること。お客さまの申されることがまちがいないかどうか、手紙を見てたしかめること。それがすみましたら、コーンウォージィさんのお部屋へご案内するようにとのことでございました」

「ドアをノックすることも言いつけられていたんだね？」

不愉快そうな表情が執事の顔をかすめる。

「それは旦那さまのお言いつけでございまして。お客さまをお取りつぎいたしますときは、いつもノックすることになっておりました……事業関係のお客さまの場合でございますが」

「ふーん。あれにはめんくらったよ！　わたしのことで、ほかに何か言いつけられていたことはないかね？」

「ございません。コーンウォージィさんはいま申し上げたことをお話しになると、お出かけでございました」

「それは何時頃のことだった？」

「九時十分前でございました」

「そのあとでファーリーさんに会ったかね？」

「はい。いつものように、九時に白湯《さゆ》をお持ちいたしました」

「そのときご主人は自分の部屋にいらっしゃったのか？　それともコーンウォージィさんの部屋だったのかね？」

「ご自分のお部屋にいらっしゃいました」

「部屋の様子にいつもとちがったところはなかったかね？」

「いつもとちがったと申しますと？　いいえ、ございませんでした」

「奥さんとお嬢さんはどこにいらっしゃったのかね？」

「劇場へお出かけでございました」

「ありがとう、ホームズ。結構だ」

ホームズはお辞儀をして部屋を出た。ポアロは夫人のほうに向きなおった。

「奥さん、もう一つおうかがいしたいのですが。ご主人は眼のほうはよろしかったですか？」

「いいえ、眼鏡がないとだめでございました」

「ひどい近視だったんですね？」

「ええ、そうです。眼鏡をかけないと、さっぱり見えませんでした」

「眼鏡はいくつもお持ちだったんでしょうね？」

「ええ」

「なるほど」ポアロはそう言うと椅子の背にもたれた。「それでこの事件もわかりました」

部屋に沈黙がながれた。みんなは満足そうに口髭をなでながら座っている小男を見ていた。警部の顔には当惑の色が浮かび、スティリングフリート医師は顔をしかめ、コーンウォージィはけげんそうにまじまじとポアロを見つめているばかりだった。そしてファーリー夫人はあきれかえったように目を見はり、ジョアンナ・ファーリーはジッと目をすえていた。

ファーリー夫人が沈黙をやぶった。

「だって夢が……」

「どうもわたくしにはわからないんですけど、ポアロさん」いらだたしげな声だった。

「そうです。その夢が非常に大事なんです」

ファーリー夫人はブルッと身ぶるいをして言った。

「今までわたくし、幽霊ばなしみたいなものは信じたことがないんですけど……こうなってみますと……何かの前ぶれみたいに毎晩毎晩、夢を見て……」

「変だよ」とスティリングフリート。「まったく変だよ！　きみから話を聞いたから別だがね、ポアロ。もしきみがじかに聞いたんでなかったら……」そう言いかけてあわてたように咳ばらいをすると、医者らしい態度にもどってつづけた。「どうも失礼、ファーリー夫人。ご主人がじかにそんな話をなさったのでなければ、とても……」

「なるほどね」ポアロはそう言うと、いままで閉じていた目をいきなりあける。その目はいかにも生き生きとしていた。「もしベネディクト・ファーリーがわたしに話したのでなければ……」

彼はふと口をつぐんで、みんなのぽかんとした顔を眺めまわす。

「あの晩のことで、どうも納得のいかないことがあるんですよ。まず第一は、なぜあの手紙をわたしに持ってこさせたかってことです」

「本人かどうか確かめるためでしょう」とコーンウォージィ。

「いやいや、そうじゃないだろう。それにしちゃ、どうもおかしすぎる。何かもっとちゃんとした理由があったにちがいない。ファーリー氏は手紙を出させたばかりでなく、帰るときには置いていけとはっきり要求したんだからね。おまけに、置いていかせておきながら、破りもしなかった。今日の午後、書類のあいだからそれが出てきたんだから。なぜあんなものをしまっておいたんだろう？」

ジョアンナ・ファーリーがいきなり口を出した。「自分の身に万一のことがあったとき、不思議な夢のことがみんなにわかるようにしたかったんでしょう」

ポアロは得心したようにうなずいた。

「あなたはなかなか頭がいいですな、お嬢さん。そうにちがいありません……手紙をしまっておいた理由は……それしかありえません。ファーリー氏が亡くなったとき、あの妙な夢の話が出るようにね。あの夢は非常に大事だったのです。あの夢こそ肝心かなめのものだったんですよ、お嬢さん。

さて、今度は二番目の問題にうつりましょう」とポアロは話をつづけた。「ファーリー氏の話を聞いたあとで、わたしはデスクとピストルを見せていただきたいと言ったのです。彼はそのために立ちあがりかけたのに、急にいやだと言いました。なぜ断わったんでしょう？」

今度はだれも返事をしない。

「じゃ、言い方を変えてみましょう。あの隣りの部屋には、ファーリー氏がわたしに見せたがらなかったどんなものがあったのでしょう？」

みんな黙ったままだ。

「うん。むずかしいな、これは。しかし、何か理由はあったのです……ファーリー氏が秘書の部屋でわたしを迎えて、自室に通すのをきっぱり断わったのには、何かのっぴきならない理由があったのです。わたしに見せるわけにいかないものが、何かあの部屋にあったのです。

では、あの晩のことで不可解な、三つ目のことを申し上げることにしましょう。わたしがおいとましようとしたとき、ファーリー氏はわたしが受け取った手紙を返してくれと言いました。ところがわたしはまちがって、クリーニング屋のおかみがよこした手紙を渡してしまったのです。彼はそれをちょっと見てから、そばに置きました。わたしは部屋を出かけてそのまちがいに気づいたので……返してもらいました。そのあと外に出たのですが……まったくのところ……わたしは途方にくれましたね。一から十まで、まるで雲をつかむようでしたが、とくに今のことなど、まったくわかりませんでしたよ」

彼は順々にみんなを見まわした。

「おわかりにならないようですな？」

「なぜクリーニング屋のおかみのことなんかが出てくるのか、ぼくにはどうもよく飲みこめないよ、ポアロ」とスティリングフリート。

「このおかみがなかなか重要なんだよ。わたしのカラーを台なしにしたあのひ、ど、い、おばさんが、生まれてはじめて人の役に立ったんだからね。きっときみだってわかるさ……一目瞭然だもの。ファーリリー氏はその手紙をチラッと見たんだ……チラッとでも、別の手紙かどうかくらいわかるはずだよ……それなのに彼はまるで気がつかなかった。どうしてだろう？　よく見えなかったからなのさ」

バーネット警部がきめつけるような口調で言った。「眼鏡はかけてなかったんですか？」

ポアロはにっこりした。「いや、かけてましたよ。だからこそ面白いんです」

それから彼はからだを乗り出した。

「ファーリー氏の夢はじつに重要でした。彼は自殺の夢を見ましたね。そしてしばらくしてから、ほんとに自殺してしまいました。つまり、部屋には彼しかおらず、そばにピストルがころがっていた。そしてピストルが発射された頃、部屋に出入りしたものは一人もいない。となると、どうなります？　自殺にちがいないってことになるじゃありませんか！」

「そうだね」とスティリングフリート。

ポアロは首を横にふった。

「ところがそうじゃない。他殺だった。異常な、しかもすこぶる巧妙な計画的殺人だったんです」

そう言うと、指でテーブルをコツコツ叩きながら、もういちどからだを乗り出した。目は生き生きと輝いていた。

「あの晩なぜファーリー氏はわたしを自分の部屋に通さなかったのか？　あそこにわたしの見てはならないどんなものがあったのか？　みなさん、わたしはあそこにいたんだと思うんです……ベネディクト・ファーリー自身が！」

彼はみんなのあきれかえったような顔を、微笑しながら眺めた。

「そうなんです。冗談を言ってるんじゃありません。わたしが話し合ってたファーリー氏が、どうして似ても似つかぬ手紙のちがいに気づかなかったのか？　みなさん、なんでもない目に、ものすごく度のつよい眼鏡をかけていたからです。あんなものをかけたんでは、目のわるくない人間はかいもく見えなくなるでしょう。そうじゃありませんかね、先生？」

スティリングフリートはつぶやくように、「そりゃ……そうにきまってる」

「ファーリー氏と話してるうちに、どうしてわたしはぺてん師……芝居をやってる役者と話してるような気がしたのでしょう？　その場の道具立てを考えてみましょう。うす暗い部屋。こちらにばかり向けて、椅子に座っている人物に当たらないようにしてある緑色のシェードのついた電気スタンド。あとはどうか？……有名なつぎはぎだらけのガウン。カギ鼻……これはうまくできた作り鼻をくっつけたものです……それからとさかのように突ったった白髪と、目をかくしている度のつよい眼鏡。ファーリー氏が夢を見たという証拠がどこにあります？　わたしが聞いた話と、ファーリー夫人の証言があるだけじゃありませんか。ベネディクト・ファーリーがデスクにピストルを入れていたという証拠がどこにあります？　これまたわたしが話に聞いたのと、ファーリー夫人が証言したというだけです。二人の人間がこういうからくりをやったんです……ファーリー夫人とヒューゴー・コーンウォージィです。コーンウォージィはわたしに手紙を出すと、執事に指示を与えておいて、映画に出かけたようなふりをしたが、すぐまた鍵をつかってなかにはいると自分の部屋へ行き、扮装をすませてからベネディクト・ファーリーの役を演じたのです。

ここで話は今日の午後のことになります。コーンウォージィが手ぐすね引いて待っていたヤマ場です。ファーリーの部屋に出入りしたものがないことは、踊り場にいた二人の記者が証人です。コーンウォージィはとびきりそうぞうしい自動車の一団が通りかかるのを待つ。そして窓から乗り出して、隣室から持ち出してきておいた伸縮自在ばさみで、ある物を隣室の窓のところへ差し出す。ファーリーが窓のところにやってくる。コーンウォージィははさみをサッと引きもどして、ファーリーがからだを乗り出し、トラックがおもてを通った瞬間、用意のピストルで撃つ。前には殺風景な塀があるばかり。犯行の目撃者などあるわけがない。コーンウォージィは三十分以上そのままでいてから、書類を五、六通たばね、伸縮自在ばさみとピストルをそのあいだにかくすと、踊り場に出てから隣室にはいった。はさみは机の上にもどし、ピストルは死体の指を押しつけておいてからころがしておく。そしてファーリー氏が自殺したと言って飛び出す。

わたしに送った手紙が出てくる。わたしがきて話をする……ファーリー氏自身の口から聞いた話……途方もない夢……自殺をせずにおれなくなる不思議な衝動の話をする、というお膳立てだったんだ！　信じやすい連中は催眠術にかかったのかもしれないという理屈をあれこれ言うだろう……が、九分九厘まちがいなく、現実にピストルを握ったのがベネディクト・ファーリー自身の手だったということで、問題なくけりがつくってわけだ」

ポアロの目が未亡人の顔へいった――彼はそこに狼狽《ろうばい》と、血の気を失った顔と、極度の恐怖を見て満足した。

「そしてそのままいけば、首尾よく成功するところだった。二十五万ポンドがころがりこみ、めでたく二人の仲も、という寸法だ」ポアロは静かに話を終えた。

2

ジョン・スティリングフリート医師とエルキュール・ポアロは、ノースウェイ館の横手を歩いていた。右手には工場の塀がそびえている。左手の頭上には、ベネディクト・

ファーリーとヒューゴー・コーンウォージィの部屋がある。ポアロは立ちどまって、何か小さなものを拾い上げた。縫いぐるみの黒猫だ。

「どうだい。コーンウォージィが伸縮自在ばさみでファーリーの部屋の窓へ突き出したのは、こいつだよ。ファーリーの猫ぎらいはきみも知ってるだろう？　彼が窓へとんでったのも当たり前さ」

「いったいどうしてコーンウォージィはこれを落としたのに、拾いにこなかったんだろう？」

「これるもんか。そんなことしたら、怪しまれるにきまってるじゃないか。それに、こいつが見つかったところでだよ……どこかの子がここへやってきて、落としていったと思うくらいがおちじゃないか」

「なるほどね」スティリングフリートは溜め息をつきながら言った。「ま、普通の人間ならそう思うだろうな。しかし、エルキュールおやじは別だ！　な、ご老体、ぼくは最後の最後まで、きっとあんたはどえらい心理学的な暗示殺人について、ややこしい理屈をこねまわすだろうと思ってたんだがね？　あの二人もきっとそう思ってたにちがいない！　腹黒いやつらだな、ほんとに。どうだい、あの女の逆上の仕様ときたら！　あの女がヒステリーを起こして、あんたにとびかかり、あんたのご尊顔を爪で引っかこうとしなかったら、コーンウォージィのやつ、うまく逃げを打ったかもしれん。ぼくがやっととめたから、よかったようなもんだ」

スティリングフリートはちょっと口をつぐんでから、また言い出した。

「あの娘はいいね。しっかり者で頭もわるくない。ぼくがなんとかしたら、財産目あてだと思われるかな？」

「ちょっと手おくれだよ、きみ。もうだれか意中の人がいるんだから。父親が死んだので、幸福への道がひらけたってわけさ」

「よく考えてみると、あの女にも不愉快な親を殺す動機は、立派にあったわけだね」

「動機と機会だけじゃ充分じゃない。犯罪的性格がなくちゃだめさ！」

「あんたが犯罪をおかしたら、どんなもんだろうな、ポアロ？　あんたならきっと首尾よく逃げのてが打てると思う。しかしじっさい、犯罪なんてあんたには朝飯まえだろう……ということはつまり、勝負が見えてるから、はじめからやらんほうがいいってことだ」

「そいつはどうも、いかにもイギリス的な考え方だな」

（小倉多加志訳）

グリーンショウ氏の阿房宮

Greenshaw's Folly

1

二人の男は、生い茂った植込みの角をまがった。

「さあ、つきましたよ」と、レイモンド・ウェストが言った。「あれが、それなんです」

ホレイス・バインドラーは、感にたえぬように、ふといい息を吐いた。

「たしかに、きみ」思わず彼の口から、さけび声があがった。「おどろくべきしろものだな」そのさけび声は、美的観賞のよろこびをはっきりしめして、かん高いまでにひびきわたったが、やがてまた、心からの畏怖のおもいに沈んでいった。「とうてい信じられない。この世のものとは考えられぬくらいだ！　むかしのよき時代の最上のものだな」

「あんただったら、きっと、気に入ると思っていましたよ」レイモンド・ウェストは、いかにも満足げな顔つきで言った。

「気に入る？　とんでもない。気に入ったどころか——」ホレイスには、あとのことばが出てこなかった。カメラの革ひもの締め金をはずすのに忙しかった。

「おそらくこれは、ぼくのコレクションのうちでも、最高のものとなるだろうな」彼は、幸福そうに喋っている。「それはそうと、怪奇なもののコレクションをつくるというのは、じつに面白いことなのだ。ぼくはそのアイデアを、七年まえのある日、風呂のなかで思いついた。ぼくの最近の傑作というと、ジェノアの共同墓地《カンポ・サント》だった。しかし、こういう怪物があらわれたのでは、とうてい太刀《たち》打《う》ちできないね。で、これ、なんと呼ばれている？」

「さあ、ぜんぜん知りませんが」と、レイモンドは答えた。

「しかし、名前ぐらいはあるだろう」

「それは、あるでしょうね。でも、このあたりでは、〈グリーンショウ氏の阿房宮〉という名で呼ばれているのです」

「グリーンショウとは、これを建てた男だな」

「そうなんです。一八六〇年から七〇年へかけて、当時、評判の、立志伝中の人物でして、靴もはかずにとびまわっていた少年が、ものすごい金持ちに成りあがったんですから、この地方では、たいした評判だったわけです。しかし、このばかでかい建物を造り上げた趣旨については、土地の人間の意見も、二派に分かれましてね。一つは、財力を誇示するため、もう一つの見方は、債権者たちを信用させるためのハッタリだというのです。もし、後者の理由だとすると、結局、効果はなかったわけですよ。これが出来あがった頃に、本人のグリーンショウは、破産か、それに近い状態になってしまったんですからね。そんなところから、この土地では、まともな名前でこれを呼ぶものはなくて、もっぱら、〈グリーンショウ氏の阿房宮〉でとおっているというわけです」

　ホレイスのカメラのシャッターが鳴った。「これでよし」と彼は、満足そうな声を出して、「そう、そう。これで憶い出したが、きみに見せたいものがあった。ぼくのコレクションのナンバー三一〇。イタリア様式の大理石のマントルピースなんだが、これがまた、信じられないくらいすばらしいやつなのさ」そしてまた、彼は建物のほうへ眼をやって、「それにしても、なんでまたグリーンショウ氏は、こんな途方もないものを思いついたのかな。想像もつかんくらいだね」とつけ加えた。

　レイモンドは、それに答えた。

「ある点では、むしろ明白なんです。彼はきっとロワール河畔の古城《シャトー》を見たのですよ。

ほら、小塔が、ずっとついているでしょう。ただ、まずいことに、そのあと、東洋に旅行した形跡がありますね。そこで、その印象があらわれた。タージ・マハルの影響が、歴然と見てとれますよ。それにしても、アラビア風の翼の建物はいいものですな。ぼくは大好きです」そして、彼はつけ加えた。「それから、ヴェネツィアの宮殿のイメージも」

「しかし、こんなアイデアを実現させた建築家を、どこから彼はつかまえてきたのかな？」

レイモンドは、肩をそびやかせてみせて、

「なあに、それはそれほどむずかしいことでもなかったでしょう。おそらくその建築家は、一生、遊んで食っていけるだけの報酬をもらって隠退し、かわいそうに、わがグリーンショウ老人のほうは、このために破産してしまったというわけですよ」

「向こう側から眺めたいが、まわることができるかな？」とホレイスは訊いた。「それとも、敷地内を通りぬけるとしようか」

「かまいますまい、はいってみましょう。文句も言わんでしょう」

レイモンドはそう言うと、建物の角に向かってさっさと進んでいった。ホレイスも足ばやに、そのあとを追った。

「だが、だれかが住んではいるのだろうな。孤児院にでもなっているのか、それとも、休みの日だけ遊びにくる連中のための施設か。学校というわけにはいくまい。運動場もないし、近代的な設備のない、不便きわまりないしろものらしいからね」

「いいえ、グリーンショウ家の人間が、いまだに住んでいるのですよ」とレイモンドが、ふり返って言った。「建物自体はこわれていないのです。グリーンショウ氏が死ぬと、その息子が、これを相続しました。これが、ひどく吝嗇の男でしてね。この建物の一隅で、その一生をすごしました。ぜんぜん、金を使わずにです。もっとも、使う金もなかったのでしょうがね。その後、彼の娘が引き継いで、いまでもここに住んでいるのですが、これもう、かなりの婆さんでしてね――たいへんな偏屈者なんですよ」

話しながら、レイモンド・ウェストは、賓客をもてなすために、〈グリーンショウ氏の阿房宮〉を思いついたのは成功だったと、心のなかでよろこんでいた。およそ文芸評論家といった連中は、週末は田舎ですごしたいと、つねづね口にしているものの、いざじっさいに出かけてみると、死ぬような退屈に苦しめられるにきまっている。ただ、あすになれば、日曜新聞が舞いこんでくる。きょう一日を、ホレイス・バインドラーを誘い、〈グリーンショウ氏の阿房宮〉見物に費やし、それによってホレイスの有名な怪奇コレクションの数を殖やすことができたのを、レイモンド・ウェストは祝福しているのだった。

建物の角をまがると、ふたりの前に手を入れたことのない芝生がひらけた。その一隅に、人工の大きな築山があって、そこにかがみこんでいる一つの人かげがあった。ホレイスはそれを見ると、うれしそうに、レイモンド・ウェストの腕をつかんだ。

「おい、きみ。あの女の着ているものを見たか」と彼はさけんだ。「小枝模様のプリントの服だぜ！　そのむかし、このイギリスにも、女中というものが存在した時代があった。あの女の服は、その頃の女中の身なりとそっくりだよ。ぼくにはなつかしい思い出がある。まだ、ほんの子供の頃だったが、田舎の家で暮らしていた。朝になると、この、ほんものの女中が起こしにくるんだ。ぱりっとしたプリントの服を着ている。帽子《キャップ》をかぶってね。いいかね、きみ。ほんとうにキャップをかぶっているんだぜ。モスリン地に飾りリボンのついたやつだ。いや、飾りリボンがついていたのは、小間使いのほうだったかな。とにかく、ほんものの女中が、大きな真鍮の容器に、熱いお湯をいっぱい入れて持ってきてくれたものだ。じっさいきょうは、すばらしい日だな」

プリントの服を着たその女は、からだを伸ばして二人のほうへ顔をむけた。手に園芸用の移植ごてを持っていて、見るからに異様な老女だった。鉄灰色のとぼしい髪が、くしけずらぬままに肩に垂れている。帽子を押しつぶすようにしてかぶっているのだが、これがまたイタリアで馬にかぶすようなしろものである。身につけている色プリントの服は、くるぶしが隠れるくらい長くて、日焼けした、うすよごれた顔からするどい眼が、二人をじろじろ眺めていた。

「無断ではいりこみまして、申し訳ございません。グリーンショウの奥さま」とレイモンド・ウェストは、彼女のほうへ歩みよりながら、口を切った。「これが、ぼくのところに滞在しているホレイス・バインドラー君ですが――」

ホレイスも頭を下げて、帽子をとった。レイモンドはつづけて、

「このひとには、非常に興味を持っている分野がありまして、それが――その――古代史と――ええと、その――美しい建物についてでありまして」

レイモンド・ウェストは、著名な文学者としての自信がもたらす気安さで喋っていた。自分こそは名士であり、ほかの人間には許されないこともあえてできるのだという自覚のようなものを持っているのだった。

グリーンショウ老嬢は、彼女の背後にぶざまな巨体を見せている、かつての栄華の残骸《ざんがい》を振り返って、

「ほんとうに、美しい建築だわ」と、惚れ惚れしたような声で言った。「わたしの祖父が建てたもので――もちろん、わたしの生まれる前のことだけれど、祖父はこれを、土

地の人たちをおどろかそうと思って建てたのだと伝えられているのよ」

「さぞ、村人たちは、おどろいたことでしょうね、奥さま」と、ホレイス・バインドラーは言った。

「バインドラーさんは、名高い文芸評論家なんです」とレイモンド・ウェストが、説明を加えた。

言うまでもないことだが、ミス・グリーンショウが文芸評論家に尊敬の念をいだくわけがない。彼女はまったく無関心のようすだった。

「わたしとしては」ミス・グリーンショウは、その建物について意見を述べはじめた。「これこそ、わたしの祖父の天才を示すものだと考えているの。それなのにばかな人たちが、はやいところ売り払ってアパート住いにかえたらどうかなどと言うので、困らされているところよ。なぜわたしが、アパートなんぞに住まなければならないの？　わたしの家はこれなのよ。わたしは、ここに住む人間に生まれついた。だから、いままでずっとここを離れずに暮らしてきた」と彼女は、はるかな過去におもいをはせるように考えこんで、「この家で、わたしたち三人姉妹が育ったの。ローラは牧師補と結婚したのだが、パパはローラになんの財産も遺《のこ》さなかった。聖職者にそんなものはいらないというのが、その理由だった。彼女はお産で死んだわ。赤ん坊もまた、死んでしまった。ネッティは馬術の教師と駈け落ちしたの。もちろんパパは、遺言書からネッティの名をのぞいてしまった。相手はハリー・フレッチャーといって、顔はきれいでも肚はよくない男で、ネッティも、相手があの男では幸せに暮らせたとは考えられないわ。なんにしても、あれははやく死んだの。そして、二人のあいだに男の子が一人あって、それが今でもときどき便りをよこすわ。といっても、むろんその子はグリーンショウ家の一員とは言えなくて、このわたしが、たったひとり残ったグリーンショウ家最後の人間なのよ」

彼女はさも誇らしげにまがった両肩を伸ばすと、斜めにかぶった麦わら帽子のぐあいを直していたが、急に振り返ってするどく言った。

「ああ、ミセス・クレスウェル。どうかして?」

建物のほうから、彼らのところへ近づいてくる女があった。ミス・グリーンショウと並んだのを見ると、あまりにも違いが目立ちすぎるので、こっけいなくらいだった。まず、その頭髪がたいへんなものだった。青く染めた髪を塔のように高く結い上げて、大きなカールや小さなカールで、神経質なくらいあちこちを飾り立てているところが、フランスの侯爵夫人に扮して、仮装舞踏会に出かけるのかと思われた。中年のからだを包む服は、当然、衣ずれの音さわやかな黒のシルクであるべきだが、じっさいのところは、黒は黒でもレーヨンの、光沢がありすぎる布地だった。大柄な女とは言えなかったが、バストのあたりはいまだにみずみずしいほどゆたかで、いったんこれが喋り出すと、意外なほど、ふかみのある声を出した。喋り方も、なかなかみごとなもので、ただ、〈h〉で始まることばを発音するとき、きまって、ちょっとためらうのと、気息音を誇張してみせるので、おそらく、ずっと昔まだ若い頃に、〈h〉の音を落とす癖をなおそうとして、苦労したのではないかと思われる。

「お魚のことですよ、奥さま」とミセス・クレスウェルは言った。「タラの切り身がまだ届きませんの。で、アルフレッドに催促してくるようにたのんだところ、あの男、いやだって言うのです」

思いがけない話なのでちょっとおどろかされたが、ミス・グリーンショウは喉を鳴らして、笑い出したものである。

「いやだって言ったの、あの男が？」

「アルフレッドは、ここのところ、ぜんぜん、言うことをきかないのです」

ミス・グリーンショウは、土によごれた指を二本、唇にあてがったかと見ると、急に耳をつんざくような口笛をひびかせた。それと同時に大きな声でさけんだ。

「アルフレッド！　アルフレッド！　ここへきなさい」

その声に応じて、鋤を手にした若い男が建物の角をまわって、姿を現わした。男らし

い、よくととのった眼鼻立ちの青年だが、そばへ近よると、あきらかに悪意のこもった視線でミセス・クレスウェルを眺めながら、

「なにか、ご用ですか、奥さま？」と言った。

「アルフレッド。魚屋へ催促に行くのを断わったそうだけれど、どういうわけなの？」

アルフレッドは、不機嫌そうな声を出し、

「奥さまがお望みなら、すぐにでも行ってまいります。そうおっしゃっていただきさえすれば――」

「ああ、ほしいのよ。ほんとうに、お夕食にほしいのよ」

「わかりました、奥さま。すぐ行ってまいります」

彼はまたも不遜な眼差しをミセス・クレスウェルに投げかけた。彼女は顔を赤らめて、口のなかでつぶやいた。

「まあ！　なんて男だろう！　もう、がまんできないわ」

ミス・グリーンショウが声をかけた。「ミセス・クレスウェル、ちょうどよかったじゃないの。ぐあいよく、このおふたりがおいでくださって。ねがったり、かなったりよ」

ミセス・クレスウェルは、とまどったような顔つきを見せて、

「なんでしょうか、奥さま――」

「例の問題よ」と、ミス・グリーンショウはうなずいてみせて、「遺言上の受益者は、立会人になる資格がないのでしょう?……そうでしたわね」と彼女は、こんどはレイモンド・ウェストに向かって、質問した。

「そのとおりです」と、レイモンドは答えた。

「わたしだって」とミス・グリーンショウは言った。「そのくらいの法律的知識は持っているのよ。そして、あなた方お二人をりっぱな地位のあるお方と見て、お願いしたいのだけれど」

彼女は手にしていた移植ごてを、草取り籠のなかにほうりこんで、

「よろしかったら、書斎までおいで願えないかしら?」と言った。

「よろこんで、お供させていただきます」とホレイスは、勢いこんで答えた。

彼女はさきに立って、ふたりを案内した。フランス窓から屋内にはいると、そこはかなり広い、金色に飾り立てた客間だった。壁面には色あせた錦織りの壁掛けが垂れていて、椅子はすべて、ほこり除けのカバーがしてあった。そこを出て、うす暗い大ホールを抜け、階段をのぼり、階上の部屋へはいっていった。

「これが祖父の書斎よ」と彼女は、はっきりと言った。

ホレイスはぞくぞくするような興味にかられながら、室内を見まわした。この部屋もまた、彼の観点からすると、怪奇な品々の宝庫だった。探しまわったって、そうかんたんには見つかるしろものでない。変わった家具の上に、スフィンクスの頭がのっかっている。ばかばかしいくらい大きなブロンズ像があるが、どうやらポールとヴィルジニーをあらわしているらしい。古典的な意匠によるブロンズの大時計は、ぜひとも写真に撮りたいものと長いあいだあこがれていたものの一つであった。

「りっぱな本が、たくさんあるわ」とミス・グリーンショウが言った。

レイモンドはすでに書籍に眼をやっていた。だが、ざっと見わたしたところでは、とりたてて興味をひくものはなかった。しかも、そのどれもが、読まれた形跡がまったくない。すべて豪華に装幀された古典ばかりで、九十年以前にあっては、紳士の書斎を飾るにはこうした書物が必要であったのであろう。なかには過ぎ去った日の流行小説もいくつかまざっていたが、これもまたぜんぜん手にされたあとが見られなかった。

ミス・グリーンショウは、大きなデスクの引き出しをかきまわしていたが、やっと羊皮紙の文書をとり出して、

「これが、わたしの遺言書なの」と説明した。「財産をだれそれに遺す——といったものなのよ。もしも、わたしがこれを書かないで死んだら、馬喰《ばくろう》のせがれが、なにもかも

持っていってしまうことになるわ。ハリー・フレッチャーというのは、顔立ちこそきれいでも、肚のなかはじつに汚い男だった。そんな男のせがれにこの邸をのこしてやる必要があるかしら。とんでもない話だわ」彼女はなにか、無言の異論に反駁《はんばく》するかのように喋りつづけた。「それでわたし、決心したの。クレスウェルに遺すことにきめたのよ」

「お宅の家政婦にですか？」

「そうよ。あれには説明してあるの。わたしの財産ぜんぶを贈る遺言書を作ったということをね。ですから、これからはあれに給料を支払う必要がなくなった。毎日の支出を切りつめれば、それだけ、あれにとって利益なのだから。いやなら、予告なしにいつでも暇をとればいいのよ。ごらんのとおり、ずいぶん気どった女だけれど、父親というのが鉛管工で、やっと食べていたような職人だった。あんなに上品ぶるのがおかしなくらいなのよ」

喋りながら、彼女は羊皮紙をひろげていた。そして、ペンを取り上げて、インク壺に浸すと、キャサリン・ドロシー・グリーンショウと署名をした。

「これでよろしいわね」と彼女は言った。「わたしが署名したのを、あなた方はごらんになった。それで、つぎはあなた方に署名していただく。それで、これが法律的に有効になりますから」

彼女はペンをレイモンド・ウェストの手にわたした。しかし、彼はその依頼に、われながら意外な嫌悪を感じて、ちょっとためらった。そして、できるだけはやく片づけようと、世間に知られた自分の名前をなぐり書きした。午前の郵便で、すくなくとも日に六回は要求される署名なのだ。

ホレイスも彼からペンを受け取って、自分の名前を書き加えた。

「終わったわね」ミス・グリーンショウは言った。

そしてそれから、彼女は書棚の前に歩みよって、どれにしようかといった顔つきで書物の列を眺めていたが、急にガラス扉をひらいて、なかの一冊をとり出すと、たたんだ羊皮紙をなかにすべりこませた。

「わたしには、わたしだけが知っている隠し場所があるの。それがこれでして――」

「『オードリー夫人の秘密』ですね」とレイモンド・ウェストが、彼女がその書物をもとの位置にもどすとき、書名をすばやく読みとって言った。

ミス・グリーンショウは、もう一度、喉を鳴らして笑いながら、

「あの頃のベストセラーよ。もちろん、あなたのお書きになるようなものではないけれど」

そして彼女は、急に親しみをあらわして、レイモンドの脇腹にかるい衝《つ》きをあたえた。レイモンドは、彼女が自分をものを書く人間だと知っているのでおどろいたようすだった。レイモンド・ウェストという名は、むろん文壇では知らぬものはないが、ベストセラーの作者とは義理にも言えたものでなかった。中年になるにおよんで、いくらかは鋭《えい》鋒《ほう》をやわらげてきているが、元来、彼の作品は、人の世のみにくい面を無慈悲にえぐり出してみせるものばかりだった。

一方、ホレイスは息をのむようにして、要求した。「この時計の写真を撮らせていただけませんでしょうか？」

「けっこうよ」ミス・グリーンショウは答えた。「これはたしか、パリ博覧会で買い入れたものなの」

「そうでしょうな。きっと、それにちがいありませんよ」と言って、ホレイスはその写真を撮った。

「この部屋は、祖父が死んだあと、使っていないの」ミス・グリーンショウは語った。「このデスクには、祖父の古い日記がいっぱいしまってあるのだけれど、わたし、あいにくと視力が弱って、自分で読むことができなくて……。出版したらずいぶん評判になると思うのよ。でも、それにはそれで、ずいぶん手間がかかるでしょうし」

「人を雇って、やらせてみたら、どうなんです？」と、レイモンド・ウェストが意見を述べた。

「さあ、うまくいくかしら？　でも、それはいい考えだわね。わたし、考えてみるわ」

レイモンド・ウェストは腕時計に眼をやって、

「長居をしてしまいました。これ以上、奥さまのご親切にあまえているわけにもまいりません」

「いいえ、わたしのほうこそお眼にかかれてうれしい思いをさせていただいたわ」ミス・グリーンショウは、品よく言った。「でも、最初あなた方が家の角をまがっておいでになる足音を聞いたときは、警官がきたのかとまちがえたわ」

「なんです、警官ですって？」なにごとによらず、質問を欠かさぬホレイスがすぐに訊きただした。

ミス・グリーンショウは、意外なことばで応答した。

「――時間が知りたかったら、お巡りさんにお訊き――」と彼女は唄うようにして言った。そして、このヴィクトリア朝風な機智と一緒に、ホレイスの脇腹をついて大声に笑ってのけた。

「愉快な午後だったね」と、帰る途中、ホレイスはくたびれきった顔で、溜め息をつきながら言った。「あそこには、なんでもあるじゃないか。あの書斎に欠けているものは、死体だけだ。古い型の探偵小説では、きまって書斎で殺人が行なわれるが、そういった作者が胸に描いているのは、まさに、ああいった部屋にちがいない」

レイモンドはそれに答えて、

「殺人事件の話だったら、ぼくの伯母のジェーンとなさるがよろしい」

「伯母のジェーン？　というと、ミス・マープルのことかね？」ホレイスはいささか、面喰らったように言った。

ミス・マープルには前の晩、紹介されたばかりだった。魅力はあるが、古い世界にとじこもったような老嬢で、およそ殺人とはかけはなれた感じの婦人なのだ。

「そうですよ。殺人事件が、あの伯母の専門でしてね」と、レイモンドは答えた。

「これはおどろいた。あのひとがね。それはまた、ひどく興味をそそられる話だが、いったい、どういうわけなんだね？」

「つまりですね」とレイモンドは言って、その意味を説明した。「殺人を犯すやつがいる。殺人事件に巻きこまれる連中がいる。そのほかに、殺人事件を見ると、とたんに出しゃばってくる人種がいる。ぼくの伯母のジェーンは、この第三の部類に属していましてね」

「冗談はやめよう」

「冗談じゃありませんよ。なんでしたら、スコットランド・ヤードの元の総監にお訊きなさるがいい。でなければ、この州の警察本部長とか、ＣＩＤの腕達者な警部を、ひとりかふたりつかまえて、訊いてごらんになるのですな」

ホレイスは愉快そうに、奇跡はまだ終わってはいないとみえると言った。そして二人は、お茶の時間に、レイモンドの細君のジョーン・ウェスト、彼女の姪にあたるルー・オクスリー、伯母である老嬢ミス・マープル——こういった顔触れをまえにして、その日の出来事のあらましを伝え、ミス・グリーンショウの口から出た事実を語って聞かせるのだった。

「しかし」とホレイスは、そのあとにつけ加えるのを忘れなかった。「いまになって考えると、なにかこう殺人のための舞台がととのいすぎているようで、不吉な感じさえ受けますよ。たとえば、侯爵夫人然とした家政婦ですね。女あるじが、彼女に有利な遺言を作ったと知ると、ティー・ポットのなかに砒素を入れるということになるんじゃないですかな」

レイモンドはミス・マープルに向かって、「どうでしょう、ジェーン伯母さん？　殺人が起こりますかね？　どんなふうに考えます？」

ミス・マープルは、ちょっときびしい表情になって、手にした毛糸を巻きながら、こう答えた。「注意しておきますがね、レイモンド。そういったことは、軽々しく口にするものじゃありませんよ。もちろん、砒素は考えられることで、だから危険なの。かんたんに入手できるものだからね。いえ、いまでもちゃんと物置の道具棚においてあるんじゃないかしら？　除草剤がそれなのでね」

「そのとおりですわ、あなた」と、妻のジョーン・ウェストが如才なくひきとって、「伯母さまのご注意を待つまでもないことよ」

レイモンドは話をそらして、

「遺言書を作るのは勝手だが、あの婆さん、これといって残しておくような財産はないのじゃないかな。あるのはただ、ばかでかいあの邸だけ。もらって迷惑するばかりさ。だれがあんなものをほしがるものか！」

ホレイスが口を出した。

「映画会社が買うだろう。でなければホテルか、なにかの施設が」

「どうせ、ただみたいに、叩いてかかるだろうよ」レイモンドがそう言うと、ミス・マープルは首をふって、

「ねえ、レイモンド。わたし、その点では、あんたの意見に賛成できませんね。ええ、

お金のことよ。お祖父さんというひとは、お金をたくさんもうける一方、湯水のように使ってしまう性分でしたから、お金を貯めたわけでないことはわかっているわ。ですから、身代が左前になったんでしょうけれど、破産してしまったというわけでもないようね。ほんとうに破産したのなら、その邸は債権者にとられて、息子には遺らなかったはずじゃないの。で、その息子はというと、こうした場合のおきまりで、父親とは正反対の性格の持ち主、つまり、たいへんなけちん坊というわけね。最後の一ペニーまで貯めこむという男だった。ですから、一生のあいだに、かなりの額を貯めこんだにちがいなくてよ。ミス・グリーンショウは、この性質を受けついで、やはりおなじように、お金を使うのをきらっている。だから、あの邸にも、莫大なお金がしまいこんであるんじゃないかしら。それ、ありうることだと考えられるわよ」

「でしたら」と、妻のジョーン・ウェストが口を出した。「あの邸で、ルーを使ってもらえないかしら？」

みなはいっせいに、ルーに眼をやった。彼女は暖炉の前に、だまって座っていた。ルーはジョーン・ウェストの姪である。彼女は最近、夫に死に別れ、二人の子供をかかえて、彼女のことばによれば、養育費にもこと欠く状態だったのだ。

ジョーンは説明した。

「つまり、こうよ。ミス・グリーンショウが、祖父の日記を整理して、出版できるようにまとめるひとを、ほんとうに探しているのだとしたら、ということなの」

「それは、いい考えだな」と、レイモンドも応じた。

ルーはひくい声で言った。

「そうね、わたしに適した仕事ね。きっと、愉しくつとめられると思うわ」

「では、ぼくが彼女に手紙を書こう」とレイモンドが言った。

「でも」とミス・マープルが、考えこみながら言った。「その老婦人が、警察官ということばを口に出したのは、どういう意味なのかしら？」

「なあに、冗談ですよ」

「それで思い出した」とミス・マープルは、はげしくうなずきながら、「そうよ。いまの話で、わたし、すぐにネイスミスさんのことを思い出したわ」

「だれです、その、ネイスミスというひとは？」レイモンドも好奇心を起こして、質問した。

「そのひと、養蜂を商売にしていたの」とミス・マープルは答えた。「日曜新聞にのる謎《アクロスティック》詩を解くのが得意だったのだけれど、ただ、ときどきふざけて、相手にまちがった印象をあたえては、面白がる癖があってね。そのために問題を起こしてばかりいたわ」

だれもがだまって、しばらくのあいだネイスミス氏のことを考えていた。どう首をひねってみたところで、その男とミス・グリーンショウとのあいだに、共通点があるとは思えなかったからだ。そこでみなは、わが愛すべき老嬢ミス・マープルも年のせいか、近頃頭がおかしくなってきたのだと判断した。

2

ホレイス・バインドラーは、それ以上、怪奇物の収集に成果をあげることがなく、ロンドンに帰っていった。レイモンド・ウェストはミス・グリーンショウに手紙を送って、ミセス・ルイザ・オクスリーという、日記類の整理にはもってこいの腕を持つ婦人がいるが、雇う気はないかと問いあわせた。数日すると、返事がとどいた。古風な、くもの巣をはりめぐらしたような書体で、ミス・グリーンショウは言ってよこした。ぜひとも、オクスリー夫人の助力をえたいから、至急、訪問していただけないか、お待ちしていると書いてあったのである。

ルーはきめられた日に、グリーンショウ家を訪れて、有利な条件で雇い入れられることになった。そして、そのつぎの日から、さっそく仕事にとりかかった。

「お礼の申し上げようがないくらいよ」とルーはレイモンドに感謝した。「万事、つごうよくいって、わたし、こんなうれしいことないわ。朝、子供を学校へ送っていって、それから〈グリーンショウ氏の阿房宮〉へ出勤するのよ。そして、帰りには、学校へ子供たちを迎えに行けますし、その点は申し分ないのだけれど、でも、あの邸はとても風変わりで、おかしな気持ちになってしまうのだわ。あのお婆さんだって、じっさいに見ないひとには、想像もできないようなひとですしね」

最初の日の夜、ルーは帰宅すると、その日の経験をそのように語って聞かせた。

「家政婦の姿は、ほとんど見かけることがないと言ってもよいくらいなの。十一時半にコーヒーとビスケットを持ってきてくれたけれど。口をすぼめて、ひどく気どった喋り方をするひとよ。でも、わたしには話しかけもしなかったわ。きっと、わたしが雇われたことに、いい感情を持っていないのね」彼女の話は、まだつづいている。「それに、あのひとと庭師のアルフレッドのあいだも、にらみあいがつづいているようよ。アルフレッドって、この土地で育った青年で、かなりの怠け者らしいわ。それはともかく、この青年と家政婦は、ぜんぜん口もきかないと言っていいくらいなの。ミス・グリーンショウはそれについて、あのひとらしく、とてもおうような態度で静観しているばかりで、こんなふうに言っていたわ。『庭師と家のものは、どうしても仲がわるいときまっているのね。お祖父さまの時代も、そうだったようよ。庭師としては、おとなが三人、少年が一人いて、メイドのほうは八人いたのだけれど、やはり、争いが絶えなかったような の』なんですって」

つぎの日、ルーはまた新しいニュースを持ってもどってきた。

「面白いことがあるのよ」と彼女は言った。「わたし、けさ、奥さまの甥へ電話をするように言いつかったの」

「ミス・グリーンショウの甥かね」

「そうなの。そのひと、〈ボーラム・オン・シー〉で、現在、夏季公演をやっている劇団の俳優らしいわ。劇場へ電話して、あす、おひるを食べにくるように言ってくれというの。ところが、おかしなことに、あのお婆さん、それを家政婦にさとられたくないんですって。きっとミセス・クレスウェルが、なにかミス・グリーンショウの気に障るようなことをしたにちがいないわ」

「スリル満点の話だが、そのつづきはあすの愉しみというわけか」と、レイモンド・ウエストが、口のなかでつぶやいた。

「そうよ。まるで、連載小説みたいだわ。甥ごとの和解。血は水より濃いというわけね——遺言書を書きなおして、古いほうは反故《ほご》にするのでしょうよ」

「ジェーン伯母さん、ひどく考えこんでおられますね」

「そう見えて？　で、ルーさん、警官のことについてなにか聞いてはいませんか」

ルーはけげんそうな顔をして、「警官のことなど、なにも聞いてはいませんわ」

「ミス・グリーンショウのあのことばは」とミス・マープルは言った。「なにか意味《いい》があるにちがいないのだけれど」

翌日、ルーはあかるい気分で仕事についていた。玄関からはいったのだが、そこのドアはあけっぱなしだった。そういえば、この邸では窓といわず、ドアといわず、いつもかならずあけっぱなしだった。ミス・グリーンショウは、泥棒を心配しないらしい。それも道理で、この邸のなかの品物は、どれをとっても何トンという重量があって、しかも市場価値がゼロというものばかりだから、心配するほうがおかしいといえるのだった。

ルーは車寄せのところで、アルフレッドの姿を見かけた。そのとき、彼は木立ちによりかかって、タバコをふかしているところだった。彼女が近よったのを見ると、いそいで箒をつかんで、熱心に落葉を掃き出した。なるほど、評判どおりの怠け者だわ。でも、顔立ちだけは相当のものだ、と彼女は思った。そして、その顔立ちがだれかに似ているような気がしてならなかった。ホールをぬけて、階段をのぼり、書斎にはいった彼女は、マントルピースの上にかかっているナサニエル・グリーンショウの大きな肖像画に眼をやった。ヴィクトリア朝繁栄期の絶頂にある姿で、大きな肘かけ椅子に身をしずめ、肥満したその腹に光る金鎖の上に両手をおいていた。腹から顔に視線を移して、分厚なあご、ふとい眉、ふさふさした黒い髭を見ていると、若い頃は、さぞ美男子だったと思われる。それに、どこかアルフレッドと似ているところがあるのだった……

彼女は書斎に落ち着くと、後ろのドアをしめて、タイプライターの蓋をはずし、デスクの袖の引き出しから古い日記帳をとり出した。あけはなしてある窓の向こうに、焦茶色の小枝模様のプリントを着たミス・グリーンショウの姿が見えた。岩石庭園にかがみこんで、せっせと雑草をひきぬいているところだった。雨が二日もつづいたので、雑草は勢いづいているのである。

都会育ちのルーは、もしも庭を持つような機会があったら、いちいち手で雑草をひきぬかねばならぬような岩石庭園はつくらないことにしようと心にきめた。それから、彼女の仕事にとりかかることにした。

十一時になると、いつものとおりコーヒー盆を手にしたミス・クレスウェルが、書斎にはいってきた。はた眼にもわかるくらい、不機嫌なようすで、テーブルの上に音を立て盆をおくと、だれに言うとなく言ってのけた。

「正午《おひる》にはお客さまが食事にくるというのに、家のなかにはなに一つ材料がありゃしない。これで料理ができるかどうか、うかがいたいくらいだわ！　アルフレッドはアルフレッドで、例によって、雲がくれしてしまったし――」

「あのひとでしたら、わたしがくるとき、車寄せのところを掃除していましたわ」と、ルーが答えた。

「そんなところでしょうよ。あの仕事が、いちばん楽なんですもの」

そしてミセス・クレスウェルは、飛ぶようにして部屋を出ていった。ドアがつよく音を立ててしまった。ルーは思わず苦笑いをもらした。そのあと、甥ごはどんな男かしらと考えてみたりした。

コーヒーを飲みおわると、彼女はまた仕事にもどった。それはひどく面白くて、時間の経つのも忘れてしまうほどだった。ナサニエル・グリーンショウは、日記を書きはじめた当時、なんでもあけすけに書き残すことに愉しみを感じていたらしい。隣り町にある酒場の女給の個人的な魅力を描写しているのだが、ルーはそのくだりをタイプしながら、この仕事にはかなりの編集技術が必要だと考えたりした。

その矢先、庭からのするどい叫び声が、彼女をびっくりさせた。跳びあがって、彼女はひらいてある窓に走りよった。ミス・グリーンショウが、岩石庭園から邸へむかって、ふらふらした足どりで歩いてくるところだった。両手で胸をおさえているが、そこに羽根のついた長いものが突き出ている。それが矢の柄であるのを知って、ルーは呆然となった。

ぺしゃんこの麦わら帽をのせたミス・グリーンショウの頭が、その胸の上に垂れ下がっている。消えてしまいそうな声で、老婆はルーの名を呼んだ。「……射たれたわ……あの男、わたしを射ったの……矢で……くるしい……」

ルーがあわてて、ドアのほうへ飛んでいった。把手をひねってみたが、びくともしなかった。二度、押してみて、はじめて閉じこめられていることに気がついた。彼女は窓のところへひっ返して、

「わたし、閉じこめられてしまいました」

すると、ミス・グリーンショウは、ルーのほうに背を向けて、ちょっとふらつきながら、向こうの部屋の窓に向かって、家政婦の名を呼んだ。

「電話して……警察を呼んで……」

言いながら、酔漢のように左右によろめきつつ、ミス・グリーンショウはルーの窓から姿を消した。居間へはいっていったものと思われた。その証拠に、すこし間をおいて、

陶器のこわれる音、つづいてなにかどすんと倒れる物音がした。だが、そのあとは静かになってしまった。ルーは想像をめぐらして、その現場の再構成をやってみた。ミス・グリーンショウはよろめいた拍子に、セーブル焼きのお茶のセットがおいてある小テーブルにぶつかったにちがいないのだ。

ルーは懸命にドアを叩き、大声でさけんでみたが、だれもやってこない。窓の外には雨どい一つないので、この二階からでは地上に降り立つ方法がなかった。

結局ドアを叩くのに疲れてしまって、彼女は窓のところにもどった。向こうにある家政婦の部屋からミセス・クレスウェルの頭がのぞいた。

「おねがいだわ、オクスリーさん。ドアをあけていただきたいの。わたし、しめられてしまったのよ」

「わたしも、おなじ目にあっていますわ」

「あら、そうなの？　困りましたわね。警察へは電話しておきましたけれど、ええ、この部屋には電話がありますのよ。でも、なぜわたしたちが閉じこめられたのか、わからないわ。錠のかかる音も聞こえなかったんだけれど——」

「わたしもよ。そんな音、聞かなかったわ。どうしたら、いいのでしょうか。たぶん、アルフレッドが、そこらにいると思いますが」

ルーはできるだけ声を張り上げて庭番を呼んだ。

「アルフレッド、アルフレッド！」

「食事にでも出かけたのかしら？　いま何時なんでしょう？」

ルーは腕時計を見た。

「十二時二十五分よ」

「あの男、十二時半までは、食事に出かけてはいけないことになっているのだけれど、図々しいから、眼をはなすと、すぐ早めにこそこそと出ていってしまうのよ」

ルーはそれどころでなかった。

「クレスウェルさん、あなたは――あなたは――」

あなたはミス・グリーンショウが死んだと思って？　と訊くつもりだったが、声が喉につまって、ことばにならなかった。

あとはただ待つよりほかに方法はなかった。彼女は窓のかまちに腰をかけて待った。やがて、建物の角からヘルメットをかぶった頑強そうな警官の姿が現われたが、それまでの時間が永遠のように思われた。ルーはいそいで窓からからだを乗り出すと、警官は手をかざして彼女を見上げた。そして、話しかけたが、声の調子に叱責しているようなひびきがあった。

「そんなところで、なにをしているんです？」と咎めだてする語調である。

それぞれの窓から、ルーとミセス・クレスウェルが一緒に顔を出して、それぞれ興奮した面持ちで出来事を喋りたてた。

警官は手帳と鉛筆を取り出して、

「あなた方お二人が二階へ駈けあがったはずみに、うっかりしてドアに鍵をおろしてしまって、出られなくなったというんですね。お名前は？」

「いいえ、ちがいますわ！　だれかが、わたしたちを閉じこめたんですわ。助け出して下さい、はやく！」

警官は子供を叱るように、

「落ち着きなさい、すぐ出して上げますから――」と、言いながら、階下の窓から姿を消した。

またしても、過ぎ去る時間が無限に長く感じられた。やがてルーは車の到着する音を聞いた。そして、それから一時間も経ったかと思われた頃――といっても、じっさいは、わずか三分しか経っていなかったのだが――ミセス・クレスウェル、ルーの順序で、はじめの警官よりも、もうすこしましに思われる巡査部長の手で救出された。

「ミス・グリーンショウは」とルーの声はどもりがちだった。「どう――どうなったのでしょう?」

巡査部長は、咳ばらいをしてから言った。

「まことにお気のどくなことですが、いまもミセス・クレスウェルに知らせたように、グリーンショウの奥さんは亡くなられました」

「殺されたんです」ミセス・クレスウェルがつけ加えた。「つまりその――これは、殺人事件なんですよ」

巡査部長は、急にあいまいな語調に変わって、

「しかし、ただの災難ということもありえます――村の子供たちが矢を射ったのかもしれませんからね」

つづいて、また車の到着する音が聞こえた。巡査部長は、検死官《M・O》らしいなと言って階下へ走り下りていった。

だが、それは検死官ではなかった。ルーとミセス・クレスウェルが階下へ降りていってみると、若い男が玄関の扉口に足を踏み入れたまま、ちょっと面喰らった表情で室内を見まわしていた。

が、すぐにまた、あかるい声にかわって喋り出した。その声はルーの耳にはじめて聞くものではないように思われた――おそらく、ミス・グリーンショウと血がつながって

いるので、親族間の類似性があらわれたのであろう。彼は質問した。

「失礼ですが、その——その、なんですが、ミス・グリーンショウはこの邸にお住いなんでしょうね」

「そのまえに、よろしかったら、あなたの名前を聞かせてもらえませんか」巡査部長は、前にすすみ出て、訊きただした。

「フレッチャーといいます」と青年は答えた。「ナット・フレッチャー。嘘いつわりのないところ、ぼくはミス・グリーンショウの甥なんです」

「そうでしたか、それはどうも——しかし、お気のどくではありますが——たしかに、その——」

「なにか、起きたのですね？」と、ナット・フレッチャーが質問した。

「事故があったのです——あなたの伯母さまは矢で射られました——頸動脈を射ぬかれて——」

ミセス・クレスウェルはヒステリックに喋っている。いつもの上品さは、どこかへ飛んでしまっていた。

「あなたの伯母さまは殺されたんです。事件というのは、そのことなんですが、あなたの伯母さまは殺されました」

3

ウェルチ警部は、椅子をすこしテーブルのほうへ近づけて、そこに居あわせた四人の男を一人ずつ眺めやった。それはおなじ日の夕刻だった。ウェスト家で、警部は家人にルー・オクスリーをもう一度呼ぶようにたのんだ。その陳述をあらためて聞いてみる必要があるのだと説明した。

「そのときのミス・グリーンショウのことばを、正確に記憶していますかね？『射たれたわ……あの男、わたしを射ったの……矢で……くるしい』こう言ったのですね？」

ルーはうなずいた。

「で、時刻は？」

「わたし、その一分か二分あとに、腕時計を見ました――それは、十二時二十五分すぎでした」

「あなたの時計にくるいはないのですかね？」

「掛け時計も見ましたわ」

警部はつぎにレイモンド・ウェストに向きなおって、質問した。

「一週間ほどになりますかな。あんたと、ホレイス・バインドラーさんが、ミス・グリーンショウの遺言書作成に立会人になられたのですね？」

レイモンドは、彼とホレイス・バインドラーが、〈グリーンショウ氏の阿房宮〉を訪問した日のいきさつを要領よく話して聞かせた。

「あなたのその証言は、重要なものでありますぞ」ウェルチ警部は言った。「そのときミス・グリーンショウが、その遺言書は家政婦ミセス・クレスウェルのために作られている、自分が死ねば、全財産がミセス・クレスウェルに遺されることになっているので、そのかわり、家政婦としての給料は支払わないことにしてある。そのようにはっきりと、ミス・グリーンショウはあなたに話したのですね？」

「そうです——そう、はっきり言っていました」

「で、ミセス・クレスウェルのほうは、そのことを明瞭に知っていたのでしょうか？」

「もちろん、そうですよ。現にぼくたちのまえでも、ミス・グリーンショウは言っていました。遺言による受益者は、遺言書作成の立会人になることはできないとね。そして、ミセス・クレスウェルもその意味をはっきり理解していました。それに、ミス・グリーンショウ自身、このことはミセス・クレスウェルと話しあったうえでの結論だと述べていました」

「では、ミセス・クレスウェルには、その日の遺言書作成が自分に重要な関係があるのだと信じるだけの理由があったわけですね。となると、彼女の場合、動機があることは明瞭ですな。あれで、ここにおられるオクスリーさんと同様に、部屋に完全に閉じこめられるという事実さえなければ、ミセス・クレスウェルこそ、第一の容疑者と見ることができるのですが、それにしてもミス・グリーンショウは、男が射ったと、はっきり言っていたのですかね？」

「それよりも、ミセス・クレスウェルが部屋に閉じこめられていたというのは、まちがいないことなんですか？」

「それは疑いありません。ケイリー巡査部長が助け出しているのです。錠前は昔風の大きなやつでしてね。やはり旧式の大きな鍵がついていました。ええ、鍵は外から鍵穴にさしたままで、なかからその鍵をまわすとか、そんな手品のできる余地のないものです。あの家政婦が、部屋に閉じこめられていたことはまちがいありません。それに、部屋の窓のなかには弓矢に類するものはなにもなかったし、かりにあったにしても、あの部屋の窓から庭にいるミス・グリーンショウを射ることは不可能なんです。角度からいってもぜんぜん無理な話で、まずミセス・クレスウェルに嫌疑をかけるわけにはいきませんな」

そこで、警部はちょっと息を入れて、また話をつづけた。

「あなたはどうお考えです？　ミス・グリーンショウという老女は冗談を言うような性分だったのでしょうか」

そのとき、隅のほうで、ミス・マープルがするどく顔を上げて言った。

「とおっしゃるのは、結局その遺言書がミセス・クレスウェルにとって、有利ではなかったというのですか？」

ウェルチ警部は、おやっといった表情で彼女のほうへ眼をやった。

「すばらしい推理力ですな、奥さん。おっしゃるとおりですよ。ミセス・クレスウェルは、受益者のうちにはいっていなかったのです」

「ネイスミスさんの場合とそっくりね」とミス・マープルはうなずいて、「全財産を遺すと言って、給料を支払わずにすませていたってわけよ。そうしておいて、お金は別のひとに残し、そのからくりをミス・グリーンショウは、面白がっていたにちがいないわ。遺言書を『オードリー夫人の秘密』のなかにしまいこみながら、おかしそうに笑っていたのも、当然のことだわね」

「オクスリー夫人に教えていただいたので、遺言書の隠し場所がすぐに知れて、助かりました」と、ウェルチ警部は感謝して言った。「でなければ、われわれはそれを探し出すのに、ずいぶん手間どったにちがいありませんよ」

「つまり、ヴィクトリア朝風のユーモアというわけだな」とレイモンド・ウェストもつぶやいた。「それで結局、全財産は甥ごさんのものになったのね」とルーも言った。

が、警部は首をふって、

「それが、そうじゃないんです。ミス・グリーンショウは、ナット・フレッチャーにも遺さなかったのです。ここでこの話は、だいぶややこしくなってくるのですが――ええ、もちろんわたしは、きょうはじめてあの邸へ出向いたようなわけで、集めたニュースもまた聞きにすぎません。しかし、だいたい、話はこんなところと思えるのです。つまり、ずっと昔、あのミス・グリーンショウは、妹さんと二人して、一人の男におもいをかけていたらしいのです。美男子の馬術教師だそうですよ。そして、結局は妹のほうが、男の愛を獲得した。そんなわけで、ミス・グリーンショウは、妹の子には財産を遺さなかったと思えるのです」そこで警部は、いったんことばを切ってから、面白そうにあごをなでながら、つけ加えて言った。

「彼女はすべての財産を、アルフレッドにあたえました」

「アルフレッドですって！――あの庭番の――」ジョーン・ウェストが、びっくりしたような声を出した。

「そうなんです、ウェスト夫人。遺言書の受益者は、アルフレッド・ポロックだったのです」

そばでミス・マープルが、咳ばらいと一緒につぶやいた。

「でも、なぜかしら？　ひょっとしたら――そうね、まちがっているかもしれないけれど、これにもやはり家庭の事情がからんでいるのじゃないかしら。そんな気がしてなりませんよ」

「なるほど」と警部はうなずいて、「そう見ることもできましょうな。アルフレッドの祖父トマス・ポロックが、グリーンショウ老人の隠し子の一人だということは、村ではだれ一人知らぬもののない事実ですからね」

するとルーもさけんだ。

「それにちがいありませんわ！　そう聞いて、なっとくできました。顔立ちがとても似ていますのよ。わたしは、けさ、気づいたばかりですけれど」

彼女はその朝、アルフレッドのそばを通って、邸についたとき、グリーンショウ老人の肖像画を見上げて感じた印象を思い出しているのだった。

「おそらく、そうでしょうね」とミス・マープルはつづけた。「ミス・グリーンショウは知っていたのよ。アルフレッド・ポロックは、あの邸に誇りを持ち、そこに住みつきたいと思っている。それなのに、甥のナットのほうは、それをなにかの目的に使用するどころか、相続さえすれば、すぐにでも売り払う肚でいる。そうした二人の気持ちを、ミス・グリーンショウはちゃんと知っていた。ナット・フレッチャーは俳優でしたね？現在、どんな芝居をやっているのでしょうか？」

この老嬢の話は、とかく本論からはずれがちになるが、それもまたやむをえないことだと考えて、ウェルチ警部は丁重なことばで答えた。

「奥さん、あの劇団は、ジェイムズ・バリーの劇を公演しているはずですが――」

「バリーですか――」と、ミス・マープルは考えこみながら言った。

「《女ならばだれでも知っている》」ウェルチ警部はそう言ったが、とたんに顔をあからめて、「いや、なに、劇の名前ですよ」と、いそいでつけ加えた。そして、さらにつづけて、「わたし自身は芝居通のほうではないのですが、家内が好きでしてな。先週、行ってきたばかりです。なかなかの出来だったそうですよ」

マープルは言った。

「バリーは面白いお芝居をいくつも書いていますわね。でも、わたしの古いお友だちに、イースタリー将軍というひとがいて、このひとと一緒に、バリーの《リトル・メアリー》を観にいきましたの――」そして彼女は、悲しそうに首をふって、「――ところが、わたしたち二人とも、どこが観どころなのか、わからないままで帰ってきましたのよ」《リトル・メアリー》という劇を観たことのない警部は、なんと受け答えてよいものか、途方に暮れたような顔をした。ミス・マープルはそれを説明して、

「わたしたちの娘時代には、〝胃《ストマック》〟なんて下品なことばを口にするものは、一人もいませんでした」

警部はますます、当惑してきたようすだった。ミス・マープルは口のなかで、劇の題名をつぶやいていた。

「《あっぱれクライトン》、これはよくできていますわね。《メアリー・ローズ》――これもいいお芝居だわ。涙が出たのをいまでも憶えています。《お屋敷町》これはわたし、あまり好きになれません。そう、そう。《シンデレラへの接吻》も忘れるわけにはいかないお芝居ね」

ウェルチ警部としては、戯曲評に時間をつぶしている場合でなかった。さっそく彼は、当面の問題に立ち返らざるをえなかった。

「問題はですな」と、彼は喋り出した。「ミス・グリーンショウが、彼に有利な遺言書を作成してくれたことを、当のアルフレッド自身が知っていたかどうかですよ」そして、それにつけ加えて、警部は言った。

「もし、知っていたとすればですな――ボーラム・ラヴェルまでいけば、弓術クラブがあって、アルフレッド・ポロックはそのメンバーなんです。じっさい、あの男の弓の腕前は、たいしたものなんです」

横から、レイモンド・ウェストが口を出した。

「そうだとすると、事件は明白ですね。二人の婦人が閉じこめられたことも、やはりそれで説明がつく――女たちが家のどこにいるかは、アルフレッドならわかっていたんですからな」

警部は彼のほうにチラッと眼をやって、言いようのないくらい憂鬱な口調で言った。

「そのアルフレッドにはアリバイがあるんです」

「アリバイなんてものは、つねに疑ってかからねばいかんものでしょう」

「そうかもしれませんが」と警部は言った。「あなたはしかし、作家として話していらっしゃるのですな」

「ぼくは探偵物なんか書きませんよ」とレイモンド・ウェストは、考えただけでもぞっとするといった顔つきで答えた。

「アリバイはすべて疑ってかかれと言いますが、なにぶん言うはやすしのほうでしてね」とウェルチ警部は喋りつづけた。「不幸なことに、われわれは事実を無視するわけにいきませんので——」

と彼は溜め息をついて、

「目下のところ、容疑者は三人です。事件の起きた時刻に、たまたま現場近くに三人の人物が居あわせました。ところが、おかしなことにその三人が三人とも犯行の可能性が否定されているのです。まず家政婦ですが、これはすでに検討したとおりです。甥のナット・フレッチャーは、ミス・グリーンショウが射たれた時刻には二マイルもはなれた個所のガレージで、ガソリンをつめさせ、邸までの道を訊いているところでした。そしてまた、アルフレッド・ポロックにいたっては、十二時二十分に、〈犬とアヒル〉酒場へはいって、それから一時間のあいだ、いつものようにビールを飲みながら、パンとチーズの食事をとっていたとわかっているのです。なにしろ、証人が六人もいるのですからな」

「故意にアリバイを作ったのかもしれませんぞ」と、レイモンド・ウェストは、期待に眼を輝かせて言った。

「そうかもしれませんが」ウェルチ警部は言った。「しかし、なんにしても、事実がりっぱにアリバイを作り上げているのですからね」

それから、長い沈黙がつづいた。そのあと、レイモンドは、隅のほうできちんとした姿勢で考えこんでいるミス・マープルに顔を向けて言った。

「ジェーン伯母さん、この問題は、あなたにおまかせしますよ。警部も、巡査部長も、ぼくもジョーンもルーも、みんなそろって、わからなくなってしまいました。ただ、ジェーン伯母さん、あなただけには、水晶のように明晰な頭があるのですからね――ねえ、そうでしょう？」

ミス・マープルは答えた。

「そんなことはないわよ。水晶のように明晰だなんて、とんでもないことだわ。それに、レイモンド、殺人事件は遊びごとではないのよ。お気のどくなミス・グリーンショウが死にたがっていたとは考えられませんもの。あれは、とくべつ残酷な殺人です。周到に計画して、氷のようにつめたい気持ちで殺したので、冗談口をきいている場合ではありませんね」

レイモンドは顔をあからめて、

「すみませんでした、伯母さん。ぼくだってなにも見かけほど薄情な人間じゃないんです。つまり、なんですな、恐怖感をとりのぞきたいばかりに、わざとその、かるくとりあつかってみただけなのです」

「それが、この節のわるい風潮なんですよ」ミス・マープルはたしなめた。「みんな、戦争の影響ね、人の死まで冗談ごとにしてしまうのは。でも、あんたを冷淡だと言ったのは、わたしの言いすぎだったかもしれないわ」

ジョーンはわきからとりなして、

「それというのも、わたしたちはミス・グリーンショウのことを、あまりよくは知ってはいないからではありませんの？」

「それはそうよ。そのとおりだわ」とミス・マープルは答えた。「あなたはあのひとのことを、なにも知ってはいない。その点、わたしもおなじですよ。レイモンドにしたって、あの日の午後の会談からあのひとの印象をえているだけでしょう。ルーもまた、あの邸につとめたにしても、あのひとに会っていたのは二日間だけだし――」

「まあ、それはそれとして」とレイモンドがうながした。「ジェーン伯母さん、あなたのお考えを聞かせてください。よろしいでしょう、警部さん」

「いいですとも」と警部は、ていねいな口調で答えた。

「あの老嬢を殺害する動機のある人間が」とミス・マープルは語り出した。「そしてまた、だれからもそう考えられている人間が、三人いるというわけね。それでいて、その三人が一人も兇行を犯すことができなかったのをかんたんに証明できる。家政婦は部屋に閉じこめられていた。そしてミス・グリーンショウが、男に射たれたと、はっきり述べているのだから。では、男のほうはどうかというと、庭師はその時刻に、〈犬とアヒル〉酒場で食事をしていたのだから、兇行などできるわけがない。甥のナットにしても、殺害の時刻には遠くはなれた場所で車に乗っていたので、これもまた実行できなかったのがわかっている」

「なかなか要領のよい説明ですな、奥さん」と警部は賞讃して、

「といって、外部の人間がやるわけがないとなると、いったいこれは、どういうことになりますかな」

「そこが警部さんの知りたいところですな」と、レイモンド・ウェストも口を添えた。

それにたいして、ミス・マープルは弁解気味に言った。

「わたしたちは、ともすれば物ごとを、まちがった方向から見がちなものなの。もしも、これら三人の行動とか位置とかが、動かすことのできないほどたしかなものだったら、兇行の時刻を変更して考えることができるのじゃないかしら？」

「では、わたしの腕時計とあのお部屋の掛け時計が、両方ともくるっていたとおっしゃるのですか？」と、ルーが質問した。

「そうではないのよ」ミス・マープルは答えた。「そういうことを言っているのじゃないの。兇行が行なわれたと、あなたが考えているときには、まだそれが起きていなかっ

たという意味なのよ」

「だって、わたしはちゃんと、この眼で見ていましたわ」と、ルーはさけんだ。

「あのね、わたしはそれを、さっきから考えていたのよ。あなたがそれを目撃することが、はじめからきめてあったのじゃないかとね。あなたがあの邸に雇われたほんとうの理由は、そこにあったのではないかと、わたしのこの胸に訊いていたところなの」

「それ、どういう意味ですの、ジェーン伯母さま？」

「そうね、変に聞こえるかもしれないわね。でも、こういうことが考えられるのじゃないかしら？　ミス・グリーンショウというひとは、余分なお金を使うのがきらいな性分でしょう。それがあなたを雇い入れるときは、あなたが出した条件をそのまま鵜呑みにしてしまったわね。おかしいと思いません？　それもつまりは、あなたを二階の書斎において、窓の外を見させる必要があったからじゃないかしら。それで、殺害行為の時間と場所を申し立てる、重要な証人ができるのですからね。しかもそれが、申し分のない良識を持つ行動的な人間でね」

「でも、まさか」ルーは信じきれぬという面持ちで言った。「ミス・グリーンショウが、殺されるつもりで、わたしを雇うわけもないでしょうに？」

ミス・マープルは答えていった。

「わたしが言ってるのはね、あなたはミス・グリーンショウをほんとうには知らなかったのだということなの。あなたがあの邸で会ったミス・グリーンショウと、その二日ほど前に、レイモンドが顔を合わせたミス・グリーンショウと、おなじ人間だったと言いきれる根拠があるかしら？　そう、そう、それにね」と彼女は、ルーが口を出すのをさえぎるようにつづけた。「あのひとは一種独特な、ひどく古風なプリントの服を着て、おかしな形の麦わら帽子をかぶり、髪はぼさぼさにしていましたわね。この前の週末にレイモンドが話してくれたかっこうと、ぴったり一致してはいるけれど、でもね、あのふたりの婦人は、年配も背かっこうも、ほとんどおなじと言ってよいくらいなのよ。ええ、ミス・グリーンショウと、あの家政婦の二人は」

「だって」とルーはさけんだ。「家政婦はずっと肥っていますわ。胸だって、とても大きくふくらんで」

ミス・マープルは咳ばらいをした。

「それはあなた――そう、そう。最近わたし、見てきましたのよ。わたし自身が、この眼でね――最近は、いろいろなお店で、あられもないものを陳列してて、あれを入れたら、どんなひとだって、いろんな形といろんな大きさのバストが、とてもかんたんにできるようね」

「なにを言おうとしているんです、伯母さんは？」と、レイモンドが訊いた。

「わたしはね、ルーがあの邸で働いていた二日のあいだ、一人の女性が二役を演じていたのではないかと考えているの。朝方、コーヒー盆を運んでくる以外には、ほとんど家政婦の姿を見かけなかったと言ったでしょう？　上手な役者は、一秒か二秒のうちに別の人物に早替わりして、舞台に登場するじゃないの。あの場合、二人の扮装を変えるのなんか、とてもかんたんな仕事だったはずよ。侯爵夫人然とした頭飾りは、すっぽりとりはずしのできるカツラだったのじゃないかしら？」

「まあ、ジェーン伯母さま！　では、わたしがあのお邸で仕事をはじめる前にミス・グリーンショウは死んでいたとおっしゃるの？」

「死んではいませんよ。たぶん、睡眠薬でも飲まされていたのでしょうね。あの家政婦みたいな厚かましい女なら、それくらいな仕事は、ぞうさなくやってのけると思うわ。そのうえで、あの女はあなたといろいろな打ち合わせをしたりしたのよ。そして時間をきめて、甥を昼の食事に招くからといって、あなたに電話をさせたというわけなんだわ。このミス・グリーンショウがほんものの彼女とちがうことは、アルフレッドのほかはだれにもわからないことなの。それに憶えているでしょうが、あなたがつとめはじめた二日間は、雨が降っていて、ミス・グリーンショウが邸から出なくても、その理由が立ったわけなの。一方、アルフレッドは家政婦に敵意を持っているので、邸のなかへははいってこないし――そして最後の日の朝、アルフレッドが車寄せのほうにいるあいだに、ミス・グリーンショウの姿が、岩石庭園へ草取りをしに現われたというわけよ――わたし、その岩石庭園を、一度、見ておきたいと思うわ」

「すると、ミス・グリーンショウを殺したのは、ミセス・クレスウェルだとおっしゃるのですか？」

「わたしの考えはこうなの。あの女は、あなたのところへコーヒーを運んできて、その出ていきぎわに、部屋のドアに鍵をかけてしまった。その上で、薬で意識を失っているミス・グリーンショウを階下の居間に運んで、自分は〝ミス・グリーンショウ〟の扮装をする。そして、あなたが窓から見ていたように、女主人になりすまして、岩石庭園のほうへ出ていったってわけ。そこで、突然叫び声を上げる。そして、まるで喉にでも突きささったかのように、矢の柄をぎゅっと握りしめ、邸のほうへよろめきながらもどってくる。そこであなたに助けを求めたのだけれど、家政婦に嫌疑がかからないように、用意周到に、〝男が射った〟と、言ってのける。彼女は、家政婦の部屋の窓に向かっても、おなじことばをさけんでいたのでしょう。それから、階下の居間へはいりこむと、わざとからだを茶器がのっているテーブルにぶつけて――そしていそいで二階へ駈けあがる。すばやく、侯爵夫人のカツラをつけると、窓から顔を出して、自分もあなたとおなじように、閉じこめられているところを見せたってわけなの」

「でも、あのひとはほんとうに、閉じこめられていましたわ」

「それはそうよ。警官はあなたのじゃなくて、彼女の部屋へ最初に行ったのでしょう？」

「警官って、どの警官なんでしょう？」

「正確に言って——どの警官かしら？　警部さん、おさしつかえなければ、あなた方が現場へ到着した時間と、そのときの模様を話していただけません？」

警部は、ちょっとけげんそうな表情をみせたが、

「われわれは、十二時二十九分に、グリーンショウ家の家政婦ミセス・クレスウェルからの電話を受けて、女主人が射殺されたことを知りました。そこで、ケイリー巡査部長とわたしが、即刻、車で現場へ向かいまして、到着したのが十二時三十五分でした。すでにミス・グリーンショウはこときれており、二人の婦人が、それぞれの部屋に閉じこめられていたのでした」

「それごらんなさい」とミス・マープルは、ルーにむかって言った。「あなたが見た警官は、ほんとうの警官ではなかったのよ。あなたはその警官のことを、そのあと、二度

と考えてみようとしなかった。でも、それがあたりまえなのよ。だれだって制服の警官を見たら、司法そのものとして受け取ってしまいますもの」

「だったら、だれなんでしょう？――そして、どうしてそんなことを――」

「だれだって、という質問にも答えられますよ。《シンデレラへの接吻》の芝居がかかっているのだとしたら、警官が主役なんですからね。ナット・フレッチャーは、舞台用の衣裳を拝借するだけでよかったの。あの男は、その時刻、つまり十二時二十五分に注意を集中させるために、わざとガレージで道を訊いたのです。そのあと、すばやく車を走らせて、その車は、邸の角において、警官の制服を着用すると、自分の〝持ち役〟をやってのけたってわけなのよ」

「でも、なぜそんなことを――どうしてなんでしょう？」

「だれか、家政婦の部屋のドアに外から鍵をかける人間が必要だったからよ。それに、ミス・グリーンショウの喉に、矢を突き立てる男も必要だった。弓で射られたみたいに矢をつき刺すには、相当の力がいりますもの」

「すると、二人が共同して、殺したとおっしゃるのね？」

「ええ、そうよ。わたし、そう考えるわ。たぶんあのふたりは、母親と息子なんでしょうね」

「あら、ミス・グリーンショウの妹はずっと昔に死んだはずですわ」

「ええ。でも、フレッチャー氏は、再婚したにちがいなくてよ。話で聞いたところでは、そうしたことをしそうな男じゃないの。その子がまた、母親のあとを追うように死んで、このいわゆる甥と呼ばれているのは、二度目の妻の子どもで、じっさいにはなんの血のつながりもないのだと考えられるわ。で、女がまず、家政婦となって住みこみ、様子を偵察した。それから息子が、ミス・グリーンショウへ、その甥だと称して手紙を送り、訪問してよいかといってやった――おそらく彼は、冗談の意味で、巡査の制服を着て訪問すると言ったのかもしれないわ。でなければ、ミス・グリーンショウに、彼女のほうから彼の芝居を観にくるようにすすめたのかもしれないの。でも、ミス・グリーンショウは、彼がじっさいに血のつながりのある男かどうか疑って、面会を拒絶したにちがいないわ。もしもあのひとが遺言をしないで死んでしまえば、フレッチャーは相続人になれたかもしれないのよ。ただ、あの連中は、家政婦に財産が遺されるような遺言書ができているつもりで、その点は心配していなかったのでしょうけれど」

「それにしても、なぜ矢なんかをつかったのでしょう？」とジョーンが怪しむように言った。「ずいぶん行きすぎた話じゃありません？」

「ちっとも行きすぎてはいないのよ。アルフレッドは弓術クラブのメンバーでしょう。

そのアルフレッドに罪をかぶせるつもりでしたことなの。まだ十二時二十分だというのに、アルフレッドが酒場へいっていたという事実が、あの二人にとってはこのうえもない不幸だったわけよ。アルフレッドは、いつもきまって休んでよい時間よりすこし早めに食事に出ていく癖があったそうだけれど、それがこのさい、幸運に結びついたってわけね」そしてミス・マープルは頭をふって、「でも、その怠け癖がアルフレッドの身を助けたなんて、道徳的にはよいことではないけれど」

警部はしきりに咳ばらいをして、

「どうも、奥さん。ご意見は非常に興味ぶかいものでした。むろん、その趣旨にしたがって、さっそく調査させていただくことにしますが——」

4

ミス・マープルとレイモンド・ウェストは岩石庭園のそばに立って、しなびた草でいっぱいになった草取り籠を見下ろしていた。

ミス・マープルは、小さな声で数え上げている。

「なずな、ゆきのした、えにしだ、つりがね草……さあ、これでわたしに必要な証拠が、のこらずそろったというわけだわ。きのうの朝、ここで草をつんでいたのは、庭のことなどわかるひとではなかったのよ。雑草と一緒に、大事な草のほうまでぬいてしまっているのですもの。これで、わたしの意見の正しいことが証明できたってわけなの。お礼を言うわ、レイモンド。ここへ連れてきてくれたことによ。わたし、この場所を自分の眼でたしかめてみたかったの」

それから彼女は、レイモンドとふたりして、〈グリーンショウ氏の阿房宮〉と呼ばれている、ばかばかしいほど巨大な建物を見上げて立った。

咳ばらいが聞こえたので、ふたりは背後をふり返った。そこに、若い男がひとり、おなじように建物を見上げていた。

「いまさらながら、化けものみたいな家だな」と彼は言った。「きょう日のものとしては、たしかに大きすぎる――すくなくとも、世間の連中は、そう言うにちがいない。だけど、おれだけはそう思わんな。もしもおれがサッカーの賭籤《プール》で大金をもうけたら、これとおなじ建物をこしらえる気になるだろうよ」

それから彼は、二人のほうにきまりわるそうな微笑を送って、

「いまだから話しますが――じつは、この建物を作ったのが、わたしの曾祖父にあたる

ひとです」とアルフレッド・ポロックは言った。「村のやつらはこの建物を、〈グリーンショウ氏の阿房宮〉だなんて呼んでいますが、それでもやはり、これはこれなりにりっぱな建築物ではありませんか」

（宇野利泰訳）

解説？　エッセイ？

漫画家
川原　泉

クリスティー作品にそれほど詳しくもないくせに、生意気にも『解説だあ？』『エッセイだとお？』――はい、その通り。先に謝っちゃおう。ごめんなさい。なんだかインチキ臭い三流漫画家が、おこがましくもごたくを並べて参ります。

とゆー訳で、ミステリー界の大御所アガサ・クリスティー先生です。とっくの昔に死んじゃってます。にもかかわらず、没後三十年近く経とうとしている今現在でも、「ミステリーの女王といえば？」と言う質問に対し、大抵の人は彼女の名を口にするでありましょう。つまり世界的ビッグ・ネームな訳です。そういう人の作品に関して、私などが今さら何を言えば？　あまりにもグレート過ぎて実感が湧きませんが。

とはいえ、本書は比較的気軽な短篇集なので楽しく拝読させていただきました。あー面白かった。やっぱクリスティーっていいよね。時代を越えて愛されてるし、品があるし。思わずタメ口《ぐち》になる位イイ感じ。しかも、ポアロ物だし。

ポアロといえば、ピーター・ユスチノフ。名優です。映像化するにあたって、あの人以上の俳優さんは他にいないでしょう。でも……こないだ死んじゃったんですよね。――ショック。テレビで彼の『訃報』を知らされた時には、思わず「ウソ…」と呟いた私。大好きだったのに。あのキャラクター。あのシーン。毎晩ベッドに入る時、ファンキーな形のヒゲに変な寝グセがつかないように、きちんとヒゲ・マスクをかけて眠る几帳面な名場面。まだ若く柔軟だった頃の私のハートが、ガッシリと鷲摑みにされた瞬間でした。それ以降、私の中でポアロ＝《イコール》P・ユスチノフの図式は不動のものになったのですけど。…でも死んじゃった。名優でした。――合掌。

その悲しみを乗り越えて、本書『クリスマス・プディングの冒険』について語ろうとする私ってば七転び八起きな感じでステキ。頑張れ私。

さて、表題作の「クリスマス…」の中で、意外に思ったのは食べ物関係の描写です。世界的にも不味い事で有名なイギリス料理が、この作品の中ではかなり美味しそうに描かれています。英国人のクリスティー先生は、自国の料理を強く強く弁護しているです。愛国心のある人だな。それとも、不味いと評判の英国料理の中で、クリスマス・メニューだけは例外なのか？　これもある意味ミステリー。だって、そのラインナップを見る限り本当に美味しそうなんだものね。カキのスープに七面鳥料理、プラム・プディングにミンス・パイ、各種デザート…。これを読むと、「一度でいいから伝統的なマナー・ハウスとかのクリスマスの宴に招待されてみてえ」と勘違いしてしまいそうな表現の数々。その昔、プディングには六ペンス銀貨を混ぜ込む風習があった事もトリビア的に学べますし。

ところで六ペンスつったら、あれに関係あるですか？　マザー・グースの「六ペンスのうた」

「六ペンスの　うたをうたおう　ポケットは　むぎでいっぱい　二十四わのくろつぐみ…」（谷川俊太郎・訳　草思社）

——ん？　「二十四羽の黒つぐみ」？

この短篇集のなかにも同じタイトルの作品があるですね。イギリスの童謡マザー・グースとミステリー小説って、切っても切れない関係が…。

そういえば日本でも一時期、「かごめかごめ」とか「七つの子」とかをモチーフにした推理物が流行ってた頃がありましたっけ。今でも捜せばどっかに「花いちもんめ殺人事件」とかあるかもしんない。

ワタシ的にも、本書の中ではこの「二十四羽の…」が一番好き。グルメなポアロ氏の言動は楽しいし、犯人がちょっとトホホで笑えるし、「食い意地を張ったばっかりに…」という教訓まで垂れてくれますし。彼の二の舞を踏まないように私も気をつけなければなりません。

近年、推理物の分野に於いて、頭の方に「ホラー」が付いた作品が目立つようになりました。「ホラー・ミステリー」とか「ホラー・サスペンス」とか。そして、その殺人現場の凄惨な様子と言ったら…。犯人像も「おまえ、絶対に地球人じゃないだろ」みたいな訳のわからないサイコ・パスとかシリアル・キラーとかの推理しにくい壊れたキャラクターが目白押し。ま、それはそれで面白いから好きですが、クラシカルでベーシックな推理小説に於ける正しい動機に基づいた正しい犯行計画と下準備によって正しく完全犯罪を目論む正しい犯人像を、読み手が正しく推理してこそのミステリーの正しい王道って気もする今日此頃です。ゆえに本書は、「やっぱ基本は大切ね」っぽい感じの心が和む短篇集であると申せましょう。

名探偵の宝庫

〈短篇集〉

クリスティーは、処女短篇集『ポアロ登場』（一九二三）を発表以来、長篇だけでなく数々の名短篇も発表し、二十冊もの短篇集を発表した。ここでもエルキュール・ポアロとミス・マープルは名探偵ぶりを発揮する。ギリシャ神話を題材にとり、英雄ヘラクレスのごとく難事件に挑むポアロを描いた『ヘラクレスの冒険』（一九四七）や、毎週火曜日に様々な人が例会に集まり各人が体験した奇怪な事件を語り推理しあうという趣向のマープルものの『火曜クラブ』（一九三二）は有名。トミー&タペンスの『おしどり探偵』（一九二九）も多くのファンから愛されている作品。

また、クリスティー作品には、短篇にしか登場しない名探偵がいる。心の専門医の異名を持ち、大きな体、禿頭、度の強い眼鏡が特徴の身上相談探偵パーカー・パイン（『パーカー・パイン登場』一九三四、など）は、官庁で統計収集の事務を行なっていたため、その優れた分類能力で事件を追う。また同じく、ハーリ・クィンも短篇だけに登場する。心理的・幻想的な探偵譚を収めた『謎のクィン氏』（一九三〇）などで活躍する。その名は「道化役者」の意味で、まさに変幻自在、現われてはいつのまにか消え去る神秘的不可思議的な存在として描かれている。恋愛問題が絡んだ事件を得意とするというユニークな特徴をもっている。

ポアロものとミス・マープルものの両方が収められた『クリスマス・プディングの冒険』（一九六〇）や、いわゆる名探偵が登場しない『リスタデール卿の謎』（一九三四）や『死の猟犬』（一九三三）も高い評価を得ている。

51 ポアロ登場
52 おしどり探偵
53 謎のクィン氏
54 火曜クラブ
55 死の猟犬
56 リスタデール卿の謎
57 パーカー・パイン登場
58 死人の鏡
59 黄色いアイリス
60 ヘラクレスの冒険
61 愛の探偵たち
62 教会で死んだ男
63 クリスマス・プディングの冒険
64 マン島の黄金

灰色の脳細胞と異名をとる
〈名探偵ポアロ〉シリーズ

本名エルキュール・ポアロ。イギリスの私立探偵。元ベルギー警察の捜査員。卵形の顔とぴんとたった口髭が特徴の小柄なベルギー人で、「灰色の脳細胞」を駆使し、難事件に挑む。『スタイルズ荘の怪事件』（一九二〇）に初登場し、友人のヘイスティングズ大尉とともに事件を追う。フェアかアンフェアかとミステリ・ファンのあいだで議論が巻き起こった『アクロイド殺し』（一九二六）、イニシャルのＡＢＣ順に殺人事件が起きる奇怪なストーリーが話題をよんだ『ＡＢＣ殺人事件』（一九三六）、閉ざされた船上での殺人事件を巧みに描いた『ナイルに死す』（一九三七）など多くの作品で活躍し、最後の登場になる『カーテン』（一九七五）まで活躍した。イギリスだけでなく、イラク、フランス、イタリアなど各地で起きた事件にも挑んだ。

映像化作品では、アルバート・フィニー（映画《オリエント急行殺人事件》）、ピーター・ユスチノフ（映画《ナイル殺人事件》）、デビッド・スーシェ（ＴＶシリーズ）らがポアロを演じ、人気を博している。

1 スタイルズ荘の怪事件
2 ゴルフ場殺人事件
3 アクロイド殺し
4 ビッグ4
5 青列車の秘密
6 邪悪の家
7 エッジウェア卿の死
8 オリエント急行の殺人
9 三幕の殺人
10 雲をつかむ死
11 ABC殺人事件
12 メソポタミヤの殺人
13 ひらいたトランプ
14 もの言えぬ証人
15 ナイルに死す
16 死との約束
17 ポアロのクリスマス
18 杉の柩
19 愛国殺人
20 白昼の悪魔
21 五匹の子豚
22 ホロー荘の殺人
23 満潮に乗って
24 マギンティ夫人は死んだ
25 葬儀を終えて
26 ヒッコリー・ロードの殺人
27 死者のあやまち
28 鳩のなかの猫
29 複数の時計
30 第三の女
31 ハロウィーン・パーティ
32 象は忘れない
33 カーテン
34 ブラック・コーヒー〈小説版〉

好奇心旺盛な老婦人探偵

〈ミス・マープル〉シリーズ

本名ジェーン・マープル。イギリスの素人探偵。ロンドンから一時間ほどのところにあるセント・メアリ・ミードという村に住んでいる、色白で上品な雰囲気を漂わせる編み物好きの老婦人。村の人々を観察するのが好きで、そのうちに直感力と観察力が発達してしまい、警察も手をやくような難事件を解決するまでになった。新聞の情報に目をくばり、村のゴシップに聞き耳をたて、それらを総合して事件の謎を解いてゆく。家にいながら、あるいは椅子に座りながらゆったりと推理を繰り広げることが多いが、敵に襲われるのもいとわず、みずから危険に飛び込んでいく行動的な面ももつ。

長篇初登場は『牧師館の殺人』（一九三〇）。「殺人をお知らせ申し上げます」という衝撃的な文章が新聞にのり、ミス・マープルがその謎に挑む『予告殺人』（一九五〇）や、その他にも、連作短篇形式をとりミステリ・ファンに高い評価を得ている『火曜クラブ』（一九三二）、『カリブ海の秘密』（一九六四）とその続篇『復讐の女神』（一九七一）などに登場し、最終作『スリーピング・マーダー』（一九七六）まで、息長く活躍した。

冒険心あふれるおしどり探偵
〈トミー＆タペンス〉

本名トミー・ベレズフォードとタペンス・カウリイ。『秘密機関』（一九二二）で初登場。心優しい復員軍人のトミーと、牧師の娘で病室メイドだったタペンスのふたりは、もともと幼なじみだった。長らく会っていなかったが、第一次世界大戦後、ふたりはロンドンの地下鉄で偶然にもロマンチックな再会をはたす。お金に困っていたので、まもなく「青年冒険家商会」を結成した。この後、結婚したふたりはおしどり夫婦の「ベレズフォード夫妻」となり、共同で探偵社を経営。事務所の受付係アルバートとともに事務所を運営している。トミーとタペンスは素人探偵ではあるが、その探偵術は、数々の探偵小説を読破しているので、事件が起こるとそれら名探偵の探偵術を拝借して謎を解くというユニークなものであった。

『秘密機関』の時はふたりの年齢を合わせても四十五歳にもならなかったが、

最終作の『運命の裏木戸』（一九七三）ではともに七十五歳になっていた。青春時代から老年時代までの長い人生が描かれたキャラクターで、クリスティー自身も、三十一歳から八十三歳までのあいだでシリーズを書き上げている。ふたりの活躍は長篇以外にも連作短篇『おしどり探偵』（一九二九）で楽しむことができる。

ふたりを主人公にした作品が長らく書かれなかった時期には、世界各国の読者からクリスティーに「その後、トミーとタペンスはどうしました？　いまはなにをやってます？」と、執筆の要望が多く届いたという逸話も有名。

47　秘密機関
48　NかMか
49　親指のうずき
50　運命の裏木戸

バラエティに富んだ作品の数々

〈ノン・シリーズ〉

名探偵ポアロもミス・マープルも登場しない作品の中で、最も広く知られているのが『そして誰もいなくなった』（一九三九）である。マザーグースになぞらえて殺人事件が次々と起きるこの作品は、不可能状況やサスペンス性など、クリスティーの本格ミステリ作品の中でも特に評価が高い。日本人の本格ミステリ作家にも多大な影響を与え、多くの読者に支持されてきた。

その他、紀元前二〇〇〇年のエジプトで起きた殺人事件を描いた『死が最後にやってくる』（一九四四）、『チムニーズ館の秘密』（一九二五）に出てきたロンドン警視庁のバトル警視が主役級で活躍する『ゼロ時間へ』（一九四四）、オカルティズムに満ちた『蒼ざめた馬』（一九六一）、スパイ・スリラーの『フランクフルトへの乗客』（一九七〇）や『バグダッドの秘密』（一九五一）などのノン・シリーズがある。

また、メアリ・ウェストマコット名義で『春にして君を離れ』（一九四四）をはじめとする恋愛小説を執筆したことでも知られるが、クリスティー自身は四半世紀近くも関係者に自分が著者であることをもらさないよう箝口令をしいてきた。これは、「アガサ・クリスティー」の名で本を出した場合、ミステリと勘違いして買った読者が失望するのではと配慮したものであったが、多くの読者からは好評を博している。

波乱万丈の作家人生

〈エッセイ・自伝〉

「ミステリの女王」の名を戴くクリスティーだが、作家になるまでに様々な体験を経てきた。コナン・ドイルのシャーロック・ホームズものを読んでミステリのおもしろさに目覚め、書いた小説をミステリ作家イーデン・フィルポッツに送ってみてもらっていた。その後は声楽家をめざしてパリに留学するが、才能がないとみずから感じ、声楽家の道を断念する。第一次世界大戦時は陸軍病院で篤志看護婦として働き、やがて一九二〇年に『スタイルズ荘の怪事件』を刊行するにいたる。

その後もクリスティーは、出版社との確執、十数年とともに過ごした夫との離婚、種痘ワクチンの副作用で譫妄状態に陥るなど、様々な苦難を経験したがそれを乗り越え、作品を発表し続けた。考古学者のマックス・マローワンと再婚してからは、ともに中近東へ赴き、その体験を創作活動にいかしていた。

当時人気ミステリ作家としてドロシイ・L・セイヤーズがいたが、彼女に対抗して、クリスティーも次々と作品を発表した。特にクリスマスには「クリスマスにはクリスティーを」のキャッチフレーズで、定期的に作品を刊行し、増刷を重ねていた。執筆活動は、三カ月に一作をしあげることを目指していたという。メアリ・ウェストマコット名義で恋愛小説を執筆したり、『カーテン』や『スリーピング・マーダー』を自分の死後に出版する計画をたてるなど、常に読者を楽しませることを意識して作品を発表してきた。

ジャネット・モーガン、H・R・F・キーティングなど多くの作家による評伝・研究書も書かれている。

クリスマス・プディングの冒険《ぼうけん》

〈クリスティー文庫63〉

二〇〇四年十一月三十日　発行
二〇二一年四月十五日　八刷

（定価はカバーに表示してあります）

著者　アガサ・クリスティー
訳者　橋《はし》本《もと》福《ふく》夫《お》・他
発行者　早川浩
発行所　株式会社　早川書房

郵便番号一〇一 - 〇〇四六
東京都千代田区神田多町二ノ二
電話　〇三 - 三二五二 - 三一一一
振替　〇〇一六〇 - 三 - 四七七九九
https://www.hayakawa-online.co.jp

乱丁・落丁本は小社制作部宛お送り下さい。
送料小社負担にてお取りかえいたします。

印刷・精文堂印刷株式会社　製本・株式会社明光社
Printed and bound in Japan
ISBN978-4-15-130063-9 C0197

本書は活字が大きく読みやすい〈トールサイズ〉です。